L'ODYSSÉE DES ÉTOILES

KIM BO-YOUNG

L'ODYSSÉE DES ÉTOILES

Traduit du coréen par
Kyungran Choi et Pierre Bisiou

RIVAGES/IMAGINAIRE

Retrouvez l'ensemble des parutions
des Éditions Payot & Rivages sur

payot-rivages.fr

Collection dirigée par Valentin Baillehache

Publié en République de Corée par Paran Media
sous la forme de trois livres distincts :
당신을 기다리고 있어
당신에게 가고 있어
미래로 가는 사람들

Ce livre a reçu le soutien de
l'Institut coréen de traduction littéraire (LTI Korea)

Sommaire

JE T'ATTENDS

Première lettre

Premier jour du voyage,
un jour en temps terrestre

J'ai dit au revoir à mes amis. Beaucoup de temps va s'écouler avant que nous nous retrouvions pour mon mariage. Exactement : quatre ans et six mois. Ils m'ont tous promis qu'ils seraient là. Nous avons pris des photos et j'ai donné à chacun d'eux un pendentif, un petit cadre au bout d'une lanière. Je les avais reçus en réservant la salle de banquet. Je leur ai dit de les porter autour du cou avec l'une des photos que nous venions de prendre, le jour du mariage. Comme ça, je n'aurai pas à leur demander qui ils sont. Ils ont bien ri.

« Faut que tu y tiennes, à ce mariage, pour abandonner tes amis ! »

« Vous, les mariés interstellaires, vous êtes tous des traîtres. »

J'ai répondu que pour moi non plus ce ne sera pas facile. Et j'ai failli prendre une volée de coups quand j'ai ajouté que j'allais devoir attendre deux longs mois : un premier pour atteindre la vitesse de la lumière, un second pour ralentir et atterrir en toute sécurité. Même avec le moteur et le contrôleur de gravité dernier cri, pas moyen de faire moins que ces deux mois.

Je me souviens de ton inquiétude quand tes parents et toi êtes partis pour Alpha du Centaure.

« Tu es sûr que tout va bien se passer ? m'as-tu demandé. C'est l'affaire de quatre mois pour moi, mais au moins quatre ans et demi pour toi. Même en voyageant sur un vaisseau de l'Attente qui réduira ton temps de moitié. Ce n'est pas rien. Il ne faut pas prendre ça à la légère, tu sais. »

Mon front contre le tien, je t'ai répondu :

« Ma vieille, tu es vernie, pas vrai ? Quand nous nous reverrons, j'aurai deux ans de plus que toi. »

Tu as eu un sourire un peu triste en réponse à ma boutade.

Les amis m'ont taquiné, sur le mode : « Paraît que ceux qui reviennent d'un voyage interstellaire sont tout sages » ou « Ah, c'est la nature humaine, quand tu restes sans rien faire pendant deux ou trois mois, soit tu deviens fou, soit tu deviens sage. »

J'ai rétorqué que je ne comptais pas perdre mon temps. J'emporte assez de travail pour m'occuper durant deux mois. Des registres dans lesquels je dois remettre de l'ordre, l'analyse des comptes, l'étude de la concurrence, les chiffres de ventes à décortiquer, etc. Soyons honnêtes, il n'est pas certain que mes efforts aient la moindre utilité dans quatre ans et demi, mais au bureau non plus ils ne semblent pas en attendre grand-chose. Ils se contenteront de s'assurer que j'ai bossé consciencieusement.

Sur le vaisseau, j'ai fait la connaissance d'autres futurs mariés et nous avons décidé de faire cabine commune. La nuit, nous bavardons, nous plaisantons, et nous nous vantons de nos fiancées. Bébêtes comme ils sont, ces grands romantiques ont décoré la cabine comme un gâteau de mariage. Ils ont même accroché des rubans et des fleurs en papier sur la porte, que le personnel de bord a fixé à grand renfort d'adhésifs. Sans quoi, à la fin de l'accélération, quand nous serons en apesanteur, la pièce serait en proie au chaos.

Tiens, j'ai acheté une bague musicale. Le vendeur m'a expliqué que je pouvais y mettre les chansons de mon choix, alors j'en ai commandé quelques-unes pour toi. Tu appuies dessus et la bague joue le morceau. Tu veux écouter ?

Notre vaisseau est immense, une véritable petite ville. Il y a des cafés, et même un marché aux puces. C'est vrai que ma boîte produit des pièces pour ce genre d'engins, mais je ne les avais jamais vues in situ. Ça me fait plaisir de repérer ici et là nos instructions d'utilisation. C'est moi qui les ai corrigées. J'ai pris quelques clichés des étiquettes pour les montrer aux collègues, plus tard.

Le vaisseau est immense, n'empêche, après une journée à bord, tu te lasses déjà. J'imaginais qu'une fois dans l'espace je verrai plein d'étoiles, mais en réalité tu ne vois pas grand-chose derrière les hublots. C'est comme quand tu es dans ta maison éclairée la nuit et que tu regardes dehors. Mais c'est sans importance, je n'en ai que pour deux mois.

Les voyageurs appellent l'itinéraire que nous empruntons « l'orbite de l'attente ». Il dessine une ellipse autour du Soleil avant de revenir à son point de départ.

Ceux qui montent dans ce vaisseau ne sont pas de simples émigrants en route pour un autre pays, non, ils se dirigent vers une autre époque. Certains espèrent qu'interviendra une réforme des retraites, d'autres un changement dans l'imposition du patrimoine immobilier. Des artistes sont persuadés de ne pas être nés à la bonne époque. J'ai même rencontré un lycéen qui voulait passer le nouveau concours d'entrée à l'université qui doit être mis en place prochainement. Et puis il y a nous, les amoureux qui voyageons pour faire coïncider leur temps avec celui de leurs fiancées venues d'autres systèmes stellaires.

Qu'importe l'année de notre retour, le monde sera meilleur que celui que nous avons quitté. La discrimination envers ceux qui viennent d'autres systèmes sera moins pesante, la protection sociale et la retraite aussi auront sûrement été améliorées. Sur Terre, les hommes et les femmes vont continuer de s'affairer, de se remuer, ils vont lutter pour changer les choses et perfectionner notre société, et nous, nous aurons juste à en profiter. « Se moucher dans les mains de quelqu'un d'autre », comme on dit.

À l'idée que nous allons bientôt être mariés, toi et moi, je suis si excité que je me réveille la nuit. Je m'agite comme un enfant, serrant mon oreiller dans mes bras, et je me rendors en fredonnant un air. Quand j'imagine te trouver allongée à mes côtés à mon réveil, je suis transporté de joie. Parfois, je me cache sous la couverture et je rêve d'être papa. Et d'un bébé qui se tortille entre nous. Comment vais-je pouvoir attendre deux mois ? Une journée de plus, cela me semble déjà interminable. J'ai tant envie de te revoir, vite. Je t'aime.

Deuxième lettre

Un mois après le début du voyage,
environ quatre ans et quatre mois
en temps terrestre

Je n'ai reçu ton courrier qu'après que nous avons atteint la vitesse de la lumière. Tu arrives donc sur Terre deux mois plus tard que prévu. Trois mois en temps terrestre, en fait.

Non, ce n'est pas un problème. Qu'y pouvons-nous, si votre vaisseau était le seul dans les parages quand vous avez reçu un signal de détresse ? Un membre d'équipage m'a dit que ça ne se produisait pas souvent… mais que ce n'était pas rare non plus. Quel embrouillamini ! Ce qu'il voulait dire, c'est que, même dans un univers infini, les routes de navigation suivent des coordonnées fixes. Ce qui peut amener ce genre d'incident.

J'ai demandé à rester plus longtemps sur le vaisseau, pour ne pas être contraint d'attendre les trois mois supplémentaires sur Terre, mais ce n'était pas possible. Le programme du vaisseau n'est pas modifiable, je dois donc rejoindre la Terre et patienter.

Démoralisé, je regardais par le hublot quand j'ai aperçu un vaisseau arrimé au nôtre. Il transportait des cartons de gâteaux secs et divers colis. Je contemplais la scène, la tête vide, quand soudain quelque chose s'est allumé dans mon cerveau. J'ai interrogé le personnel de bord : où allait ce vaisseau ? On m'a répondu que c'était un vaisseau marchand, qu'il circulait ici et là pour vendre sa camelote aux autres vaisseaux. Je me suis renseigné sur la date de son retour sur Terre et, bingo ! Dans trois mois pile !

J'ai eu une sérieuse prise de bec avec le capitaine lorsque je lui ai annoncé que je comptais rejoindre le vaisseau marchand. Il s'y est opposé. Je ne comprenais pas en quoi ça le dérangeait, alors j'ai insisté : ils étaient juste là, collés à nous.

Le capitaine, j'aurais aimé que tu voies sa tête, un type énorme, qui me dominait de toute sa stature – je l'imagine parfaitement dans une plaine de Mandchourie, décapitant ses ennemis du haut de son cheval lancé au galop, s'il était né à la bonne époque –, ce capitaine au physique de guerrier m'a sermonné d'une voix glaciale : « Ce vaisseau peut paraître immobile mais nous nous déplaçons actuellement à la vitesse de 293 000 km/s. Un typhon qui s'abat sur des immeubles se déplace à quelques dizaines de kilomètres par seconde. »

Je ne lâchais pas : pourquoi les personnes ne pourraient-elles pas transiter d'un vaisseau vers un autre alors que les marchandises le faisaient sans problème ? Il m'a répondu que ce n'était pas possible, un point c'est tout. J'ai demandé pourquoi. Il m'a répondu qu'il n'y avait pas d'antécédent. Entêté, je lui ai fait remarquer que la Terre tournait autour du Soleil à 30 km/s, que le Soleil tournait autour de la galaxie à 220 km/s et que notre galaxie elle-même volait vers la nébuleuse de la Vierge à 600 km/s, sans que tout cela ne fasse trembler les immeubles sur Terre. Penses-tu ! J'avais beau argumenter, il ne faisait que répéter qu'un transfert de ce type n'était pas réglementaire.

Je n'aurais jamais accepté de vivre encore trois mois sans toi. J'ai exposé au capitaine que je devais me marier prochainement, que j'étais en route pour retrouver ma fiancée et que si je devais attendre trois mois de plus, je finirais par mourir desséché, je deviendrais un spectre puceau ivre de vengeance, condamné à errer éternellement dans l'univers, et que je le hanterais chaque nuit dans ses rêves.

Ce n'est qu'après avoir obtenu mon transfert dans le vaisseau marchand que je me suis interrogé. Et si j'avais fait une bêtise ? C'est que la salle de banquet est réservée, et j'ai payé un gros acompte. Recevront-ils le message les informant que nous décalons nos noces de trois mois ? Et que faire s'ils refusent et qu'ils veulent garder l'acompte ?

Penser à ça m'a rappelé la question de mes locataires. Le bail est signé pour quatre ans et demi, au-delà de quoi, ils sont censés quitter les lieux. Mais si jamais ils décident de rester, sous prétexte que je ne suis pas rentré à temps ? Dès l'atterrissage, il faudra que je file chez moi m'en assurer.

Quand tu es à bord, c'est comme si tu étais immobile. Ni vent ni bruit. Les étoiles penchent toutes du même côté, striant les ténèbres derrière les hublots. Toutes les étoiles de l'univers scintillent en même temps. J'ai le sentiment que tout file à la vitesse de la lumière, l'univers, la Terre, ma maison, mes amis, tandis que je demeure immobile. Et que mon temps se fige lui aussi.

Quelqu'un a dit un jour que l'espace et le temps étaient une seule et même chose. Et que d'aller vers une autre époque était comme de se rendre dans un autre endroit.

Mon père n'a jamais quitté sa ville natale, mais au moment de sa mort, il avait l'impression d'avoir parcouru le monde entier. Parce que, vers la fin de sa vie, notre ville n'avait plus grand-chose à voir avec celle où il était né. Des immeubles avaient été construits, des nouvelles routes avaient été tracées, des rivières avaient été détournées. Le temps avait déplacé mon père dans un espace totalement différent. Qui pourrait soutenir qu'il a vécu toute sa vie au même endroit ?

Le capitaine du vaisseau marchand m'a questionné, alors j'ai parlé de toi. Il voulait savoir si j'étais toujours amoureux, je lui ai expliqué que j'avais déjà attendu vingt-cinq ans avant de te rencontrer.

Plus j'y pense, plus je trouve ça génial. Quand nous nous reverrons, tu seras telle que dans mes souvenirs. Rien n'aura changé.

« Ils n'ont aucun regret, les gars qui embarquent comme ça », a lancé le capitaine en me servant un verre. Jusque-là, ça allait. Mais quand il m'a sorti : « Ils n'ont ni amis ni famille, et même s'ils en ont, ils n'y sont guère attachés… », j'ai préféré prendre congé et j'ai regagné ma cabine.

Troisième lettre

Un mois et trois jours
après le début du voyage,
quatre ans et huit mois
en temps terrestre

Mon amour, je suis désolé.

Je suis tellement désolé. Je ne pouvais pas imaginer que les choses tourneraient de la sorte.

Le capitaine nous a annoncé que, suite à une malencontreuse erreur de calcul, nous avions pris une mauvaise route. Quelqu'un a demandé quel serait notre retard, ce à quoi il a répondu que pour nous il ne s'agirait que de quelques minutes. Mais notre retour sur Terre était reporté de trois ans. Après quoi il est rentré dans sa cabine, comme si de rien n'était. On aurait dit l'annonce d'un pilote d'avion : « En raison du mauvais temps, nous atterrirons avec dix minutes de retard. » Les marchands, pour l'essentiel des Arabes et des Indiens, se sont levés et ont rejoint leurs cabines sans un froncement de sourcil. À croire qu'ils se disaient, *trois ans ? Bon, ça va, j'ai eu peur que nous soyons décalés d'au moins cinq ans.*

Plus tard, un membre d'équipage est passé pour distribuer du papier à lettres, afin que nous puissions informer nos familles et nos amis. J'ai demandé s'ils utilisaient du courrier quantique ou un truc dans le genre, et il m'a répondu que seuls la coque et le moteur dataient du XXIe siècle. Il paraît que même leur système d'alarme contre les tempêtes solaires est du niveau d'un antique réveil à ressort et engrenages. Pour clore le sujet, il a juste ajouté : « Plus c'est rustique, plus c'est robuste. »

J'ai tout de même insisté : ma lettre, comment comptaient-ils l'envoyer ? Convertie en code Morse puis diffusée à travers l'univers. Les vaisseaux qui passent à proximité captent le signal, l'amplifient et le renvoient à leur tour. Et ainsi de suite. « Quelle modernité ! Pourquoi nos facteurs n'ont-ils jamais pensé à balancer des courriers d'un camion vers un autre ? »

J'ai encore expliqué que j'avais réservé l'église et la salle de banquet, que ma fiancée était en route – à 4,37 années-lumière de la Terre – pour me retrouver. Quel marié serai-je si j'arrive avec trois ans de retard à mes propres noces ! Il a fait une mine du style, *mon pauvre !* mais il ne semblait pas s'en soucier plus que ça. Il m'a tapoté l'épaule et m'a suggéré que pour un rendez-vous de cette importance, j'aurais dû réserver une traversée sur le bâtiment d'une grande entreprise et souscrire une bonne assurance.

Dix fois dans la nuit je me suis réveillé. De crainte que ma lettre ne te parvienne pas. Ou, qu'en la lisant, tu ne te mettes en colère et fasses demi-tour vers ta planète. Et que chez toi, encore fâchée, tu ne prennes pas la peine de m'écrire. Et que même si tu m'écrivais, que ta réponse ne parvienne pas jusqu'à moi.

Chaque fois que je me rendormais, un cauchemar me réveillait. Par exemple, je débarquais sur Terre et tu venais m'accueillir avec un de mes amis, un bébé dans tes bras. Tu me déclarais : « Ta lettre ? Non, je n'ai rien reçu », et tu te mettais à rire. Puis nous étions dans un bar avec des potes. Tout le monde bavardait joyeusement, sauf moi qui restais dans mon coin à vider des verres de soju.

Ne te moque pas, je suis sérieux. Qu'imaginer de plus pathétique au monde qu'un tel dénouement ?

Je t'en prie mon amour.

Attends-moi.

Trois ans. S'il te plaît. Juste trois ans. Je promets d'être bon avec toi pour le reste de notre vie, oui ?

Quatrième lettre

Un mois et vingt-cinq jours
après le début du voyage,
sept ans, huit mois et vingt-cinq jours
en temps terrestre

J'ai bien reçu ta lettre.

Il est donc possible d'envoyer du courrier par ce biais. J'avoue que c'est assez surprenant. Nous avons eu de la chance, nous deux, pas vrai ? Encore que ce soit comique de parler de chance dans notre situation.

Je ne sais pas par quel biais ta lettre est passée avant de me parvenir, au final je l'ai reçue en vocal. Ça m'a fait drôle d'entendre tes phrases ânonnées par une voix masculine. Une de ces voix artificielles qui agrège les phonèmes sans connaître le sens des mots. D'ailleurs, ce n'était pas simple à comprendre et j'ai dû la réécouter plusieurs fois. Et quand j'ai compris, je l'ai réécouté encore et encore.

Je sais. Tout est de ma faute. Tu n'y es pour rien. Tu as bien fait de changer de vaisseau. Moi, je l'ai fait parce que je ne pouvais attendre trois mois de plus. Mais pour toi, c'était trois années de plus. Donc je comprends parfaitement ton choix.

Tu as donc décidé de repartir dès ton retour sur Terre. Comme aucun vaisseau de l'Attente n'était en partance, tu as embarqué dans le premier appareil à prendre l'orbite, un vaisseau de recherche géologique. J'ai entendu dire que parmi la flotte des appareils scientifiques, un bon paquet aurait déjà dû être envoyé à la casse, mais qu'ils continuent d'être en service.

Par bonheur vous avez pu trouver un abri après l'accident, même s'il s'agit d'une station éloignée des routes habituelles. Ne pleure pas, mon amour. Dans ton vocal, j'ai entendu à plusieurs reprises un son étrange, un *huk-huk-huk*. Je me suis pas mal interrogé avant de comprendre qu'il s'agissait probablement de la transcription de tes sanglots par la voix numérique.

Tout de même, onze années, onze longues années…

J'écoute de nouveau ta lettre.

Moi, je vais bien. Juste quelques égratignures. En revanche, l'un des membres d'équipage est mort en tentant de réparer notre nef. Ils disent que, sans son sacrifice, jamais nous ne serions parvenus jusqu'ici.

Selon le navigateur, seuls les vaisseaux scientifiques ou ceux de fret font escale là où nous nous trouvons. Chacun ne pouvant prendre qu'un nombre restreint de passagers supplémentaires, il y a eu un tirage au sort. Mon numéro m'offre deux options : soit attendre deux mois ici et embarquer à bord d'un Vaisseau Lumière pour rejoindre Alpha du Centaure, soit, sous hibernation, rejoindre la Terre via un vaisseau de voyage prévu le mois prochain.

J'ai demandé quand je pourrais arriver sur la Terre et on m'a dit qu'il fallait compter onze ans à partir de « maintenant ».

Le capitaine m'a conseillé de prendre le Vaisseau Lumière pour retrouver ma famille sur Alpha du Centaure, arguant qu'en ce moment la Terre n'est pas le meilleur endroit où s'installer. Qu'elle est devenue à peu près inhabitable, y compris pour ceux qui y ont toujours vécu.

Évidemment, j'ai choisi la Terre. J'ai expliqué que mon fiancé m'attendait là-bas et tous les passagers se sont mis à rire. Il n'existe aucun homme qui attendrait onze ans pour se marier, ont-ils dit.

Je n'ai pas fait ce choix en pensant que tu m'attendrais, même si cela te paraîtra étrange...

Quand tu liras cette lettre, je serai endormie. Écris-moi. Je trouverai ta lettre à mon réveil. Quoi que tu décides, j'essayerai de ne pas être déçue. J'ai pris ma décision, tu prendras la tienne.

Huk-huk-huk.

Non, en fait, ce n'est pas vrai.

J'espère tellement que tu m'attendras, je l'espère plus qu'aucun mot ne saurait l'exprimer. Je l'espère à tel point que je ne supporte même pas cet espoir. Voilà pourquoi j'ai hâte de dormir. Pour que ces pensées douloureuses cessent de me hanter.

Viendras-tu à ma rencontre ? Quelle que soit ta décision, je serai heureuse de te revoir. Je pense que ce serait trop triste si personne ne m'attendait à mon arrivée. Si tu n'es pas là, sur le quai, je me rendrai à la salle de banquet. Même sans toi, je veux faire la fête.

Le message s'achevait sur des *huk, hurk, hur, hur, huk...* égrenés par une voix de synthèse.

Je suis désolé.

Mon amour.

Tellement désolé.

Mais je ne peux pas attendre onze années de plus.

Nous avons déjà trois ans de retard. Sept ans et demi se sont écoulés sur Terre. Même si j'y retournais dans la seconde, rien ne dit que mon appartement ou mon travail m'ont attendus. Tu le sais, une personne dont on est sans nouvelle depuis plus de trois ans est considérée comme morte. Si mes oncles ont vidé mes comptes bancaires et distribué l'argent à mes nièces et neveux, je ne pourrai pas exiger qu'ils me le rendent. Compte tenu de la situation économique de l'époque à laquelle je suis parti, je ne serais pas surpris que ma boîte ait fait faillite. Même si elle a été rachetée, aucune chance qu'un ancien employé disparu depuis des années y ait toujours sa place.

Onze années ? Non, dix-huit ! Dans dix-huit ans, tous mes amis seront devenus vieux, je n'aurai plus personne avec qui traîner. Pareil pour mes connaissances, à quoi serviraient-elles, avec dix-huit ans de retard ? Tout ce que j'aurai appris sera obsolète. Qui sait, même, s'il y aura encore de la place pour des techniciens spécialisés en pièces détachées ? Comment pourrais-je gagner ma vie après avoir vécu dix-huit ans à l'écart du monde ?

Je suis désolé.

Je vais rentrer chez moi. Ça n'est pas possible de continuer comme ça. Bien sûr, nous pourrions nous retrouver dans onze ans, mais à quoi bon un mariage si le mari est un vaurien, sans domicile et sans le sou ? Peut-être n'étions-nous pas faits l'un pour l'autre. Je ne sais pas ce qui a mal tourné, à quel moment ça s'est mal embringué, mais tout est fichu à présent.

Tu dois prendre soin de toi. Il paraît que l'hibernation n'est pas si bénigne pour la santé. Quand tu arriveras sur Terre, je t'inviterai pour te faire manger plein de bonnes choses. Je viendrai à ta rencontre. Je te le promets. Je serai là, je n'oublierai pas. Je te donne ma parole. Je t'aime.

Cinquième lettre

*Deux mois
après le début du voyage,
sept ans et neuf mois
en temps terrestre*

Comment vas-tu ?

Tu n'as pas encore lu ma dernière lettre, n'est-ce pas ?

Non, bien sûr que non. Ça prendra encore quelques années. Quoi qu'il en soit, quand tu liras celle-ci, tu auras lu la précédente.

Alors, comment dire… je suis rentré chez moi. Non, en fait je suis arrivé sur Terre. Mais sans pouvoir rentrer chez moi.

À vrai dire, je n'ai même pas atteint le quai après l'atterrissage. Je suis resté bloqué une semaine à l'intérieur du vaisseau. Ils nous ont fait passer toutes sortes de tests : contrôle sanitaire, vaccination, évaluations psychologiques. J'ai dû remplir vingt pages de formulaires, et cela à trois reprises. Quand j'ai dit que je les avais déjà remplis, ils m'ont crié dessus. Une trentaine de bureaux différents semblaient gérer les arrivées ! La télévision du vaisseau ne diffusait que les informations, et sur une seule chaîne. Tous les portails Internet étaient en rade, impossible d'accéder à mes mails.

Nous sommes restés coincés comme ça une semaine, quand une espèce de jeunot qui n'avait même pas de poils au menton s'est pointé, escorté par de plus jeunes encore. Il s'est mis à vociférer, comme s'il avait avalé de la mort-aux-rats. D'après lui, le pays était plongé dans le chaos à cause de gens comme nous, à cause de la paresse et de l'inaction de l'ancienne génération. J'ai trouvé ça assez exagéré ; après tout, cela ne faisait que sept ans.

Toujours selon lui, des terroristes s'étaient emparés de Séoul, mais la ville était en sécurité. Quel charabia ! Je ne comprenais rien à ce qu'il débitait. Il a conclu en disant que notre vaillante armée ne tarderait pas à écraser l'insurrection et à reprendre le contrôle, mais que dans l'immédiat l'administration était bloquée et que notre entrée dans le pays ne pouvait se dérouler selon les procédures prévues. Et que par conséquent, il serait préférable que nous repartions et que nous revenions plus tard. De notre côté, ça criait, ça protestait, les gens voulaient rentrer chez eux ! Mais le jeune prétentieux et sa clique ont décampé sans daigner nous répondre.

Puis d'autres personnes sont montées à bord. Des membres de la Croix-Rouge ou de l'Association des avocats pour la démocratie, je ne me souviens plus. Bref, eux nous ont expliqué qu'il y avait eu un coup d'État militaire. Le parti qui avait perdu les dernières élections avait renversé l'Assemblée nationale et proclamé la loi martiale. Mais des citoyens résistaient. Quelqu'un a lancé : « Et les Nations unies ? » C'est alors que nous avons appris que les États-Unis avaient fait faillite l'an passé, entraînant un cataclysme économique mondial. Qu'en somme, la situation n'était franchement pas simple.

Ils nous ont dit de revenir dans une dizaine d'années. La grande dépression serait quasiment maîtrisée à ce moment-là et le monde aurait retrouvé sa stabilité. Ils ont insisté pour que nous partions sans tarder, pendant qu'il en était encore temps, avant que ne tombe une interdiction des vols et que nous soyons définitivement bloqués à bord.

J'ai réussi à attraper l'un d'entre eux pour lui expliquer que j'avais réservé une salle de banquet. Pourrait-il se renseigner sur comment récupérer ma caution ? Il m'a toisé un moment avant d'opérer un demi-tour et de partir sans un mot.

Et tu sais quoi ?

Tandis que nous quittions l'astroport, je n'avais qu'un vœu en tête : que mon précédent courrier ne t'atteigne jamais.

J'aurais dû attendre avant de te l'envoyer. J'aurais dû prendre le temps de rentrer sur Terre pour évaluer ma situation. Pourquoi me suis-je précipité à te répondre ? Après tout, tu ne liras tout ça que dans plusieurs années.

Ce serait tellement mieux si je ne t'avais pas envoyé cette fichue lettre ! J'aurais eu une excuse pour me tirer d'affaire chaque fois que je serais rentré tard, après avoir bu un verre avec des collègues, du genre : eh, toi, dis donc, je t'ai déjà attendu onze ans, hein !

Des telles pensées me rendent ma bonne humeur. Mais l'instant d'après, je réalise que cette lettre, c'est trop tard, je te l'ai envoyée. Et à nouveau je broie du noir.

Je me dis : si seulement je pouvais amadouer le capitaine de ton vaisseau pour qu'il détruise mon courrier ! Ton capitaine, c'est une IA, pas vrai ? Comment faut-il s'y prendre pour circonvenir un ordinateur ? Lui proposer une puce dernier cri ?

Remarque, ma chérie…

Ce serait pour le moins cocasse que nous débarquions en même temps. Dès que je t'apercevrai, je te serrerai fort dans mes bras, je te dirai que je t'aime et je te demanderai de bien vouloir me pardonner. Et pour fêter nos retrouvailles, nous allumerions un feu de joie en brûlant nos lettres et en les regardant partir en fumée dans le ciel.

Sixième lettre

Quatre mois
après le début du voyage,
treize ans et neuf mois
en temps terrestre

Ça fait longtemps !

Attends, non, tu ne sais pas que ça fait un bail. J'ai appris que tu n'avais pas encore reçu mes derniers envois. Ou plutôt, j'ai eu un message comme quoi la destinataire se trouvait toujours dans un sommeil profond. Et que tous les courriers te seraient remis à ton réveil. Ton capitaine semblait efficace, un travail rondement mené. Tu es entre de bonnes mains.

Je suis revenu sur la Terre.

Plus tôt que les dix années prévues. Parce que ça devenait intenable sur le vaisseau. Comme je t'ai raconté, nous étions partis dans la précipitation. De sorte qu'il nous manquait à tous pas mal de choses. Une dame s'est vite rendue insupportable en réclamant sa crème hydratante… « sans laquelle ma peau va complètement se dessécher ». Un autre menaçait d'attaquer en justice la compagnie d'assurances de l'appareil, un autre encore prétendait être l'ami d'un député trois fois réélu. Moi aussi j'y suis allé de mon coup de gueule. J'étais aux abois, qu'allaient devenir mon compte bancaire, mon travail, mon appartement et tout le reste ? J'ai préparé un paquet de documents – pièce d'identité, justificatifs de domicile, factures de loyer –, pour agir en justice et récupérer les impayés. J'ai également constitué un dossier pour recouvrer mes biens au cas où quelqu'un s'en serait emparé.

Quant au capitaine, il tergiversait. Manifestement, il ne tenait pas à y retourner. Quand j'y repense à présent, je me dis que l'équipage en avait probablement été informé d'une manière ou d'une autre.

Finalement, au bout de deux mois pour nous, mais six ans pour la Terre, nous avons changé de cap.

Plus nous approchions, plus je devinais qu'un truc clochait. C'est que je ne voyais pas la Corée. En temps normal, la péninsule scintille dans la nuit, comme parée d'une poussière d'or, mais là, rien, le noir. Est-ce que tous les gens avaient éteint leurs lumières, ou étaient-ils tous partis ? J'allai bientôt comprendre.

Notre vaisseau a été violemment secoué à l'atterrissage, soulevant une vague de protestations virulentes des passagers déjà pas mal échaudés. Le capitaine a juste dit que la piste était en mauvais état. Nous n'avons pas réalisé sur le coup et, grommelant, nous sommes descendus. Et là, bon sang, nous avons constaté l'état du terrain. Des trous, des bosses, des plaques entières de goudron soulevées ou repliées sur elles-mêmes ! Entre les fractures poussait une herbe drue. L'enseigne de l'astroport, vaincue par la rouille, gisait au sol.

Nous avons attendu la navette puis, voyant que rien n'arrivait, nous nous sommes dirigés à pied vers le bâtiment, en pataugeant dans la boue. Quelqu'un s'est mis à râler contre le mauvais entretien de l'endroit.

Le hall était désert. Le sol, à demi effondré, était pour une part recouvert de poussière et pour le reste submergé par une eau stagnante, malodorante, où pullulaient des insectes. La dame qui tempêtait en constatant l'absence de commerces hors taxes s'est tue.

J'ai repensé à ce que je m'étais dit un jour : voyager dans le temps, c'est comme voyager dans l'espace. Soudain, j'ai compris. Je ne pouvais plus rentrer chez moi. Parce que au moment où j'étais parti, mon moi avait disparu, il était resté en arrière, dans le passé. Et je n'avais aucun moyen de faire le chemin dans l'autre sens.

Nous étions là, debout, chacun tenant son bagage à la main, petite troupe hébétée, lorsque d'un coup quelqu'un à côté de moi s'est effondré. Je n'ai pas compris pourquoi il tombait, vu qu'il se tenait droit l'instant d'avant. Les autres aussi le regardaient sans comprendre. Jusqu'à ce que la flaque d'eau sous lui devienne rouge. Et qu'une seconde personne s'abatte au sol.

Dans le chaos de bousculades et de cris, le temps était comme distendu, tantôt ralentissant, tantôt accélérant sans que je puisse saisir quoi que ce soit. J'ai couru, j'ai renversé des gens, j'en ai piétiné d'autres, je me suis planqué. Après avoir repris mes esprits, j'étais encore totalement secoué. Lorsque le silence est revenu, je suis resté immobile un moment, terré dans ma cachette. Quand j'en suis finalement sorti, à quatre pattes, des corps gisaient en tous sens.

Une voix a ordonné d'aider les blessés et j'ai obéi, comme un automate. La dame qui se plaignait pour sa crème hydratante est morte pendant que je lui faisais un bandage. Elle gémissait, gémissait, puis soudain plus rien.

Comme la dernière fois, un groupe armé nous a rassemblés puis un type a entamé un laïus. Il disait que s'ils n'étaient pas venus à notre secours, nous aurions tous été tués. Eh bien, si vous le dites, ai-je pensé. L'homme s'est mis à hurler, comme quoi ceux qui venaient du passé n'avaient pas la moindre idée de ce qui se passait ici. Eux, a-t-il expliqué, appartenaient à une milice civile. Il nous a recommandé de ne pas traîner dans les parages parce que des pirates rôdaient autour de l'astroport, prenant pour cible les voyageurs du temps trop naïfs.

Donc, d'après lui, nous avions eu de la chance. Sans blague ? Toujours est-il qu'il prétendait que lui et sa bande étaient les seuls à veiller sur les imbéciles du passé dans notre genre. Au passage, ils en ont profité pour nous dépouiller de toutes nos affaires et pour piller le vaisseau. Sans doute étaient-ils sincères, je n'en sais rien. Ils ont laissé quelques affaires que des gens parmi nous suppliaient qu'on leur laisse. C'est comme ça que j'ai pu sauver la bague musicale que je te destine. J'ai dit au gars qui nous fouillait que c'était une babiole, un jouet. J'ai appuyé pour lui faire entendre un morceau. Quand il a entendu « Ma chérie, je t'aime tant... », il a eu un petit rire et il est parti en me lançant la bague au front.

J'ai couru après lui. Sans oser l'interroger sur ce qu'était devenue ma location pour la salle du banquet, j'ai juste balbutié qu'un vaisseau de marchandises arriverait d'ici cinq ans, et que je lui serai très reconnaissant de veiller sur les passagers. Il s'est retourné rapidement pour me répondre que le vaisseau ne viendrait pas, qu'ils avaient tous fait demi-tour après avoir été informés de la situation sur Terre. Je lui ai répondu que ma fiancée ne pouvait pas le savoir, vu qu'elle était endormie. « Pourquoi elle dort ? », a-t-il répliqué, avant de partir pour de bon.

Perdus, nous avons erré un certain temps comme des salariés tout juste licenciés sans préavis. Quelques-uns ont fini par partir vers chez eux, tout bonnement, traînant à grand bruit leurs valises abîmées sur le sol martyrisé.

Nous sommes retournés au vaisseau, nous avons réparé la radio et nous avons écouté les infos. C'était un appareil comme il ne s'en trouvait plus guère que dans les musées, il fallait tourner un bouton pour trouver la fréquence et orienter l'antenne par-ci par-là. Mais dans le chaos qui régnait, c'était le seul appareil encore fonctionnel.

Nous avons appris qu'il y avait eu une explosion dans une centrale nucléaire, au sud du pays. La catastrophe avait eu lieu au lendemain de l'exécution, par les soldats de la junte au pouvoir, des techniciens chargés de la maintenance du site. Après l'accident, les militaires étaient parvenus à faire taire les médias pendant environ un mois. Mais l'information avait fini par se propager jusqu'aux employés des vingt-deux centrales du pays, et tous s'étaient enfuis, faisant planer le risque de nouveaux drames susceptibles de se produire à n'importe quel moment. La péninsule coréenne avait alors été déclarée zone sinistrée et l'ensemble des nations avait adopté diverses mesures interdisant strictement toutes entrées ou sorties du pays.

Le capitaine et son équipage ont annoncé leur départ pour un autre système stellaire. J'ai dit que je devais revenir ici dans cinq ans pour me marier, que ma fiancée était en route et que nous avions rendez-vous à cet endroit même. Que j'avais déjà réservé une salle pour la noce. Que j'avais aussi offert des cadeaux-souvenirs à mes amis.

J'ai dû paraître vraiment pathétique, le capitaine m'a proposé un minuscule vaisseau-capsule, un engin qui semblait tout droit sorti du XXe siècle.

« Plus c'est rustique, plus c'est robuste », a-t-il ajouté.

Le truc faisait à peu près la taille d'une chambre mais paraissait suffisamment confortable pour une personne seule. Le capitaine m'a donné quelques conseils : il me serait impossible de tenir longtemps dans cet engin, je devais donc trouver un endroit où m'installer, pas trop loin de la Terre. J'ai répondu que ça ne m'inquiétait pas, que j'avais déjà passé deux mois enfermé dans ma chambre devant ma console de jeux, quand j'étais au chômage. Alors il a posé sa main sur mon épaule et m'a fait asseoir.

Il a ouvert un bloc-notes et s'est mis à dessiner des diagrammes et des courbes et à m'expliquer comment je devrais procéder.

De une, avec un si petit vaisseau, impossible de quitter le système solaire. Ce serait comme vouloir traverser l'Atlantique sur une bouée. J'ai rappelé que je n'avais pas besoin d'aller dans un autre système stellaire, que j'attendais ma fiancée qui était en route et… Mais là, il m'a interrompu d'un : « C'est bon, fiston », et il a repris ses explications. Pour la propulsion de mon engin, je disposerai du vent solaire et des batteries solaires. Néanmoins, pour atteindre une vélocité optimale, je devrais rejoindre l'orbite de Jupiter. Il avait calculé la force dont je pourrais ainsi bénéficier.

Il avait aussi calculé le niveau d'accélération que le vaisseau et mon corps pourraient supporter. C'est comme ça qu'il en était arrivé à la conclusion que ma meilleure alliée serait la force gravitationnelle de Jupiter.

Comme je ne saisissais pas ce que représentait cette force, il m'a expliqué qu'elle était d'une dizaine de mètres par seconde quand la vitesse de la lumière était de 300 000 km/s. Comme je demeurais perplexe, il m'a précisé que pour atteindre la vitesse de la lumière avec ma petite capsule, j'aurai besoin d'accélérer durant une année complète. Afin d'arriver cinq années plus tard – ou n'importe quelle année de mon choix – je devais compter avec deux années : celle d'accélération dont il venait de me parler, et une de plus, pour la décélération.

C'est seulement parvenu à ce point que le capitaine s'est montré catégorique : l'entreprise était vouée à l'échec. Jamais je ne pourrais charger deux ans de vivres dans mon vaisseau de poche. Que même si cela était faisable, la nourriture se gâterait bien avant le terme de mon voyage. Et que de toute façon la capsule ne décollerait pas avec un tel chargement.

Septième lettre

Un an et un mois
après le début du voyage,
quatorze ans et six mois
en temps terrestre

Je suis désolé d'avoir mis si longtemps à t'écrire.

À vrai dire, j'ai perdu pas mal de temps à comprendre comment te faire parvenir cette lettre. Au début, ça n'avait rien d'évident, mais une fois les principes intégrés, j'ai découvert que, même après la fin du monde, il serait possible d'envoyer des messages.

Je suis parti tel quel. Sans le moindre plan. Quand mes vivres ont été à moitié épuisés, je suis revenu sur Terre. J'ai fouillé les magasins à l'abandon, j'ai ramassé des boîtes de conserve, puis j'ai regagné l'espace. J'ai dû faire ça à plusieurs reprises.

Mais, crois-moi, dans l'état où j'étais, je ne pouvais pas faire mieux.

La deuxième fois, j'ai eu l'idée de me poser dans un autre pays, juste pour voir. Là, on m'a dit que j'étais verni que mon vaisseau n'ait pas été capturé par des pirates, que ça n'arrivait qu'une fois tous les cent ans, ce genre de bol. Bon, comme ça ne faisait pas cent ans que les voyages interstellaires existaient, je n'ai pas trop compris ce qu'ils voulaient dire. Ils ont ajouté que mon vaisseau était si minuscule que sans doute les pirates ne l'avaient même pas vu. Sympa, la remarque.

Quoi qu'il en soit, c'est là que j'ai déniché un générateur alimentaire. Une technologie qui n'existait pas il y a dix ans. Ça fonctionne à peu près comme une imprimante 3D. J'y mets de la terre, ou n'importe quoi, la machine décompose le tout en molécules, puis les recompose pour produire du comestible. Le résultat final rappelle des croquettes pour chien.

Celui qui m'a donné ce générateur m'a dit que j'avais de la chance d'être revenu vivant sur Terre une deuxième fois, qu'un coup pareil ne se produisait que tous les mille ans. Il m'a demandé quelle mouche m'avait piqué quand j'avais décidé de confier ma vie à cette espèce de capsule minuscule. J'ai répondu que je n'avais pensé à rien à cet instant et il m'a rétorqué qu'il s'en doutait.

Lors de mon troisième ravitaillement, j'ai trouvé une voiture avec laquelle j'ai pu me rendre dans mon ancien travail. Les rues étaient calmes mais il planait un climat d'hostilité, comme une menace permanente. La chaussée était défoncée, avec ici ou là de véritables trous béants. Les vitrines des magasins, pareils à des orbites vides, me fixaient avec antipathie. Des chiens rôdaient par meute, qui semblaient revenus à la vie sauvage. Ils grognaient dans ma direction, féroces, pour me rappeler leur vraie nature.

J'étais à la recherche d'un appareil pour collecter de la matière dans l'espace. Dans le grand vide, il y a des bribes d'hydrogène, d'oxygène, de calcium, de sodium. Il y a aussi des traces d'eau et de matières organiques. Certes, ces éléments sont incroyablement rares, mais si je parvenais à les collecter à la vitesse de la lumière, la donne changerait. Je m'étais mis en tête de construire un aspirateur géant, c'est pourquoi je me dirigeais vers mon ancienne usine. Là, j'ai ramassé différentes pièces, vérifiant avec soin le modèle et la référence, les remettant en fonction grâce au générateur de secours. Je devais concevoir un appareil le plus basique possible, afin de pouvoir moi-même effectuer les éventuelles réparations quand je serai dans l'espace.

J'étais en plein assemblage lorsque j'ai aperçu par la fenêtre, au loin, un gratte-ciel qui commençait à s'incliner. J'ai d'abord cru que c'est moi qui penchais, mais peu après un nuage de poussière s'est élevé tandis que le bâtiment s'effondrait sans un bruit. Comme un château de sable emporté par la marée, comme un arbre mort qui cède d'un coup.

Ça alors, ai-je pensé, *c'est vrai qu'à l'époque de sa construction, les gens disaient qu'il ne tiendrait pas dix ans.*

J'ai repensé au jour où nous étions allés voir tes parents dans leur maison de campagne. La maison n'était plus habitée depuis deux ou trois ans, mais cela avait suffi pour que tout se délabre. Les WC étaient bouchés, les tuyaux d'évacuation étaient cassés, la chaudière avait éclaté. Les endroits exposés au soleil s'étaient racornis tandis que la moisissure avait gagné ceux qui demeuraient dans l'ombre.

Sous le poids de sa solitude, la maison avait pris un méchant coup de vieux. À quoi bon vivre si je n'accueille personne sous mon toit, semblait-elle s'être dit. En quelques années de solitude, elle avait pris dix ans.

« Une maison où personne n'habite, voilà ce qu'elle devient, avais-tu dit en caressant le châssis décoloré de la porte. J'aurai dû être là. »

J'avais l'impression que c'étaient mes cheveux que tu caressais, que tu me parlais à moi, au moi de l'époque, qui se sentait si seul avant de t'avoir rencontrée. À ce moi qui était toujours seul.

Trois mois se sont écoulés depuis que je voyage dans cette capsule.

Il aura fallu trois mois pour que je reprenne mes esprits. Que je réalise la folie de ce que j'ai entrepris.

Tu te souviens, je t'ai raconté que j'avais passé deux mois sans sortir de ma chambre, il y a longtemps ?

Je comprends seulement maintenant. En fait, je n'étais pas seul. Je n'ai jamais vécu seul. Quelqu'un débarrassait les sacs-poubelle que je laissais à ma porte, quelqu'un vidait la fosse septique. Quelqu'un travaillait à la centrale électrique, quelqu'un raccordait les câbles électriques, quelqu'un relevait ma consommation de gaz et quelqu'un entretenait les canalisations. Quelque part, quelqu'un faisait bouillir les nouilles, les mettait dans un plat et quelqu'un me les livrait. Quelqu'un repassait ensuite récupérer les plats vides et quelqu'un nettoyait ces plats. Je n'avais jamais été seul, pas une heure. Comment aurais-je été capable de vivre seul ?

Le simple fait de vivre signifiait que je n'étais pas seul.

Désormais, chaque fois que je me réveille, je me dis que tout ça, c'est n'importe quoi. Je vais finir par y rester. Si ce n'est pas aujourd'hui, ce sera demain.

Je n'arrive plus à avaler ces fichues croquettes. Je vomis chaque fois que je me force à en manger. Je frappe les murs, je crie : « Je veux rentrer chez moi ! Sauvez-moi ! »

Quand bien même je déciderais de rentrer maintenant, j'aurais encore trois mois de décélération à subir.

Ça va aller.

Tout va bien se passer.

Juste deux ans à tenir.

Du fait de ma stupidité, tu vas débarquer dans cette ère de tous les dangers sans avoir la moindre idée de ce qui t'attend. J'ai peur de ce qui pourrait advenir de toi lorsque tu atterriras, face aux périls que j'ai moi-même affrontés.

Huitième lettre

Trois ans, deux mois et trois jours
après le début du voyage,
dix-neuf ans, trois mois
et trois jours en temps terrestre

Je suis revenu sur Terre le jour où tu devais arriver à l'astroport.

Je craignais de tomber sur des pirates ou des milices civiles, aussi redoutables les unes que les autres, mais rien, personne ne s'est manifesté.

Il a dû se produire un déluge, entre-temps. L'astroport était devenu une plaine sauvage, submergée par la boue. Armoises et autres herbes en fleur poussaient dans ce décor foisonnant. M'est revenu en mémoire ce jour où j'étais allé me plaindre à la mairie des services de la voirie qui tardaient à intervenir après une inondation survenue dans mon ancien quartier.

J'ignorais qu'un ruisseau traversait l'endroit. Avant, je suppose qu'on évacuait cette eau vers la mer par un système de pompes et de tuyaux. Le hall était envahi par les plantes rampantes qui formaient par endroits des amas inextricables. Toutes les vitres étaient brisées, il ne restait que les cadres vides des fenêtres. Et dans ce paysage de désolation survivaient des emballages de biscuits et les traces de repas pris cinq ans plus tôt. J'ai souri.

Tu n'es pas venue.

J'ai attendu toute la nuit et toute la journée du lendemain, mais tu n'es pas venue.

Allongé dans la plaine, j'ai observé les étoiles, de leur apparition à leur disparition. Je dardais mes yeux vers l'océan d'étoiles qui flottait autour de la Terre. Jusqu'à imaginer qu'il s'agissait de vaisseaux gigantesques. Ce qui du reste n'était pas tout à fait faux. *Tout va bien*, ai-je pensé. *Pour un trajet d'une heure, on peut avoir dix minutes de retard. Pour un voyage de dix ans, il ne serait pas étonnant de compter un an de retard.*

Je n'ai pas attendu un an. J'ai attendu quatre mois et trois jours. Je dormais dans mon mini-vaisseau, je mangeais les croquettes que mon générateur alimentaire tirait de la terre.

Tu n'es pas venue.

Bizarrement, je ne ressentais pas de tristesse. Bon, je ne me réjouissais pas non plus.

Comment dire ? Je ressentais une sorte de calme. Comme si cette situation avait quelque chose d'inévitable, de naturel. Si tu étais apparue soudain parmi les roseaux, j'aurais probablement dit un truc du genre : *C'est pas possible, il doit y avoir une erreur. Non, non, je ne peux pas le croire, allez, rentre chez toi et reviens plus tard.*

J'ai quitté l'astroport.

Rien ne m'obligeait à partir. Je n'avais plus de raison d'aller vers le futur. Mais rien ne me retenait ici non plus. Je me suis dit que je pouvais viser un futur où la pollution aurait diminué, où l'environnement serait redevenu vivable. Je n'ai pas réfléchi plus avant. Je n'avais pas le cœur à réfléchir.

J'ai pensé que tout serait mieux qu'ici et maintenant. N'importe où pourvu que je n'aie pas besoin de me souvenir de tout cela. Y compris de toi.

Neuvième lettre

Cinq ans et deux mois
après le début du voyage,
environ soixante-quatorze ans
en temps terrestre

Je suis désolé, cela fait si longtemps que je ne t'ai pas écrit. Mais tu sais, quand je t'ai envoyé mon dernier courrier, j'étais plutôt mal. Je voulais éviter de penser à toi. Ou, pour dire les choses plus précisément, je n'avais plus la force de penser à quoi que ce soit. Dans mes songes viciés, il m'arrivait de trembler du sentiment de trahison, et parfois de sangloter.

Après coup, j'ai pensé que tu n'étais peut-être pas en mesure d'envoyer de messages. Par exemple, si tu utilisais encore un serveur Hanmail. Mais l'instant d'après, j'étais en colère : enfin, bon sang, tu aurais pu trouver un autre moyen de m'écrire ! J'imaginais par la suite que tu n'avais reçu aucune de mes lettres. Et à nouveau, l'instant d'après, je piquais une colère : comment pouvais-tu me faire ça à moi ! Et à nouveau venaient les larmes.

Je dois te l'avouer : à un moment, j'ai complètement lâché l'affaire.

Un jour, alors que je remettais de l'ordre dans mon bazar, je suis tombé sur des documents financiers et juridiques que j'avais préparés en vue de mon retour. Faut croire que ça a touché un point sensible en moi. J'ai tout déchiré en menus morceaux et j'ai braillé longtemps, jusqu'à m'effondrer et perdre connaissance.

Un autre jour, j'ai compissé les murs de ma capsule. Des gouttelettes d'urine ont flotté partout dans l'air. Elles pénétraient mon nez, ma bouche, se glissaient dans les machines. Je me suis laissé aller. J'étais impuissant face au monde, comme un mourant en phase terminale.

Puis je suis tombé malade. Ce que j'essayais de manger ressortait de toutes parts. C'était horrible. Chaque fois, j'avais l'impression que mon esprit se vidait en même temps que mon corps. C'est à peine si j'arrivais à respirer, et chacune de mes bouffées d'air était chargée d'urine. Ce n'est qu'au moment où les produits de ma miction ont commencé à saturer mes voies respiratoires que j'ai réagi. Tâtonnant sur le tableau de bord, j'ai enclenché l'accélérateur. La gravité est revenue et l'urine s'est mise à pleuvoir. Tout ce qui flottait est retombé au sol et je me suis évanoui.

Je ne sais pas comment j'ai survécu. Mais à bien y réfléchir, je ne sais pas non plus pourquoi j'ai voulu mourir. À y réfléchir encore plus, j'ai compris que quand l'homme ne fait rien, la mort l'attend. Comme cette ville déserte. Il faut faire quelque chose, n'importe quoi, pour rester en vie. Avoir de la volonté, ne jamais abandonner.

J'ai traversé une phase épuisante de fièvre, mais quand j'ai commencé à aller mieux, je me suis soudain souvenu que j'avais lancé le vaisseau à la vitesse de la lumière. Combien de temps étais-je resté inconscient ? Une heure ? Un jour ? Un mois ou un an ? Combien de temps s'était écoulé, hors de ma capsule ? La vue des étoiles ne m'apprenait rien de nouveau. J'ai secoué la montre que m'avait offerte le capitaine mais, bon sang, faute d'avoir été remontée cette chose stupide s'était arrêtée. Je n'avais aucun moyen d'évaluer les années que j'avais enjambées.

J'ai ralenti mon aéronef et j'ai découvert la Terre. Mon mauvais pressentiment s'est mué en horreur. La Terre avait l'aspect de la Lune. Sombre et grêlée de cratères, comme si la vie n'y avait jamais existé.

En me rapprochant encore, j'ai vu que ce que j'avais pris pour une surface noire et bosselée était en réalité une enveloppe de sombres nuages. La Terre disparaissait entièrement derrière cette masse grumeleuse. Impossible de déterminer un point d'atterrissage à travers ce magma opaque.

J'étais en train de crier. Je n'arrivais plus à me calmer. J'ai appuyé ma tête contre le tableau de bord et j'ai pleuré.

Enfant, j'avais été témoin d'un glissement de terrain dans notre quartier. Une maison avait été avalée tout entière. Heureusement personne ne se trouvait à l'intérieur. J'avais crié. Ma mère m'a raconté plus tard qu'elle m'avait serré plus d'une heure dans ses bras avant que je ne m'apaise. Je criais toujours quand les choses disparaissaient. Les choses qui se brisent, se désagrègent, vieillissent, se décomposent, deviennent obsolètes, ces choses qui s'effondrent et qui meurent. J'ai toujours pleuré les choses perdues qui ne reviendraient plus.

Était-ce le résultat d'une guerre mondiale ? Une bombe d'une puissance inimaginable avait-elle projeté ce nuage de cendres jusqu'à la stratosphère ? Des cendres qui ne retombaient plus ? À moins qu'il ne se soit agi d'un astéroïde qui aurait frappé la planète ? On disait que cela pouvait avoir un effet encore plus dévastateur que des bombes. Ou bien…

Pourquoi étais-je là ? Pourquoi assisté-je à ce spectacle effroyable ?

Je voulais rentrer chez moi. J'ai tenté d'imaginer que j'effectuais un voyage dans le temps, juste pour connaître le futur. Je verrai à quoi ça ressemble puis je retournerais me vanter auprès de mes potes.

« Vous savez quoi ? Je suis allé dans le futur, eh oui ! J'ai vu l'avenir !

– Non ? Dingue ! Et alors, le Loto, tu as les numéros du Loto ?

– Merde, j'ai oublié de les noter.

– Ah le con… »

Mais non.

Il n'y a pas de chemin pour retourner dans le passé. Qu'allais-je faire ? Comment rentrer enfin chez moi ?

J'avais réservé l'église et la salle des fêtes. J'allais t'épouser. Comment pouvais-je raccorder mon temps à ton temps ?

Le vaisseau continuait sa descente. J'ai traversé l'atmosphère. Je pouvais désormais apercevoir les reliefs de la Terre et je suis parvenu à me repérer suffisamment pour retrouver l'astroport. Un moment, j'ai été tenté d'effectuer un demi-tour immédiat pour regagner l'espace. Mais mon esprit était torturé par de tels scénarios atroces, je devais savoir ce qu'il s'était passé.

Il faisait nuit. L'astroport était enseveli sous la neige qu'un blizzard faisait tourbillonner comme une tempête de sable. Impossible de rien distinguer. La glace recouvrait tout le littoral, je ne reconnaissais pas l'ancienne topographie du lieu. Je craignais que le froid ne fasse geler mon moteur. À nouveau j'ai songé à fuir.

Et puis je me suis figé net.

Il y avait les traces de l'atterrissage d'un autre vaisseau. La forme d'un vaisseau se dessinait nettement dans la neige qui avait d'abord fondu avant de céder la place à la glace.

Une glace que les rafales de neige étaient en train de recouvrir. Donc l'atterrissage était récent. Quelques semaines tout au plus, peut-être quelques jours, voire quelques heures.

J'ai couru vers le tarmac. Mes pieds s'enfonçaient profondément dans la neige. J'ai gratté la glace comme si j'allais y découvrir le vaisseau. Bizarrement, j'ai aperçu d'autres traces sous la glace, et d'autres encore en dessous. Comme si l'engin inconnu était venu se poser ici plusieurs fois.

J'ai erré dans le champ de neige, me frayant un chemin vers nulle part, comme un fou. Je tombais, je me relevais et je repartais au hasard. J'ai crié ton nom, de toutes mes forces. Mais la tempête a englouti ma voix. Au loin, dans ce maelström, j'apercevais les silhouettes fantomatiques de gratte-ciel.

Rien ne pouvait me laisser penser que c'était ton vaisseau qui était revenu ici à plusieurs reprises. Mais rien ne garantissait que ce ne fût pas le cas.

Égaré, éperdu, je viens de regagner mon minuscule abri. Je t'écris. Je reviendrai ici dans dix ans. Si tu regardes le lieu et l'heure d'origine de mon courrier, tu pourras déterminer la date de ce rendez-vous. Si tu reçois cette lettre, viens.

Je t'attendrai.

Dixième lettre

Sept ans et deux mois
après le début du voyage,
environ quatre-vingt-quatre ans
en temps terrestre

Tu n'es pas venue.

Au lieu de ton vaisseau, c'est un autre qui s'est présenté, un dont j'avais fini par oublier l'existence. Apparemment, ils avaient reçu mes lettres et avaient décidé de me récupérer. Tu t'en souviens ? Mon premier transporteur. Qui était comme une petite ville. Avec des cafés et un marché aux puces.

Il était presque tel que je l'avais connu, même si le temps avait formé sur sa coque une sorte de croûte, comme de la mousse ou de la moisissure. Un peu plus jaunâtre et puant que lorsque j'y étais entré pour la première fois.

En voyant les passagers, me sont revenus en mémoire les mots de mes camarades, avant mon départ : ceux qui reviennent d'un voyage interstellaire sont soit sages soit fous. Je pense que ceux-là relevaient de la seconde catégorie. Et moi, est-ce que je vaux mieux qu'eux ?

Avant même que je quitte ma nef de poche, ils étaient remontés contre moi.

Ils ne s'étaient sans doute pas imaginés que l'on puisse survivre jusqu'ici sur un si petit vaisseau, et tout seul ! Par *ici*, je veux dire, *jusqu'à ce moment, dix ans après ma dernière lettre.* Il est probable qu'ils s'attendaient à un immense vaisseau, bourré à craquer de vivres, genre nouilles séchées et viande congelée, bref, un hypermarché de l'espace.

J'ai été traîné au sol par ces gens rendus dingues de frustration, ils ont renversé mon engin. Ils l'ont démembré, désossé, dépouillé, en ont arraché tout ce qu'ils pouvaient et ont tout balancé dans la neige. Quand j'ai essayé de les arrêter, ils s'en sont pris à moi et m'ont frappé. Comme à chaque tentative de les stopper je me prenais une volée de coups, je me suis résigné à les regarder achever leur pillage. Ils n'ont pas cessé de me molester pour autant. Après avoir tout massacré, ils étaient doublement furieux. Non seulement ils n'avaient rien trouvé de comestible dans mon gourbi, mais en plus tout puait la pisse.

Pour accueillir mon aéronef à l'astroport, ils s'étaient préparés à une bataille rangée contre des gars déterminés à protéger leurs biens les plus précieux. Mais quand ils se sont rendu compte qu'il n'y avait que moi et ma misérable capsule, ça les avait carrément énervé.

Je me suis résolu à trépasser sur place. Ont-ils jugé que c'était du gâchis, vu qu'après ma mort ils n'auraient plus personne sur qui se défouler ? Ou bien était-ce ennuyeux de me bastonner alors que j'étais dans les vapes depuis un bon moment ? Toujours est-il qu'ils m'ont laissé vivre.

J'ai été jeté dans une cellule de leur vaisseau. Le capitaine est descendu me voir. Tu sais, celui dont je t'avais parlé, qui semblait ne pas être né à la bonne époque ? Apparemment, il avait enfin trouvé son époque. Il ressemblait à un vieux lion qui aurait survécu en plein milieu de la savane. Il était gras, bouffi de suffisance. Ses yeux brillaient. Manifestement, il pensait devoir sa survie à la divine providence.

J'ai appris qu'il avait lu toutes mes lettres. Alors que j'étais vaincu, meurtri, misérable, il a tenu à relire à haute voix chacun de mes courriers. Se permettant de pouffer sans retenue sur tel ou tel passage. Il a dit qu'il n'y avait plus de feuilletons ces derniers temps et que mes missives constituaient l'un de ses rares loisirs. Il m'a carrément demandé d'en écrire d'autres ! Ma seule pensée, à cet instant, était d'abattre ce bâtard une fois pour toutes. L'idée suivante, c'était d'éliminer ce cafard immonde qui piétinait ma dignité. Et ainsi de suite.

Il m'a interrogé : comment avais-je fait pour revenir ici ? Comme je ne répondais pas, il s'est mis à m'étrangler. Il a fini par desserrer sa prise, mais il fallait voir la tête qu'il faisait. Il paraissait infiniment heureux que la vie ou la mort d'une personne ne dépende que de lui. Un vrai sale type.

J'ai quand même posé une question à mon tour. Pourquoi n'avait-il pas gagné un autre système stellaire ? Il a répondu qu'il voulait retourner dans sa maison. Je lui ai fait remarquer qu'il n'y avait plus de maisons. Il a répliqué qu'il s'en fichait. Qu'il voulait malgré tout y retourner. Que c'était pareil pour tous les passagers. Je me suis fait la réflexion que quelqu'un qui prend un tel plaisir à tenir entre ses mains la vie d'un congénère ne doit pas être le mieux placé pour savoir ce que souhaitent réellement les autres.

Au bout d'un certain temps, il m'a autorisé à quitter ma cellule. J'étais libre de circuler comme je le voulais. À mon avis, il prenait autant de plaisir à me libérer qu'il en aurait eu à me tuer, seul le fait d'exercer son pouvoir lui importait. Ainsi suis-je resté à bord. Avant tout, j'avais besoin de soins. Je suis allé consulter le médecin. Il s'est étonné de me voir débarquer comme ça, néanmoins il m'a soigné sans poser plus de questions. J'étais certain qu'il m'aiderait. Parce que si lui et les autres m'avaient battu, ce n'était pas pour obtenir quelque chose de moi, c'était juste pour se défouler. J'aurais fait la même chose à leur place, si j'étais tombé sur un voyageur solitaire.

Heureusement que tu n'es pas venue, me suis-je dit.

Avant de penser que je ne te reverrai peut-être jamais.

J'ai réfléchi. Pour arriver de si loin, tu voyagerais forcément à bord d'un grand vaisseau spatial. Évidemment, ce ne serait pas toi qui déciderais de la route. Personne ne changerait de cap pour te permettre de rejoindre un type tout seul, et qui de surcroît ne possédait plus rien.

Tu ne viendras pas.

Nous sommes comme deux personnes qui naviguent dans la même direction, sur le même fleuve immense et qui rêvent qu'un miracle les fera se rencontrer. Mais ce fleuve est infini et nul ne peut le remonter.

Un scientifique du XXe siècle a dit qu'il existait probablement des vies extraterrestres, mais que nous ne pourrons jamais les rencontrer. Ce n'est pas une question d'espace, mais de temps. Quoique la Terre existe depuis 4,5 milliards d'années, l'humanité ne compte que deux millions d'années, et encore, cela ne fait qu'à peine vingt mille ans que nous avons commencé à avoir des discussions significatives autour d'une table. Pour qu'un extraterrestre nous rejoigne pour prendre un thé, il devrait parcourir une distance quasi infinie dans un temps quasi instantané.

En file indienne, les gens faisaient des allers-retours le long de la mer – on aurait dit des pingouins –, jetaient leurs filets, les halaient pour remonter leurs prises. Je suis revenu vers ce qui restait de ma capsule. J'ai ramassé les pièces dispersées dans la neige et j'ai commencé à les assembler à nouveau. Heureusement que le soleil était de retour, sans quoi j'aurais gelé sur place.

Petit à petit, des badauds ont pointé leur nez. Ils m'ont même apporté des pièces de rechange. Quand j'avais besoin de remplacer tel élément manquant ou trop endommagé, je leur demandais et ils me le fournissaient, n'hésitant pas à les prélever sur des jouets, des vêtements ou quoi que ce soit. Parmi eux, certains m'avaient battu presque à mort, lors de mon arrivée. Nous n'en avons pas parlé. Qui sait, encore une fois, rien ne me permet de jurer qu'à leur place j'aurais agi différemment. J'aurais peut-être même tapé encore plus fort, pour gagner en crédit auprès de la communauté.

Ils avaient regarni leur magasin et s'apprêtaient à redécoller. Moi aussi je remontais dans mon vaisseau. En refermant la trappe, j'ai cru entendre ta voix.

« Tu devrais partir avec eux. Tu augmenterais tes chances de survie. »

J'ai cru sentir ta main dans la mienne. Et ta voix me parvenait à nouveau.

« Peu importe le voyage, jamais nous ne nous retrouverons. Tu dois penser à toi. »

Je t'ai répondu assez sèchement que le capitaine avait intercepté la totalité de mes envois. Que cela seul constituait une raison suffisante pour ne pas voyager en leur compagnie.

Onzième lettre

Huit ans et huit mois
après le début du voyage,
environ cent quarante-cinq ans
en temps terrestre

Quand je suis revenu sur Terre, elle était complètement gelée. Seule la zone équatoriale avait été épargnée. La ceinture de nuages noirs s'était dissipée, mais avant de disparaître elle avait entraîné le refroidissement climatique que je constatais à présent.

J'ai lu quelque part, il y a longtemps, que la Terre avait été une planète de glace. Que l'humanité est comme cet insecte qui ne vit qu'une journée. J'avais lu aussi qu'une période glaciaire pouvait être provoquée par un simple hiver prolongé, par exemple, si la neige était plus abondante telle année, elle augmenterait légèrement le volume du névé global, ce qui suffirait à refroidir la Terre d'un iota, ce qui causerait un surcroît de neige l'année suivante, et ainsi de suite jusqu'à une glaciation généralisée.

Le couvercle de cendres a plongé la Terre dans les ténèbres durant une année au moins, pas étonnant que cela ait ouvert une nouvelle ère glaciaire.

Le niveau de la mer a baissé. La carte de la Terre que j'ai connue a dû être totalement remaniée. Les marées, les courants auront changé, amenant une nouvelle érosion qui aura sculpté de nouvelles côtes. Des glaciers gigantesques se seront formés. Continuant de grossir, ils réduiront à néant toutes traces de vie humaine sous leurs millions de tonnes. Ils réduiront en poussière les dernières créatures qui auront réussi jusque-là à s'accrocher entre les algues ou les roseaux.

J'ai ralenti ma descente, juste assez pour jeter un œil, de loin. Puis j'ai remis les gaz. Je me suis dit que je reviendrai plus tard, quand le monde se sera un peu réchauffé.

De toute manière, j'ai l'éternité devant moi.

Douzième lettre

*Neuf ans et deux mois
après le début du voyage,
environ cent soixante-dix ans
en temps terrestre*

Je t'attends.

Peut-être n'es-tu plus de ce monde. Peut-être t'es-tu installée depuis longtemps sur une étoile lointaine, peut-être as-tu rencontré un gentil mari, que vous avez une dizaine d'enfants et que tu vis là-bas, entourée par cette adorable famille. Mais peut-être voyages-tu sur une orbite, attendant que la Terre se rétablisse. Peut-être qu'à l'instant où je t'écris ces lignes, tu descends d'un transporteur interstellaire dans un lointain système et que tu te souviens de moi comme d'une anecdote de jeunesse : « Ah oui, j'ai connu un homme comme ça. Il doit être mort depuis des lustres, c'était dans un autre flux temporel. »

Pour survivre à chaque jour, je dois m'occuper sans cesse.

Il suffirait que je me laisse aller une journée pour que le temps se dilate à l'infini et m'avale tout cru. Si ce moment arrive, où je ne pourrais plus contrôler le temps, ce sera la fin.

J'ai réglé mon réveil pour qu'il sonne à intervalles réguliers. Quelle que soit l'heure dans l'univers, ici je dors à heure fixe et me réveille à heure fixe. Je pratique divers exercices physiques quotidiens, toujours à heure fixe et, encore à heures fixes, j'ingère une quantité égale de nourriture chaque jour. Car si mon corps tombait en panne, personne ne viendrait me soigner.

Le navire grince sans cesse quelque part. Je me demande s'il s'agit encore des conséquences de mon urine dispersée dans tous les coins. Je répare, je bricole, je retape, les journées filent vite. Quand j'ai un moment de libre, je potasse aussi le manuel d'instruction du vaisseau. Car là non plus je ne peux compter sur personne.

Je me suis mis à jardiner, je fais pousser quelques plantes. À partir d'une seule graine, en quelques mois, on peut obtenir des centaines de plants. Il faut juste assez d'air, surtout du CO_2. Au début je perdais presque tout mais maintenant mes végétaux se sont acclimatés. Grâce à ce petit potager, je peux accommoder mes plats de croquettes.

Un jour, réveil brutal, sensation d'asphyxie. Ouvrir la fenêtre, vite ! Je voulais sentir l'air frais. Il faisait nuit dehors. J'avais dû dormir trop longtemps. Flûte, mais c'est demain, mon mariage ! Il reste tant de choses à préparer ! Je vais pour ouvrir la fenêtre, mais, zut, celle-ci refuse de s'ouvrir. Elle n'a même pas de poignée ! Je sors la clef à molette que je garde dans ma poche, prêt à la briser parce que si je ne fais pas entrer de l'air frais, je vais suffoquer. Parce que la pièce pue l'urine et la sueur, à se demander depuis combien de temps elle n'a pas été aérée.

Mais alors que je m'apprête à fracasser la vitre, mon autre main interrompt mon geste. Je me fige net, serrant ma main tremblante et je reste blotti en chien de fusil jusqu'à ce que je recouvre mes esprits.

Je suis là.
Je t'attends.

Si je n'avais pas eu cette pensée à laquelle me raccrocher, j'aurais perdu tout contrôle.

Tu m'as sauvé. Quel que soit l'endroit où tu te trouves, que tu sois morte ou bien vivante et voyageant dans l'infini des étoiles.

Treizième lettre

Neuf ans et sept mois
après le début du voyage,
probablement deux cent
vingt-trois ans en temps terrestre

Je dormai, quand soudain le vaisseau s'est mis à vibrer. Pas seulement le vaisseau, tout le système solaire. J'ai regardé par le hublot. Une météorite géante frappait la Terre. Elle devait foncer à une vitesse épouvantable, mais sa masse était telle qu'elle semblait percuter l'atmosphère terrestre au ralenti. Quoique très loin dans l'espace, j'ai aperçu les océans qui montaient vers le ciel sous l'impact. L'eau de mer a été vaporisée en un instant, recouvrant la planète d'un nuage rouge incandescent. La Terre était si loin, si petite, ça rendait la scène assez irréelle.

Du temps où la Terre était habitée par plein de monde, on aurait sûrement inventé un truc pour parer à de telles catastrophes.

Sous mes yeux, elle s'est changée en une boule de feu géante. À ce stade, elle achevait de consumer toute son atmosphère. Il ne devait plus rester la moindre trace de vie.

Puis je me suis réveillé.

Bien que sorti du sommeil, je peinais à situer la part du songe et la part du réel. Autrefois, quand je m'embarquais dans des rêves aussi prégnants, je me demandais lequel des deux mondes était le plus extravagant. Je me disais : c'est trop dément, ça doit être le rêve.

Mais ces derniers temps, impossible de dire quel monde est le plus réel.

Une musique est sortie de la bague que j'avais laissée sur la table. Tiens, la bague chante. *Ce doit être dans mon rêve*, ai-je pensé. J'ai regardé autour de moi ; les futurs mariés qui avaient pris le même vaisseau que moi ronflaient paisiblement, à même le sol. Il y avait des fleurs et des rubans accrochés au mur, et des banderoles « Vive les futurs mariés ! » suspendues ici et là.

J'ai quitté ma cabine. L'intérieur du vaisseau était comme une petite ville. Dans leur costume du dimanche, les gens se promenaient. Tous semblaient excités et heureux. Sur le plafond du vaisseau, tout là-haut, des néons de couleurs dessinaient le visage du capitaine accompagné d'un message clignotant : « Nous rentrons à la maison ! »

Alors là, c'est sûr que c'est un rêve, me suis-je dit. Dieu merci, juste un rêve.

Toi, tu étais assise parmi les passagers. Tu étais telle que le premier jour, quand tu étais montée dans le vaisseau. Non, en fait, exactement telle que lorsque nous nous étions rencontrés la première fois, dans ce café où je bossais à mi-temps. Rigoureusement la même que lorsque j'avais renversé maladroitement de la crème glacée sur la veste que tu venais d'acheter.

À l'idée que tout mon salaire allait être dévoré par cette bêtise, j'avais éclaté en sanglots. C'est toi qui avais pris l'initiative de m'emmener dans les toilettes, comme ça le patron ne s'apercevrait de rien. Nous nous étions retrouvés en tête à tête pour enlever cette tache de chocolat, qui ne cédait pas facilement.

« Oh, regardez-le, lui ! »

Les gens autour de toi se sont mis à pousser des exclamations en me désignant, tandis que je m'approchais.

« Ça alors, il a pris un sacré coup de vieux, le futur marié ! C'est pas top, ça ! »

Ne sachant quelle attitude adopter, tu t'es contentée de baisser la tête. La dame qui réclamait sa crème hydratante, son ventre ceint de bandages ensanglantés, t'a chuchoté à l'oreille : « Le jeune homme dont vous étiez tombée amoureuse n'existe plus. Même si vous le retrouviez, ce ne sera plus jamais celui que vous avez connu. Le temps est impitoyable, vous savez. »

Fendant la foule, j'ai foncé vers toi. Prenant ta main, je t'ai relevée. *Viens. Ne restons pas avec ces abrutis. Ils sont scotchés dans le passé. Ils n'ont ni grandi ni vieilli d'un jour depuis tout ce temps.*

Moi, j'ai vieilli. Chaque jour, un jour de plus. Chaque mois, un mois de plus. Chaque année, une année encore. J'ai additionné le temps dans mon corps. Voilà pourquoi je suis l'homme qu'il te faut. Je suis l'homme qu'il te faut, plus encore aujourd'hui qu'il y a dix ans. Plus encore qu'il y a une centaine d'années. Demain, je serai meilleur encore. Et l'année prochaine, encore.

J'ai ouvert les yeux.

J'étais dans mon vaisseau de poche. Je flottais dans l'espace parmi tout un tas de débris. Seule la bague continuait de chanter, comme dans mon rêve.

J'ai fermé les yeux, les ai rouverts. Tu étais avec moi. Tu étais allongée sur moi. Encore que de ton point de vue, c'était peut-être l'inverse.

Tu m'as dit :

« Nous allons faire un bébé, ici. »

J'ai ri.

« Ici ? Là ?

– Oui, dans ce monde qui s'effondre à la vitesse de la lumière. Dans cet univers où le temps n'existe plus. L'enfant ne trouvera pas cela étrange. Parce que ce flux temporel sera son pays natal. »

Tu as marqué une pause avant de continuer, chuchotant à mon oreille :

« Ce sont les flux temporels lents que l'enfant trouvera étranges. Il n'aura pas peur, il ne se sentira pas mal à l'aise quand il atteindra une nouvelle voie temporelle – contrairement à nous. Tout comme tu n'as pas trouvé étrange de passer de vingt à vingt et un ans, il trouvera naturel de franchir mille ou deux mille ans. Il n'aura nulle tristesse pour le temps passé. Il ne pleurera pas sur les choses qui disparaissent. Il trouvera cela inévitable et naturel. Notre enfant ne tâtonnera pas dans ce monde, comme nous l'avons fait. Il n'errera pas, prisonnier de la gravité, mais il volera jusqu'aux confins de l'infini. Il verra tout ce que nous ne pouvons pas voir. »

Ouais. Ce serait dément.

Si nous parvenions à nous retrouver.

Quatorzième lettre

Dix ans et deux mois
après le début du voyage,
temps terrestre inconnu

J'étais à l'extérieur du vaisseau, occupé à réparer la voile, quand j'ai entendu le déclenchement d'une alarme. Une tempête solaire approchait. Je suis resté à regarder encore l'espace. Un essaim d'étoiles pleuvait.

« C'est bon ! », ai-je crié à l'alarme. Je n'avais pas l'intention de mourir. Je savais que je disposais de cinq minutes pour me mettre à l'abri. Enfin, il me semble, non ? Bref, peu importe, j'étais là, contemplant les constellations. Pensant aux vies innombrables qui scintillaient de l'autre côté du temps.

Quatre minutes plus tard, j'étais dans le vaisseau. Je me suis glissé dans ma cabine-abri en une minute et me suis endormi. Je ne sais pas ce qui s'est passé après, mais quand j'ai voulu sortir, la porte était verrouillée.

Je n'ai pas pleuré. Je me suis juste dit que ce serait assez désagréable comme façon de mourir, coincé là-dedans. J'ai repensé à tous ces moments où j'avais frôlé la mort et finalement j'en ai conclu qu'aucune façon de mourir n'aurait été agréable. Et je me suis rendormi.

Dès que j'ai pu me glisser dans le sommeil, je t'ai retrouvée. Ravi, je t'ai saluée, mais voilà que tu me grondais : « J'étais à l'église le jour convenu. Et tu n'y étais pas !

Qu'est-ce que tu fichais, où étais-tu ? Quel homme humilie ainsi sa fiancée ? »

Les reproches se succédaient, je faisais de mon mieux pour t'apaiser.

Quand je me suis calmé, toi aussi tu es redevenue calme.

« Tu as gardé ta trousse à outils accrochée à ta ceinture ?

– Oui, tu as raison. J'avais complètement oublié, ai-je dit en tapotant la petite sacoche.

– Attention à ne pas la faire tomber. Tu ne pourrais pas la rattraper. »

J'ai glissé le tournevis dans l'interstice de la porte pour soulever le loquet baissé de l'autre côté.

Tout comme cette fois où nous avions frotté la tache de chocolat, nous transpirions tout près l'un de l'autre tandis que j'essayais de rouvrir cette maudite porte.

« Il est sacrément costaud, ce loquet. Et si le tournevis se casse ? t'es-tu inquiétée.

– Ce n'est pas impossible. Si ça se produit, il sera toujours temps d'aviser. D'ici là, pas la peine de s'inquiéter, nous avons assez de soucis comme ça. »

J'ai réalisé que ma réponse était, mot pour mot, celle qui avait été la tienne ce jour-là. Et je me suis souvenu que, à ce moment précis, je t'avais regardée et tu m'avais ensorcelé. C'était l'instant exact où j'étais tombé amoureux de toi.

« C'est amusant, ai-je dit.

– Quoi donc ?

– Que je te ressemble de plus en plus alors que nous avons été séparés si longtemps.

– Nous n'avons jamais été séparés, as-tu répondu sans quitter de l'œil le loquet à travers l'ouverture imperceptible de la porte. Nous vivons dans le même flux temporel. Nous avançons en âge au même rythme. Nous vieillissons ensemble. »

J'ai laissé échapper un rire.

Tu as poursuivi :

« Exactement comme lorsque nous vivions sur cette nef spatiale appelée Terre. Où nous avons mangé, dormi, grandi et vieilli.

– Non. Ce n'est pas vrai, ai-je marmonné.

– Nous avons voyagé ensemble avant même de nous rencontrer. Sur un vaisseau immense, c'est tout.

– C'est faux ! me suis-je emporté. Tu n'es pas là ! Même si tu étais là, tu ne viendrais pas à ma rencontre. Sinon, depuis tout ce temps tu m'aurais laissé un signe, n'importe comment, n'importe où, n'importe quand ! Tu aurais dessiné un numéro de téléphone avec des pierres près de l'astroport, que je puisse l'apercevoir du ciel. Ou alors tu aurais fait passer un avis de recherche par la radio, ou… »

Il me semble que tes lèvres se sont refermées et soudain tu as disparu. Simultanément, le loquet a sauté.

Je suis sorti de la cabine-abri, en sueur.

J'ai eu le sentiment que cette fois était la dernière, que tu ne reviendrais plus me voir, même de cette façon, dans mon imagination. Rendu triste par cette pensée, j'ai senti ma volonté de vivre se dissoudre lentement. J'ai voulu me ressaisir. Car après tout, c'était l'espoir de te revoir qui m'avait maintenu en vie.

Mais c'était fini.

Je le savais maintenant. Tout était fini.

Rentrons à la maison, me suis-je dit.

Je ne pensais pas pouvoir vivre plus longtemps. J'étais trop seul. J'étais comme une maison laissée à l'abandon.

J'ai songé à en finir tout de suite, mais finalement je me suis dit que, tant qu'à mettre fin à tout ça, autant le faire chez moi.

Arrivé à ce stade de mes réflexions, une idée m'a frappée. Je connaissais l'endroit idéal pour mettre un point final.

Quinzième lettre

Vu du ciel, il ne restait plus rien qui ressemblât à un astroport. C'est grâce aux coordonnées de latitude et de longitude que je l'ai repéré. Le long de la côte, l'endroit était devenu une forêt de sapins. Jamais je n'avais vu une aussi belle et aussi vaste forêt.

Même si tu essaies de venir, ce ne sera pas évident de retrouver l'endroit.

Tiens donc, j'ai encore ce genre de pensées, moi ?

J'ai dû procéder à un atterrissage d'urgence. La configuration des lieux, le relief du terrain, tout avait tellement changé.

Le littoral se trouvait dans un endroit étrange, et la terre s'élevait plus haut que les dernières fois. J'ai viré en direction de la mer pour atténuer le choc de l'impact, mais la mer se trouvait bien plus bas. Si je n'avais pas eu le réflexe de plonger dans ma cabine-abri, j'aurais été broyé quand le vaisseau s'est disloqué. Et si le loquet de la capsule ne s'était pas brisé durant l'explosion, j'aurais été piégé à l'intérieur comme la dernière fois et serais sans doute mort enfermé là-dedans.

À la nage, j'ai regagné la plage. Là j'ai vomi longtemps, recrachant des litres d'eau de mer, me semble-t-il. J'ai vu les restes de mon vaisseau couler au large.

Tout va bien.

Oui, tout va bien. Le vaisseau a tenu bon jusqu'au bout. C'est plus qu'il ne fallait !

Le sable s'accrochait à mes chaussures détrempées et j'avais des difficultés à progresser. J'ai ôté mes chaussures pour poursuivre pieds nus.

Un brouillard blanchâtre flottait dans la forêt de sapins. Les rayons du soleil qui traversaient ce brouillard m'éblouissaient. Des gouttes de rosée perlaient au bout de mes doigts. Des oiseaux bleus se sont envolés entre les branches. Une harde de chevreuils, surprise par le bruit, s'est dispersée dans les broussailles. Tous étaient vigoureux, plein de vie, comme s'ils n'avaient jamais été malmenés et chassés par les humains. Ils arboraient un beau pelage de couleurs vives, semblables à celles du paon, l'air de dire : « De qui devrions-nous nous cacher ? »

Dans ma tête, j'ai effacé la forêt de sapins et l'ai remplacée par la plaine qui s'y trouvait la dernière fois. Ce champ d'herbes sauvages qui ne pouvaient guère prendre racine dans le sol encore largement couvert par des restes d'asphalte. Cette plaine de chiendent et de pâquerettes où flottait un parfum herbacé. J'ai effacé l'image pour lui substituer le hall de l'astroport. J'ai arraché les tiges rampantes qui pendaient le long des murs, j'ai replacé le balcon au bon endroit. J'ai bouché les fissures, j'ai repeint les murs, j'ai nettoyé le sol. Puis j'ai fait revenir les gens. J'ai pensé à ceux qui débarquent en bavardant joyeusement. Et à ceux qui attendent.

J'ai pensé à moi, qui attends.

Mes jambes ont cédé et je me suis effondré. Après un bon moment, je me suis relevé et j'ai repris ma marche. Quand je n'en pouvais plus, je m'allongeais sous un arbre et je faisais un somme. Je dormais le jour, je marchais la nuit. C'était mieux pour maintenir ma température corporelle.

À mesure que j'avançais dans les terres, le paysage désolant d'une ville en ruines se dessinait à l'horizon. Tout semblait envahi par la nature, demeuraient seulement les traces de ce qui avait été une cité.

L'un après l'autre, j'ai redressé les bâtiments délabrés. Je les ai repeints, j'ai remis en place les fenêtres qui avaient explosé et j'ai allumé les lumières. J'ai démarré les voitures abandonnées dans les rues. J'ai rebranché les feux de circulation, j'ai recollé les numéros des bus sur leurs flancs et j'ai allumé les phares. J'ai pensé aux voyageurs qui descendent à l'arrêt du bus.

J'ai pensé à moi qui attends à l'arrêt du bus.

Je t'ai vue, tu descendais du bus, les yeux plongés dans ton livre. Je t'ai vue jeter un coup d'œil à droite, à gauche, pour t'assurer du lieu après avoir été totalement absorbée dans ta lecture. Enfin tu m'as aperçu et tu as marché dans ma direction avec un sourire radieux.

Je suis passé devant un parc d'attractions. À l'entrée se tenait une statue de marmotte dépourvue d'yeux. Le drakkar était rempli d'eau et l'eau était envahie par des herbes aquatiques. J'ai longé des voies ferrées transformées en tapis de fleurs rouges. J'ai emprunté un tunnel de métro à demi inondé. Une rame de métro arrivait, fendant les flots. Des passagers sont descendus, complètement trempés, essorant leurs vêtements sur le quai.

Je t'ai vue sortir du train, absorbée dans tes pensées. Tu as jeté un coup d'œil à droite, à gauche, comme si tu n'étais pas sûre d'être descendue à la bonne station. Tu restais là, plantée, jusqu'à ce que j'arrive près de toi, dans mes vieux vêtements tachés d'huile, et que je caresse ta joue.

Les invités arrivent dans leurs voitures qui débordent de fleurs. Ils quittent leurs véhicules en retirant les herbes et les graines de lampourde accrochées à leurs vêtements. Ils cueillent quelques fleurs sauvages. Au lieu des traditionnelles enveloppes de billets, ils portent ces fleurs en se dirigeant vers le bâtiment qui disparaît sous la mousse, le lierre et les volubilis.

Tu es là, devant l'entrée. Tu te dandines d'une jambe sur l'autre en disant que c'est vraiment impossible de bouger avec une robe pareille. Quand tu m'aperçois, qui m'avance à ta rencontre avec les autres invités, tu me gourmandes :

« Tu es en retard.

– Oui, désolé, dis-je en secouant le sable collé à mes pieds nus. Je suis si nerveux. C'est ma première fois, tu sais. »

Je reste figé sur place.

Sous mes yeux, voici l'église que nous avons choisie pour notre mariage.

Surpris, je regarde aux alentours. C'est le seul édifice encore debout au milieu de cette ville en ruines. Ignorant le temps qui est passé, les années par centaines. Faisant fi des typhons, des pluies et des tempêtes de neige, des guerres. Comme si elle se trouvait sur un autre flux temporel. Elle est vieille, mal en point, avec un coin du toit effondré, mais elle se dresse encore, fermement ancrée au sol.

Je monte l'escalier. Je caresse le châssis de la porte d'entrée, noirci par le temps ; pour m'assurer que je ne suis pas en plein délire. À cet instant, je repense à toi qui caressais le châssis de la porte, dans votre maison de campagne. Je repense aussi à ce que tu m'avais dit.

Une maison habitée vit longtemps.

Une maison dont les résidents ouvrent les portes et les referment, une maison qu'ils aèrent en grand, où ils font leurs lits, où ils s'allongent pour dormir, où ils se réveillent, une maison où ils allument du feu, où ils cuisinent, d'où ils chassent la poussière et essuient l'humidité.

Alors je me rappelle ta lettre.
Que j'avais écoutée en boucle, cinquante fois au moins. Comment se fait-il que je n'y aie pas pensé plus tôt ! Tu me disais quelque chose tout à la fin.
Si tu n'es pas là, sur le quai...

Quelque chose dégringole de la porte. Les ficelles antiques qui retenaient ces objets ont dû lâcher. Je les ramasse. Ils sont vieux, rongés par la moisissure, mais je peux reconnaître les pendentifs que j'avais offerts à mes amis, et dans lesquels on glisse une petite photographie. Les mains tremblantes, j'ouvre un premier pendentif. Sous le cliché que j'avais pris ce jour-là, un autre, qui semble avoir été pris à l'église le jour de notre mariage.
Mes amis ont dû revenir ici plusieurs fois. Je continue d'ouvrir les pendentifs, je trouve d'autres photographies, où ils sont avec leur fiancée, leurs enfants. Il y a aussi la photo d'un vieil homme allongé sur un lit. De ses doigts, il fait le signe de la victoire à la personne qui prend la photo. En bas il est écrit : *Hé, les mecs, je pars le premier.*
Si tu n'es pas là, sur le quai... murmures-tu à mon oreille, *j'irai à la salle de banquet. Même sans toi, je voudrais faire la fête.*

Le vieux tapis craque sous mes pieds nus. Chacuns de mes pas soulèvent une poussière grise, comme une fumée d'encens. Les vieilles chaises rouillées sont parfaitement alignées.
Sur le mur, derrière l'autel, je vois des petits papiers collés les uns sur les autres. Grisâtres aujourd'hui, ils ont dû être autrefois de couleurs. Dessus sont répétées, écrits à l'encre, des formules similaires.

Je t'attendrai

Je t'attends

Je reviendrai

Je suis encore là

Je t'attends toujours

Je suis repassée ici

Ne m'oublie pas

Viens vite

Je ne cesse pas de t'attendre

Je trébuche.

Je me rétablis et m'approche du mur. Entre mes doigts, les morceaux de papiers s'effritent et tombent en poussière. Chaque petit papier semble avoir été collé sur le précédent à une époque différente. Certains ont plusieurs centaines d'années, d'autres quelques décennies. Certains sont séparés dans le temps de quelques années à peine.

Je suis le mur et m'agrippe à un antique rideau qui tombe sous ma main, sans force. Derrière, collés sur le mur, je découvre des cartes, encore des petits papiers et des rubans. Mais ceux-ci ont été déchiquetés, comme sous l'effet d'une violente colère. Et quelqu'un a peint à la bombe : *C'est de la folie. Il n'est plus là. Ça fait un million d'années qu'il est mort.*

Pétrifié, je contemple la scène. Les mots m'ont frappé en plein cœur, le sang a gelé dans mes veines. Je glisse au sol et y demeure longtemps, incapable du moindre geste.

Je marmonne que c'est mieux ainsi. Quoique… En mon for intérieur, c'est tout autre chose que je me dis. Mais à nouveau je marmonne que c'est mieux ainsi. Qu'il est préférable que tu aies abandonné.

Après un autre long moment, je m'apprête enfin à me relever lorsque j'aperçois un petit papier collé sur le rideau qui gît au sol. Il me saute aux yeux, il est jaune.

Un papier jaune vif.

Un papier encore coloré. Que les rayons du soleil n'ont pas déteint. Je me souviens des livres que, enfant, je gardais sur une étagère, près de la fenêtre. En moins d'un an, les dos des couvertures blanchissaient déjà.

Je décolle du rideau le papillon. Il ne se défait pas si facilement. Sa colle est encore récente. Il doit dater de… l'an, passé ? Du mois dernier ? D'hier ?

De tout à l'heure ?

À présent, le soleil se couche. Ses rayons traversent la fenêtre. Ils diffusent un rideau de lumière argenté, et tout ce qui se trouve à l'intérieur de l'église se dévoile. Le sol, qui a été balayé depuis peu ; l'autel, recouvert d'une nappe propre ; les fleurs, dans un vase ; la trace d'un feu allumé récemment et jusqu'à la marmite, posée dessus avec soin. Je distingue des empreintes de pas, qui vont et viennent, ici et là. Et même la trace de quelqu'un qui a dormi ici.

Un coup de vent s'engouffre par la porte ouverte, des vieux papiers effrités tombent dans un bruissement doux tandis que, depuis l'entrée de l'église, vole jusqu'à moi un nouveau papillon. Les rayons du soleil font briller comme de l'or le petit papier jaune où est écrit…

Je t'attends
Je suis là

JE VIENS VERS TOI

Première lettre

Premier jour du voyage,
un jour en temps terrestre

Comment vas-tu ?
Moi, ça y est, je suis en route.

J'écris deux lignes et je pose le stylo. Je regarde par la fenêtre. L'embarquement est en cours, j'ai hâte que nous partions.

À l''extérieur du vaisseau, je vois une file interminable de passagers chargés de bagages à main, de sacs à dos, de paquets juchés sur leur tête. Des enfants qui cavalent en tous sens et d'autres, épuisés et grincheux, qui s'accrochent aux bras de leurs parents en luttant désespérément contre le sommeil. Un vieux couple qui gravit l'escalier, main dans la main, des jeunes qui bavardent bruyamment sans cesser de grignoter et, à l'écart, des gens qui s'embrassent dans de longs adieux.

Je n'ai pas pu apporter grand-chose avec moi. J'ai dû m'éclipser en douce, tu sais. J'ai juste pris ma liseuse numérique. C'est un modèle très économique, avec un écran pas plus grand que le cadran d'une montre. Il est trop petit pour la lecture, mais je l'utilise pour écouter des livres audios. Je l'ai chargé avec une centaine de classiques, je ne vais pas m'ennuyer dans les deux mois qui viennent.

Tu dois être surpris de recevoir une lettre manuscrite. Ah, encore que, quand tu la recevras, elle aura peut-être été convertie en message vocal.

Moi aussi j'ai été surprise quand un membre d'équipage m'a tendu du papier et un crayon. Je lui ai demandé pourquoi il me donnait ça. « Avec le crayon, on peut écrire même quand il n'y a plus de gravité. » Puis, faisant le geste de tenir le crayon à l'envers, il a ajouté : « Vous voyez, si vous êtes allongée, impossible de se servir d'un stylo à bille. Tandis que, avec le crayon, c'est sans problème. » Je lui ai reposé la question autrement. Je voulais savoir pourquoi le papier. « Les appareils changent constamment. » Comme je ne comprenais pas, il m'a expliqué qu'il y avait toujours des gens qui ne savaient pas se servir des machines les plus simples. Les personnes âgées, les enfants, les personnes venues d'autres systèmes stellaires, ou les pauvres aussi, parfois. En revanche, un papier et un crayon, tout le monde sait s'en servir.

Bref, nous écrivons notre courrier sur du papier, puis il est numérisé et envoyé à destination. À son arrivée, il peut être converti sur divers supports, selon l'usage du lieu.

Tout à l'heure, je me suis promenée dans le vaisseau. À vrai dire, j'ai fourré mon nez un peu partout, une véritable inspection. Pas de chance, je suis tombée sur un membre du personnel qui m'a passé un savon. C'était plutôt embarrassant. Je suis retournée dans ma cabine, toute penaude. Tu me connais : quand j'arrive dans un nouvel environnement, j'aime faire le tour, me rendre compte. Je ne peux réellement me détendre que lorsque j'ai déniché une éventuelle cachette et une sortie de secours. C'est devenu une seconde nature chez moi, à force de vivre avec ma famille.

J'éprouve un petit plaisir à chaque fois que l'IA de navigation fait une annonce. Il utilise encore mes phrases mot pour mot. C'est fou qu'ils aient gardé ce script que j'ai écrit il y a des lustres.

Comme nous nous embêtons un chouia, moi et mes colocataires, nous avons commencé à jouer à Cuisine et Nettoyage. Tu vois ce que c'est ? Petite, j'y jouais tout le temps. En fait, c'est plutôt un jeu de filles, peut-être que tu ne connais pas. En tout cas, quand nous nous retrouvions entre scénaristes de scripts pour IA, nous jouions comme si notre vie en dépendait !

Je t'explique, vite fait. Deux joueurs donnent chacun un ordre à une IA. Par exemple, l'un lui dit de faire le ménage, l'autre de préparer le repas. Celui dont l'ordre est exécuté par l'IA en premier remporte la manche. Au début, les IA exécutaient les tâches dans l'ordre où elles les recevaient, mais ensuite elles ont appris à prendre des décisions complexes. Elles vont prioriser un ordre comme « Nettoie la maison avant 19 h 30 », plutôt que « Prépare le dîner ». Le fait d'avoir déterminé un délai dans l'accomplissement de la tâche donne à la machine un critère d'urgence. À propos, il paraît que cette méthode donne aussi de bons résultats auprès des maris qu'il faut encourager à accomplir des corvées domestiques. D'aucunes soutiennent même que ce jeu a d'abord été inventé pour aider les filles à former leurs futurs maris.

J'ai du mal à réaliser que je suis si loin de toi, qu'il va me falloir voyager plus de quatre années-lumière pour te rejoindre.

Bien sûr, comme le temps n'existera plus au moment où le vaisseau atteindra la vitesse de la lumière, mon temps ressenti ne sera que de deux mois, soit le mois d'accélération et le mois de décélération.

Ça me rappelle le jour où je t'ai annoncé mon départ pour Alpha du Centaure.

Je t'ai dit que j'accompagnais mes parents qui émigraient là-bas. Mais que j'opérerai un demi-tour immédiat après avoir foulé le sol de la planète. Je t'ai expliqué que voyager dans un autre système stellaire donne droit à un titre de séjour sur n'importe quelle planète extérieure. Ce sera donc plus facile pour moi de trouver du travail par la suite. En plus, c'était fiscalement avantageux. Il nous faudra juste patienter quatre mois.

« Pour toi, oui, as-tu répondu en me fixant dans les yeux et en comptant le temps sur tes doigts. Mais moi, je vais devoir attendre huit ans et huit mois, en plus de tes quatre mois. Soit neuf ans, au total.

– Oui, c'est vrai », ai-je répondu.

J'ai fermé les yeux, redoutant ta réaction. Je m'étais attendu à un truc du genre : « Quelle façon bizarre d'annoncer une rupture. OK, ciao, je m'en vais, j'en trouverai une autre. »

Mais ce n'est pas ainsi que ça s'est passé. Au contraire, le lendemain, tu es venue me voir, les bras chargés de brochures et de livres sur les mariages interstellaires. Et tu m'as résumé tout ça, comme quoi en économisant durant quatre ans et demi tu pourrais te payer un billet pour un vaisseau de l'Attente. De tels vaisseaux tournent autour du Soleil à la vitesse de la lumière afin que leurs passagers arrivent en même temps que leurs fiancées et fiancés provenant d'étoiles lointaines.

« Si j'embarque dans un transporteur de ce genre, je n'aurais à attendre que quatre ans et demi. »

À ces mots, je t'ai serré dans mes bras et j'ai beaucoup pleuré.

Tu m'as dit que ce serait génial. Que la protection sociale s'améliorait d'année en année, que les nouvelles technologies continueraient de nous rendre la vie meilleure. Que de partir quelques années dans le futur était de fait une valeur sûre, bien plus que de prendre une assurance-vie.

J'avais le sentiment que tu comprenais. Tu savais que j'avais désespérément besoin de laisser ma famille de l'autre côté de l'univers.

Partager une même planète avec eux ? Impossible. Aujourd'hui, tout le monde est connecté à tout le monde en temps réel. Pour rompre définitivement avec eux, je n'avais pas de meilleure option que de les confiner dans un autre espace-temps. Là où, même à la vitesse de la lumière, ils mettraient des siècles à me retrouver. Là où ça prendrait huit ans, huit mois et vingt-quatre jours avant que mon « Ma foi, comment te dire… » parvienne à mon père après qu'il aurait crié, en colère : « Bon sang ! Mais où es-tu ? »

Je pense souvent à l'époque où nous avons commencé à sortir ensemble. Il m'arrivait d'annuler nos rendez-vous à la dernière minute, ou de te laisser sans nouvelles durant plusieurs jours. Quand cela se produisait, j'avais peur que tu te lasses de moi, comme tous les autres. Mais un jour tu m'as envoyé un texto. Tu m'as demandé de venir te retrouver, peu importait dans quel état j'étais, dans tel café, quand je me sentirais prête. Tu as écrit que tu m'attendrais.

Quand je me suis enfin rendue à ton rendez-vous, quelques jours plus tard, tu étais assis devant la porte. Franchement, tu avais la mine de quelqu'un qui avait passé ces derniers jours à dormir dans la rue. Je ne valais guère mieux. Je me souviens que je portais un chapeau, une veste, un cache-œil et que j'avais noué une écharpe autour de mon cou alors qu'il faisait horriblement chaud. J'avais dissimulé ainsi mes bleus, mais impossible de masquer mes joues enflées ni mon autre œil gonflé. J'avais tellement honte. Et je t'en voulais de m'avoir forcée à sortir ainsi.

Tu n'as posé aucune question. Au lieu de cela, tu m'as longuement détaillé des trucs et astuces pour réduire les ecchymoses. Puis tu t'es endormi à même la banquette du café.

« La famille, c'est pas sorcier, m'as-tu déclaré tout à trac la fois suivante. Ce qu'il faut, c'est en créer une nouvelle. Voilà pourquoi il existe ce système génial, le mariage. L'espérance de vie ne cesse de croître, tu verras, nous allons vivre au moins jusqu'à cent ans, sinon plus. Admettons que je commence à vivre avec toi, là, maintenant, et que nous vivions jusqu'à cent ans, bon, ça fait que la famille que nous formerions ensemble serait quatre fois plus importante que celle que tu as eue jusqu'à présent. »

Puis tu as insisté, un vrai gamin :

« C'est clair, non ? Donc nous devons nous marier sans tarder. Tout de suite, c'est bon ? »

Oui, je suis en route pour te rejoindre.

Pour former une famille qui sera la mienne quatre fois plus longtemps que celle qui a été la mienne.

S'il te plaît, attends-moi.

Deuxième lettre

Un mois après le début du voyage,
un an et quatre mois
en temps terrestre

Ah, je suis horriblement contrariée !

Je t'avais écrit une lettre pleine d'émotion, sensée te tirer des larmes, mais entre-temps tout a tourné court. C'est injuste.

Désolée, mon amour. Je suis tellement, tellement désolée.

Voilà ce qu'il s'est passé. À peine notre vaisseau avait-il atteint la vitesse de la lumière que le capitaine a annoncé avoir reçu un signal de détresse. Apparemment nous étions les plus proches d'un appareil qui avait subi une avarie majeure. De sa voix la plus solennelle, le capitaine a déclaré : « Conformément à la convention interstellaire, nous commençons dès à présent notre décélération pour mener une opération de sauvetage. » Nous étions placés devant le fait accompli, personne ne nous a demandé notre accord ! Dans cet univers infini, pourquoi a-t-il fallu qu'un aéronef fasse naufrage sur notre trajectoire ?

Je ne dis pas qu'il ne fallait pas se porter à leur secours. Je sais bien, d'accord, c'est le code éthique des astronautes. Nous sommes au fin fond de l'univers, ils ne vont pas appeler les pompiers. Mais le hic, c'est que nous filons à la vitesse de la lumière. Le capitaine aura beau faire, il faudra un mois pour arrêter notre bâtiment, et un mois pour retrouver notre vitesse de croisière.

Deux mois ! Tout de même ! Attends, en temps terrestre ça va faire… trois mois ! Sans réfléchir, j'ai attrapé le premier membre d'équipage qui passait et j'ai piqué une colère. « Vous avez entendu cet énorme craquement ? C'est mon mariage qui vient de se briser. Je suis fiancée et je dois retrouver mon ami pour notre mariage. Je lui ai déjà écrit une lettre mémorable. La lettre de ma vie. Et maintenant, j'en fais quoi ? » Le type a à peine levé un sourcil, mais il est entré en communication avec je ne sais quoi pour dire : « Nous avons ici une passagère qui doit se marier, et pour qui c'est plus important que la vie de trente naufragés. Prenez bien soin d'elle, s'il vous plaît. » Aussitôt deux costauds surgis de nulle part m'ont soulevée comme un bagage quelconque et m'ont jetée dans ma cabine.

Sérieux ! Qu'est-ce que j'ai fait pour mériter un tel traitement ? Je voulais juste qu'ils prennent conscience du sacrifice qu'ils nous imposent.

Et tout à l'heure, un autre steward, l'air pas commode, a frappé à notre porte. Il a dit que nous devrions partager nos cabines quand les naufragés seraient à bord. Nous devions signer un formulaire de consentement. « Combien de personnes », ai-je demandé, et il a répondu « huit ». Huit personnes de plus dans une cabine prévue pour quatre !

« Et si je refuse de signer ? » ai-je ajouté. Ce à quoi il a rétorqué : « Eh bien, vous ne nous laisseriez pas le choix. » Il affichait une moue franchement peu amène et ne bougeait pas, planté au milieu de nous comme un couteau fiché dans une table. Nous étions braqués, c'est clair.

Après son départ, mes camarades de cabine et moi-même avons médit un bon moment sur le personnel de bord. Comment pouvaient-ils nous faire ça ? Nous sommes de bons citoyens, nous avons payé notre transport, de quel droit nous traitaient-ils avec un tel mépris ? Nous étions si en colère que cela nous a donné faim, alors nous avons commandé des tonnes de collations nocturnes bien épicées et nous nous sommes goinfrés. Quand le calme est revenu, j'ai pris ma liseuse et j'ai démarré *Faust*. J'ai pensé qu'un bon vieux classique m'apaiserait.

Mon chéri, je suis désolée, tellement désolée.

Je te laisse seul durant quatre ans et demi. Et voilà que j'y rajoute encore trois mois de retard. Ah, tu auras de quoi me taquiner toute la vie sur le thème : « J'ai épousé une femme qui est arrivée en retard à notre mariage. »

Tu fermes les yeux pour cette fois, dis ? Je t'offrirai vingt coupons de vœux dès mon retour près de toi ! Trente, si tu veux !

Faust est un type bizarre.

S'il peut dire une seule fois dans sa vie au temps qui passe : « Arrête-toi, tu es si beau », eh bien il est prêt à mourir sur-le-champ. Non seulement ça, mais en plus il laissera le diable emporter son âme en enfer. Quel idiot, pourquoi signer une chose pareille ? Fallait-il qu'il soit à ce point désespéré ? Ou est-ce qu'il craignait tellement la mort qu'il était prêt à sacrifier sa vie ?

Quand nous serons de retour, le monde aura pas mal changé, pas vrai ?

Bah, ça a toujours été comme ça, en même temps. Les bâtiments, les rues, années après années, tout se transforme. Une boutique apparue la veille, le lendemain est fermée. Un immeuble qui était encore là le mois dernier a disparu. Le pays, comme pris d'une haine de lui-même, se démolit constamment, sacrifiant jusqu'aux choses anciennes et précieuses qu'il aurait fallu préserver.

À vivre dans un endroit pareil, sûr qu'on s'habitue à ne s'attacher à rien. Ne ressentir ni regret ni tristesse, quoi que l'on perde. Jusqu'à ne conserver que des souvenirs.

Chéri.

Il n'y a presque plus rien sur Terre dont je puisse dire, ceci est à moi. Mon chez-moi, ma famille, tout ce que je possédais, j'ai tout abandonné de l'autre côté de l'univers. Quand je serai de retour sur Terre, les rues, les immeubles, tout ce que je connaissais aura sans doute disparu.

Mais je n'ai pas peur. Pas le moins du monde.

J'ai enfin compris que mon chez-moi ne se situe pas dans l'espace. Qu'il est une personne et que cette personne, c'est toi. Tu es mon chez-moi, le chez-moi où je veux être.

Waouh. Super déclaration romantique, pas vrai ? Bon, alors tu me pardonnes mon petit retard, oui ?

Je suis en route vers mon chez-moi.

Attends-moi.

Troisième lettre

Quatre mois et dix jours
après le début du voyage,
quatre ans, neuf mois
et dix jours en temps terrestre

Coucou chéri !

J'ai trouvé tes lettres en arrivant à l'astroport.

Mon pauvre amour, quelle misère ! Tu changes de vaisseau pour faire concorder nos temps et, à cause d'une bête erreur dans le calcul de la trajectoire, votre transporteur prend trois ans de retard ? Tu parles d'une bande de nigauds !

Quand j'ai appris ça, j'ai éclaté de rire et je me suis dit que, mince, toi, tu jouais gros. Immédiatement, je me suis mise en quête d'un vaisseau qui me ramènerait dans trois ans. Et justement il s'en trouvait un prêt à décoller, quelle chance !

Ce monde est merveilleux. Il suffit de prendre un appareil qui file à la vitesse de la lumière pour rattraper un rendez-vous décalé. Qu'il s'agisse de trois ou de cent ans, plus de risque de se rater !

Je suis soulagée, hypercontente ! J'angoissais tellement à l'idée de te faire attendre deux mois, c'était horrible… En revanche, c'est toi qui vas être drôlement en retard. Je dirais… deux ans et neuf mois de débit, pour toi, à vue de nez. Cool, tu vas devoir te mettre en quatre pour te faire pardonner, mon gentil petit mari.

Ne t'inquiète pas des détails, j'ai tout réglé pour que ton retour se passe comme sur des roulettes ! L'église, la salle de banquet, tes amis, j'ai contacté tout le monde. Bon, tes trois ans de retard, ça leur a fait un choc à tes proches, mais tous se sont engagés à revenir pour notre nouvelle date de mariage. La première fois, ils étaient tous venus, semble-t-il, et en notre absence, eh bien, ils se sont amusés quand même.

Tiens, j'ai aussi contacté tes locataires et nous avons prolongé le bail. Quant à ton patron, il était un peu contrarié mais, comme ton remplaçant était comme un poisson dans l'eau à ton poste, il l'a prolongé de trois ans.

Tes lettres me sont parvenues en fichiers vocaux. Je les ai chargés sur ma liseuse et je les écoute en continu, y compris en ce moment, en t'écrivant. Et chaque fois que j'arrive au passage où tu me dis : « Je t'en prie mon amour. Attends-moi. Trois ans. S'il te plaît. Juste trois ans. Je promets d'être bon avec toi pour le reste de notre vie », je ne peux m'empêcher de rire de bonheur, à en perdre le souffle.

Tu veux que je te dise…

En vérité, ton retard ne me dérange absolument pas. Parce que ça revient à mettre entre moi et ma famille trois ans de plus. Tu es trop chou, comment as-tu su exactement ce qui me rendrait le plus heureuse ? Je sauterais à ton cou pour te couvrir de baisers !

Comme je l'avais imaginé, le monde a beaucoup changé depuis mon départ. Les voitures dans les rues ? Toutes sont en conduite automatique. J'ai bien fait de ne pas m'embêter à passer mon permis ! Il y a des voies réservées aux fauteuils roulants et à l'astroport j'ai vu des robots dialoguer en langue des signes. Dans le quotidien de ce matin, j'ai lu qu'à partir de l'an prochain ils vont progressivement mettre en place la gratuité dans l'enseignement supérieur.

Tu avais raison, le monde devient meilleur chaque jour. Dans trois ans, il sera encore plus beau.

Le vaisseau dans lequel j'ai embarqué fait de la recherche scientifique, dans le domaine de la géologie, pour être précise. Ils font des prélèvements sur des astéroïdes et accessoirement, ils approvisionnent les stations spatiales sur leur route. Ils disposent en plus de quelques cabines à bord pouvant accueillir des passagers. Comme le nombre de voyageurs interstellaires ne cesse de croître, contrairement au nombre d'aéronefs disponibles, des vaisseaux comme le mien profitent d'un certain flou juridique pour nous embarquer. Nous ne pouvons pas bénéficier d'une assurance pour le voyage, mais d'un autre côté le tarif est tout à fait abordable.

Outre l'équipage, les passagers sont soit des chercheurs soit des petits marchands. Je suis la seule à voyager pour un motif personnel. Quand ils m'ont interrogée pour savoir ce que je faisais là et que j'ai expliqué que je partais me marier, cela les a bien fait rire. Un marchand de poisson m'a offert un lieu séché en me disant qu'aucun homme n'attendrait aussi longtemps, qu'il ne manquerait pas de partir au bras d'une autre plutôt que de m'attendre.

Contrariée et mâchouillant son poisson séché, j'ai répondu que nous ne parlions pas *d'un* homme mais de *mon* homme. Après ça je me suis sentie si honteuse que je me suis frappé la tête plusieurs fois contre le mur.

Tu n'es pas un homme comme les autres. Tu es mon homme. Je ne suis pas une femme comme les autres. Je suis ta femme. Donc nous ne sommes pas comme n'importe qui.

Pourquoi les gens sont-ils comme ça ? Les gens qui ne nous connaissent pas, ceux qui ne s'intéressent pas à nous, de quel droit s'autorisent-ils à nous prodiguer leurs conseils creux, comme s'ils étaient les prophètes de je ne sais quel dieu, comme s'ils pouvaient se mêler de nos vies ? Même l'homme le plus intelligent et le plus renommé du monde ne connaît qu'une seule vie, la sienne.

Mon père détestait tous les hommes qui s'approchaient de moi. Quand je lui ai annoncé notre mariage, il a fait une scène pas possible. Il a jeté mes affaires à la rue, disant que je reviendrai en implorant son pardon, noyée dans mes larmes, après avoir connu toutes les vicissitudes de la vie et avoir perdu ma jeunesse et vécu dans la misère. Je me demande bien sur quels a priori il fondait ses méchantes prophéties. Surtout que c'est lui qui a fait de la vie de ma mère un enfer.

À présent que je suis loin de tout ça, je pense pouvoir comprendre. L'objet de sa haine, si virulente, c'était lui-même.

Personne ne peut nous connaître aussi bien que nous-mêmes, donc personne ne peut nous haïr autant que nous-mêmes. Tout comme personne ne peut nous aimer davantage que nous-mêmes.

Voilà pourquoi il m'a tellement détestée, parce que je viens de lui et que je lui ressemble.

Tu ne m'as jamais parlé de ton passé. Par exemple, ce que tu aurais aimé que tes parents fassent pour toi, quand tu étais petit. Ou ce que tu aurais aimé avoir ou ce que tu aurais pu ou dû faire pour que ta vie soit plus facile, toutes ces choses. Tu ne parles toujours que du présent et de l'avenir.

« Il n'y a pas de passé. Tout cela n'est qu'une illusion. »

Tu m'avais sorti ça et je t'avais demandé ce que tu voulais dire et tu t'étais gratté l'arrière du crâne en prétextant que c'était difficile à expliquer.

« Réfléchis. Ce que nous croyons être le passé est en réalité le présent. Tout est dans le présent. »

Je pense que je comprends enfin ce que tu voulais dire.

Le passé est emporté par le fleuve du temps, le futur n'est pas encore advenu, seul existe le présent, cet « ici et maintenant » qui apparaît comme un éclair et s'évanouit l'instant d'après. Si les anciennes blessures nous piquent encore le cœur, c'est à cause de la chimie qui s'opère dans notre cerveau quand nous nous souvenons du passé.

Tu avais raison, il n'y a pas de passé, seuls existent nos souvenirs. Que nous faisons resurgir ici et maintenant. Le futur n'existe pas non plus, c'est juste quelque chose auquel je pense ici et maintenant.

Voilà. Moi, je ne penserai plus à ces gens. Je ne penserai qu'à des choses bonnes et je remplirai mon présent uniquement de choses bonnes.

Je ne cesse de penser au moment où je te dirai : « Me voilà de retour ! » en arrivant à l'astroport, et comme je courrai vers toi pour me jeter dans tes bras. Rien que d'y penser, j'ai l'impression que mon présent s'illumine de bonheur.

Tiens, tu m'as dit avoir acheté une bague qui chante des chansons d'amour ? J'adore ! Tu me la passeras au doigt, le jour de notre mariage ? Ce sera si drôle, nos invités vont bien rire !

Mon chez-moi, mon pays natal.

Je suis sur le chemin du retour.

Dors bien. Je t'aime.

Quatrième lettre

Cinq mois et vingt-six jours
après le début du voyage,
sept ans, huit mois et vingt-quatre jours
en temps terrestre

Oh, mon Dieu.
Mon amour, je suis perdue !

J'ai pleuré longtemps avant de reprendre mon crayon.

J'avais demandé au personnel d'envoyer une précédente lettre, il y a quelque temps, mais je t'en écris une autre. L'équipage est dans un état de confusion absolu, je ne sais pas s'ils auront envoyé la précédente.

Il y a trop de monde autour de moi, les stewards ne cessent d'aller et venir dans les cabines. Je n'ai même pas assez de calme pour pleurer autant que je voudrais. Des passagers sont blessés, d'autres gisent, inconscients, mais les membres de l'équipage continuent d'ouvrir les portes des cabines pour poser toutes sortes de questions stupides avant de déguerpir semer le trouble ailleurs. À la énième intrusion, j'ai fini par protester et le type m'a dit qu'ils étaient eux-mêmes en pleine panique. Si le personnel panique, qu'est-ce qu'on devrait faire, nous autres ?

J'ai regardé par le hublot. Le flanc du vaisseau a été littéralement déchiqueté. Un astéroïde nous a effleurés, endommageant gravement la coque. Même pour aller aux toilettes, il faut revêtir une combinaison spatiale, et il faut une bonne demi-heure pour l'enfiler. Non seulement ça, mais c'est chacun son tour, il faut faire la queue. Bref, il faut lever la main au moins trente minutes avant d'avoir envie d'aller au petit coin et pour lever la main, il faut avoir pris son ticket une heure avant ! C'est n'importe quoi.

Le capitaine a déboulé dans notre cabine. Il s'est plaint de son sort durant un temps infini, disant qu'il était ruiné et ce genre de blablas. Au passage, nous en avons appris un peu plus sur lui, sur ses biens immobiliers, sur ses enfants et ses comptes en banque. Amusant, pas vrai ?

Les seuls vaisseaux qui passent par-là sont soit des transports de marchandises, soit d'autres vaisseaux scientifiques. Nous avons tiré au sort pour fixer l'ordre des évacuations. Mon numéro m'ouvre deux possibilités : monter dans un vaisseau attendu dans deux mois et qui rejoindra Alpha du Centaure à la vitesse de la lumière, ou dans un autre, un transport de fret attendu dans un mois, à destination de la Terre.

Seulement, si ce dernier a bien la Terre en point de mire, il ne se déplace pas à la vitesse de la lumière : il mettra onze années pour atteindre sa destination.

Onze années…

Onze longues années…

Dans un vaisseau de fret où il est impossible de manger, de dormir ou de faire ses besoins. Je vais devoir être mise en hibernation dans une capsule de secours pour franchir ces onze interminables années.

J'entends pleurer. J'entends aussi crier. La dame couchée à côté de moi continue de tirer la couverture à elle, se plaignant du froid. Avec ça, elle se permet de m'infliger ses conseils, me répétant de renoncer à ma chimère et de retourner sur Alpha du Centaure, que l'hibernation n'est pas sans risque, qu'il y a eu plusieurs cas où les gens sont arrivés sous forme de viande congelée. Et que tu seras parti depuis longtemps, sans m'avoir attendue…

Onze ans.

Non, dix-huit ans et huit mois…

Je ne peux pas te demander une nouvelle fois de monter dans un vaisseau. D'autant que tu ne dois plus avoir un sou pour te payer un voyage supplémentaire. Même si tu songes à demander un prêt à ta banque, comment un jeune couple, sans maison ni nulle part où aller, pourrait-il s'en sortir ? Et avec dix-huit années de trou dans un CV, comment trouver du travail ? La technologie, la science, tout aura complètement changé. Admettons que nous parvenions à nous marier, est-ce que tu ne passeras pas ton temps à faire la tête, à boire comme un trou, à me reprocher d'avoir ruiné ta vie ? Je ne pourrais simplement pas le supporter.

Je voulais tant t'épouser.

Je voulais que nous fondions une famille. Mais il semble que ce ne soit définitivement plus possible.

Néanmoins, j'ai choisi d'aller sur Terre.

Avais-je le choix ? Mon chez-moi, c'est toi, je te l'ai dit.

Je ne peux pas te demander de m'attendre. Je te supplie juste de venir à l'astroport.

Viens à ma rencontre, dans onze ans. Tu peux venir avec ta femme, avec tes enfants. Ce n'est rien. Je comprendrai, sois-en sûr. Je lui serrai la main avec dignité, après quoi je n'aurai qu'à bavasser toute la journée avec d'autres femmes, qui comme moi se seront perdues par faiblesse envers leurs hommes.

Je veux juste te voir.

Alors, tout ira bien pour moi. Rien que de savoir que nous partageons le même ciel. Parce que même séparés, nous vivrons ensemble. Ce sera juste dans une maison plus grande que celle que j'avais imaginée.

Cinquième lettre

Six mois et vingt-six jours
après le début du voyage,
sept ans, neuf mois et vingt-quatre jours
en temps terrestre

Désolée, je n'ai pas pu t'écrire plus tôt.

Sur l'autre vaisseau, c'était carrément impossible d'écrire. Ça n'a l'air de rien, écrire une lettre, mais là-bas tout était incroyablement compliqué. Quand tu vis constamment collé les uns aux autres, tout ce que tu peux imaginer de pire fini par arriver. Les gens étaient sur les nerfs, ça pouvait partir en vrille pour un rien.

Enfin, tout cela est fini, je suis seule à présent.

Ouf !

Je ne sais pas comment j'ai pu tenir un mois dans ces conditions… Bref, laisse tomber. Le passé n'existe que quand on se le rappelle.

Ici, c'est ambiance congélateur. La température est maintenue à un niveau très bas pour garantir la fraîcheur des marchandises. Résultat, mes mains sont tellement engourdies par le froid que j'arrive à peine à t'écrire. J'ai demandé à HUN de monter un tantinet le chauffage, eh bien, elle m'a dit qu'il n'y avait pas de chauffage dans le vaisseau.

Et pas de lumière non plus. Je t'écris à la lumière de ma liseuse.

Ah, au fait, HUN, c'est la capitaine. C'est une IA. Elle est super intelligente. Je peux lui poser toutes les questions qui me passent par la tête, elle m'explique tout, en détail, sans jamais montrer la moindre impatience.

Elle m'a donné pour consigne de vider mon estomac avant de pénétrer dans la cellule d'hibernation. De sorte que je n'ai rien avalé depuis que je suis à bord. Je meurs de faim. Bientôt, tous mes fluides organiques auront été remplacés par le liquide antigel. HUN a comparé ça à une dialyse. Elle a quand même tenu à préciser que si mon corps faisait de l'allergie au produit antigel, je pouvais y laisser la vie. Puis, d'un ton qui se voulait résolument rassurant, elle a dit que dans ce cas mon corps serait maintenu en hibernation jusqu'à ce qu'il soit remis à ma famille. « Pas d'inquiétude », a-t-elle conclu. Ouais, tu m'étonnes.

Je l'ai interrogée sur les courriers, était-ce possible d'envoyer une lettre ? D'après elle, si tu es toujours sur ton vaisseau, tu devrais recevoir ce courrier. En revanche, si tu as changé de transporteur, il sera impossible de te retrouver pour te l'acheminer. Oui, je m'en doute. Peu importe, je t'écris et puis voilà.

Étant assez désœuvrée, en attendant la fin des préparatifs en vue de mon hibernation, j'ai joué avec HUN à mon jeu, tu sais, Cuisine et Nettoyage. Je lui ai dit que « Prépare le dîner, je meurs de faim » devait l'emporter sur « Nettoie la maison avant 19 h 30 ». Parce que la survie d'un humain est plus importante que tout le reste. HUN a répondu que non, ce n'était pas si évident. Les humains ayant tendance à utiliser à tout bout de champ l'expression « Je meurs de », il lui faudrait d'autres éléments pour qu'elle puisse prendre sa décision. Comme, par exemple : « Je suis une patiente soumise à un régime alimentaire strict, ne pas manger à heure fixe peut porter gravement préjudice à ma santé. » Certes, l'IA ne pourra pas déterminer si je dis ou non la vérité, mais elle exécutera néanmoins l'ordre en priorité, parce qu'elle ne prendra pas le risque de manquer l'heure dite.

Quand nous nous reverrons, je te parlerai une journée entière. Je te relaterai par le menu le calvaire vécu le mois dernier ! Nous verrons qui de nous deux a souffert le plus !

J'espère que je gagnerai.

J'espère que tu ne seras pas passé par autant de difficultés que moi.

Que tu auras vécu tout ce temps le ventre plein et le dos au chaud. J'espère que tu n'auras pas pris par ma faute une décision qui te nuise.

Je suis sincère. Sinon c'est moi, c'est ma vie qui sera ruinée pour t'avoir rendu malheureux.

En attendant que je rentre, j'espère que tu te régales de bons petits plats, que tu fais de jolis voyages, que tu vas voir de beaux spectacles. Je souhaite juste que tu penses à moi de temps en temps, pendant que tu t'amuses. Comme ça, je serai un peu avec toi.

Et viens m'attendre à l'astroport pour me raconter ces onze années loin de moi. Promets-le-moi.

Alors je pourrai dormir profondément et paisiblement.

Au revoir, mon amour.

Merci de m'avoir aimée.

J'ai été heureuse grâce à toi…

Sixième lettre

Six mois et vingt-six jours
après le début du voyage
(à l'exclusion du temps d'hibernation),
dix-neuf ans, deux mois
et quatre jours en temps terrestre

À mon réveil, j'ai senti que quelque chose clochait.

J'ai d'abord pensé que nous avions fait un atterrissage d'urgence. Nous ne nous étions pas posés sur Terre, en tout cas, ça, ce n'était pas la Corée.

L'odeur était différente. L'air dehors était étouffant, avec un parfum de fleurs qui me piquait le nez. Dans le silence enveloppant, seules les paroles de HUN vibraient dans l'air : « Veuillez décharger la cargaison. Tour de contrôle, répondez. Il y a quelqu'un ? »

L'antigel dans mon corps avait été chassé par le sang revenu et je mourrais de froid. J'avais la sensation d'être un ravioli congelé, sorti d'un sommeil d'un an dans un glacier. J'avais le vertige, aucune force. Chaque respiration m'amenait une odeur d'huile usagée issue de mes poumons. Tremblant comme une vieille dame, j'ai rampé jusqu'à la baignoire d'eau chaude que HUN m'avait fait couler et je m'y suis jetée. Mon corps a dégelé lentement et j'ai retrouvé peu à peu mes esprits.

Regardant autour de moi, j'ai vu que la trappe était ouverte, mais personne n'entrait ni ne sortait. Les cartons de marchandises avançaient sur le tapis roulant puis chutaient au sol dans un bruit sourd. Comme s'ils tombaient dans une bouillie épaisse.

J'ai sollicité HUN qui a interrompu ses appels pour me répondre. Elle m'a débriefée. Nous avions pris du retard en raison d'un problème apparu dans le vaisseau, qu'elle avait dû inspecter et réparer. Je lui ai demandé à combien s'élevait ce retard. « Rien d'excessif. Un an, quatre mois et quatre jours. »

Un an.

Jamais la voix mécanique de HUN ne m'avait paru aussi mécanique.

Il faisait un noir d'encre, au-dehors. Le vent et la pluie s'abattaient sur nous comme un tourbillon de larmes. Je n'apercevais tout autour qu'une vasière envahie de plantes aquatiques, comme autant de soldats occupant un territoire. Je n'avais aucun moyen de savoir où se situait la limite entre la terre et la mer.

J'ai démantibulé une caisse de notre cargaison pour récupérer une planche de bois que j'ai lancée dans la vasière. En m'y accrochant et en nageant comme j'ai pu, j'ai gagné la terre ferme. Je me suis retournée pour voir mon transporteur à moitié immergé dans la boue. Le marais, comme un monstre silencieux, semblait le dévorer lentement.

Visiblement, la boue s'était introduite jusque dans l'astroport. J'avais beau regarder à droite, à gauche, devant, derrière, pas âme qui vive. Je me suis demandé à nouveau si je n'avais pas atterri sur une planète inconnue.

J'ai marché vers le bâtiment. Il était envahi par la végétation. À l'aide de mon couteau de poche, j'ai pu couper le lierre qui masquait l'entrée et je me suis glissée à l'intérieur.

Quelle scène ! Désordre, chaos, confusion ! Sur les murs, des impacts de balles, au sol, des taches de sang séchées. Sur un écran d'information éteint, quelqu'un avait écrit, à la peinture phosphorescente :

Bienvenue aux passagers rentrés d'un voyage interstellaire.

C'est malheureux, mais la situation n'est pas super en ce moment.

Une centrale nucléaire a explosé au sud et la radioactivité est importante.

Une guerre civile s'y déroule actuellement. La situation des autres pays n'est pas meilleure.

Pour votre sécurité, repartez au plus vite dans un nouveau flux temporel.

« Repartez au plus vite dans un nouveau flux temporel. » Je suis restée un long moment devant ce message, tremblante, incapable d'en détacher mon regard. D'autres avertissements étaient venus surcharger le message originel. « La radioactivité est importante » avait été remplacé par « les forces issues des lois martiales maîtrisent la situation », à son tour raturé au profit de « les bandits règnent », à son tour biffé par « les milices civiles maintiennent l'ordre ». Manifestement, les menaces se succédaient.

Je suis sortie de là pour retrouver HUN et lui dire que nous nous étions trompés de point d'atterrissage et que nous devions rentrer chez nous. Avant de réaliser que ce que je venais de lire, c'était du coréen.

Alors j'ai erré dans la vasière, sous une pluie torrentielle, en état de choc.

À un moment, j'ai aperçu quelque chose au loin.

Ça ressemblait à une vieille tente.

Me rapprochant, je constatais que, oui, c'était bien une vieille tente, mais réduite en lambeaux par les pluies et le vent. Derrière la tente, le sol formait un creux assez large, peu profond.

Comme si un objet de la taille, disons, d'une capsule spatiale était restée un moment à cet endroit, qui n'était ni boueux ni envahi par les algues. J'ai vu un gobelet et un bol de métal. À ce bol adhéraient encore les reliefs d'un repas qui m'ont fait penser à des croquettes pour chien. Quelqu'un s'était tenu ici un certain temps et venait tout juste d'en partir.

Tandis que je contemplais la scène, une ultime rafale de vent a emporté la tente et le renfoncement a été comblé par un flot de boue.

Quand tout a disparu, je ne savais plus s'il s'agissait d'une hallucination.

Comme prise de folie, je me suis jetée à genoux, fouillant la vase épaisse avec l'énergie du désespoir. Comme si tu avais creusé un trou ici pour te cacher. Et je t'ai appelé, de toutes mes forces, sans autre réponse que l'écho lugubre de la tempête.

La peur a suivi ce moment de rage. La peur que tu m'aies attendue ici. Que tu sois venu au rendez-vous, en dépit de tout, que tu m'aies attendue et que tu sois reparti, éperdu de frustration, vaincu par un sentiment d'abandon, de trahison. J'ai prié pour que tout ceci n'ait été qu'une atroce illusion. Et que, dans le cas contraire, la personne qui avait attendu ici ait été n'importe quel inconnu, n'importe qui sauf toi.

L'instant d'après, j'ai repris mes esprits. Je devais retourner au vaisseau. Je devais repartir, à ta recherche.

Quand je suis arrivée au transporteur, il faisait peine à voir. Par la trappe restée entrouverte, la fange du marais envahissait lentement la soute. Je contemplais ce spectacle désolant lorsque j'ai entendu la voix de HUN qui sortait de ma liseuse. L'écran était cassé mais elle fonctionnait encore.

« La situation n'est pas optimale. Je ne sais combien de temps je pourrai maintenir mes fonctions. Dites-moi ce que je peux faire pour vous. Si vous voulez relever vos mails, merci de composer votre mot de passe. »

Je l'ai suppliée d'envoyer un message de détresse. Vers n'importe quel univers, à n'importe quel véhicule spatial.

Que ce message dise qu'il y avait quelqu'un ici. Que ceux qui auraient ce message viennent me secourir, tout de suite, ici, maintenant. J'ai aussi dit à HUN que sans aide j'allais mourir de froid, de faim et de solitude, loin de mon bien-aimé. Que si je mourrais, ce serait entièrement sa faute et que, avant d'expirer, je déposerais une plainte officielle auprès des autorités pour qu'elle soit jugée et démontée puce par puce.

« La dernière partie de votre message semble obéir à un accès d'affectivité troublant vos capacités d'analyse, néanmoins, j'accepte l'idée générale de l'ordre donné », a répondu HUN.

Elle a ensuite défini l'exécution de cet ordre comme bénéficiant d'une priorité absolue.

Septième lettre

Sept mois et vingt jours
après le début du voyage
(toujours à l'exclusion
du temps d'hibernation),
dix-neuf ans, trois mois
et deux jours en temps terrestre

Tu vas bien ?

J'ai repris mon crayon pour t'écrire, tout en sachant qu'il y a peu de chance que tu me lises un jour.

Comment savoir si tu as reçu mon précédent envoi ? Et si tu ne l'as pas reçu, que faire ? Et si tu le reçois, mais bien plus tard ? Il ne faudrait surtout pas qu'il t'arrive alors que tu serais devenu un vieux monsieur fragile. Sinon tu te mettrais à pleurer et à pleurer jusqu'à tes derniers jours en imaginant ma fin, ton amour toute ratatinée, seule dans un astroport en ruines, sanglotant et tremblant en attendant un secours qui jamais n'arriva…

C'est pour cela que je t'écris. Pour que tu saches ce qui s'est passé.

J'ai été secourue. Après un mois de souffrances.

Au dixième jour là-bas, le vaisseau a définitivement coulé dans la tourbe. Entre-temps, j'avais multiplié les allers-retours du vaisseau à l'astroport pour sauver tout ce qui pouvait être utile. Et j'avais sauvegardé l'IA sur un disque dur, sait-on jamais, ça pourrait servir un jour. En ne conservant que les codes essentiels, j'ai même réussi à faire entrer la capitaine HUN dans ma liseuse. L'appareil n'est certes pas dimensionné pour cela, mais bon, qui ne tente rien…

Parfois, je poussais jusqu'à la ville. Tout le monde avait fui, c'était une cité fantôme. Je me suis rendue dans l'église où nous aurions dû nous marier. L'édifice avait plutôt bien supporté les années. Il est probable que, jusqu'à la fin, des croyants soient venus ici, à moins que ce ne fut comme moi des miséreux de passage. Je m'y suis installée durant quelques jours. Je t'ai laissé des mots là-bas, au cas où. Peut-être les liras-tu un jour ? Je le souhaite si fort.

Tiens, il y a un truc qui va te faire sourire.

Tes amis étaient revenus, à la deuxième date de notre mariage. Ils nous ont laissé une photographie d'eux tous. Avec un message comme quoi ils nous attendent toujours et que nous ferions mieux de revenir dare-dare.

Et puis au bout d'un mois, comme je t'ai dit, un vaisseau est arrivé.

J'aimerais te montrer la tête du capitaine de ce paquebot volant. Il m'a fait une drôle d'impression, comme si je l'avais déjà vu quelque part. Pour te dire, je l'imaginais parfaitement dans une plaine de Mandchourie, lancé au galop sur son petit cheval, décapitant ses ennemis d'un bras ferme.

À ce qu'on m'a raconté, il y avait autrefois dans cette énorme nef des cafés et même un marché aux puces. Sauf que désormais ces espaces sont dédiés à un tout autre usage.

Quand je suis entrée dans la cabine qui m'avait été attribuée, des fillettes aux yeux de chat sont sorties de-ci de-là pour me regarder avec curiosité. Neuf personnes vivaient dans cet espace pas plus grand qu'une narine. Quatre filles se partageaient l'un des deux seuls lits, une cinquième avait élu domicile sous le bureau, une sixième dans l'armoire, une septième dans la salle de bains et la dernière dans le faux plafond. Et puis, il y avait cette femme qui régnait sur la cabine comme la reine d'un royaume de poche. Assise bien droite dans son lit, bras croisés, elle m'a toisée avant de me soumettre à un interrogatoire en règle, façon test de personnalité ou de QI. Après quoi elle a palabré avec les autres filles. Enfin elles ont dégagé un petit espace entre les deux lits, qui serait dorénavant mon nouvel univers. En me voyant peiner à me faufiler dans l'intervalle entre les couchettes, elle a déclaré que, vu que mon espace n'allait pas grandir, ce serait à moi de trouver une solution, comme maigrir, par exemple.

Le nombre de passagers que le vaisseau peut contenir a explosé depuis longtemps mais le capitaine continue d'accueillir toujours plus de monde. Selon notre autoproclamée cheffe de cabine, le capitaine aurait besoin de ce spectacle, qui lui renvoie l'image d'un super-héros, d'un sauveur de l'humanité. Toujours selon elle, je fais partie des « preuves » de son infinie bonté.

À bord, la même chanson passe toute la journée. Un tube ancien qui commence par « Sur le chemin du retour ». Un peu partout dans le vaisseau sont aussi tendues des bannières qui proclament « Nous rentrons à la maison ».

Le capitaine a un plan ambitieux et à long terme.

Tous les dix ans, il atterrira à l'astroport que je connais, qui se trouve être son port d'attache. Nous y resterons deux mois, le temps d'entretenir les installations à terre, le temps aussi de semer des graines et de planter des arbres, puis nous regagnerons l'espace. La fois suivante, donc dix ans plus tard, les arbres auront poussé, il y aura déjà une petite forêt, et nous y retournerons pour l'étoffer. Et ceci dix fois de suite. Et si dix fois ne suffisent pas, dix autres fois encore.

La cabine du capitaine est couverte d'antiques photographies d'Incheon. Il nous a dit qu'un jour il fera reconstruire à l'identique tous ces bâtiments. Il ne peut pas dire ça sérieusement, n'est-ce pas ? Ça semble totalement irréaliste. Mais il faut reconnaître que son discours et son énergie galvanisent les passagers.

Quatre mois par cycle.

Revenir sur Terre tous les dix ans, dix fois. Soit quarante mois. Trois ans et quatre mois pour nous. C'est peut-être jouable, après tout.

J'imagine que tu es parti sur un autre flux temporel. Parce que si tu avais pensé que ça valait la peine d'attendre depuis la Terre, tu aurais effacé les mises en garde taguées en fluo qui m'ont accueillie, lors de mon retour.

Nous étions à la cantine quand la femme qui me faisait face m'a demandé ce que je faisais là. J'ai expliqué que j'étais à la recherche de mon fiancé et toute la tablée s'est mise à rire. À en faire trembler les murs.

Un homme, hilare, m'a dit que je n'avais aucune chance de te revoir. Que tu étais mort depuis des lustres ou que tu avais fait ta vie avec une autre. Je lui ai rétorqué qu'eux tous, là, ils ne rentreraient jamais chez eux. Que leur chez-eux avait disparu. Même s'ils proclamaient le contraire sur leurs banderoles.

Ils se sont tus d'un coup. Et, un par un, ils ont quitté la salle. Ils échangeaient entre eux des regards lourds de menaces à mon encontre, évidemment. Ma cheffe de cabine est partie en dernier, sur une sèche mise en garde : « Tu as fait un choix stupide, petite réfugiée. Tu aurais mieux fait de tenir ta langue, si tu voulais conserver ta place, petite resquilleuse. »

C'est l'heure du couvre-feu. Je dois éteindre ma lampe.

Dans l'obscurité, j'entends les filles, blotties les unes contre les autres, comme des chatons, qui murmurent. Moi, coincée entre deux lits, je pense à toi.

Mon chez-moi. Là où je voudrais être.

Où que tu sois, j'espère que tu te portes bien. Que tes jours sont remplis de moments merveilleux.

Huitième lettre

Deux ans et quatre mois
après le début du voyage,
soixante-dix ans et six mois
en temps terrestre

Je n'ai pas pu t'écrire pendant si longtemps, je suis désolée.

L'opérateur de communication est un chic type, mais il s'irrite vite quand je lui demande d'envoyer une lettre à mon fiancé. Bon, je peux comprendre, je crois qu'il est célibataire et qu'il n'a même pas de petite copine. De sorte que je dois l'amadouer avec des rations de nourriture ou des cadeaux, mais j'ai mis du temps à dénicher le présent idoine.

Cinq fois déjà nous sommes revenus sur Terre.

La mission se déroule plutôt bien. Il se pourrait que nous ne soyons même pas obligés d'aller jusqu'aux dix cycles prévus. Il y a je ne sais combien d'années de cela, j'avais vu un documentaire sur deux catastrophes nucléaires, à Tchernobyl et à Fukushima. Quelques années après la contamination, les villes abandonnées avaient été repeuplées par la faune et la flore. Du point de vue de la nature, il ne fait aucun doute que nous sommes la pire des pollutions, nous, les humains.

Sous la houlette du capitaine, nous travaillons avec méthode. Nous avons mis la main sur un bataillon de robots industriels, non loin de l'astroport. Nous les avons envoyés à la centrale nucléaire accidentée, dans le Sud, pour qu'ils immergent les matières radioactives dans les plus profondes fosses marines. Tout le monde dit que notre travail fera un jour partie des plus grandes œuvres accomplies par l'humanité !

J'ai rejoint une équipe d'exploration. J'ai l'impression de t'entendre rire à ces mots : « équipe d'exploration ». Comment une jeune fille qui passait son temps enfermée dans son bureau, la tête enfouie dans ses bouquins, peut-elle se retrouver aujourd'hui à mener des explorations ?

Notre mission consiste à explorer la ville déserte à bord d'un 4 × 4. Si nous trouvons quoi que ce soit susceptible de nous être utile, nous le chargeons et nous le ramenons. Le superviseur nous attribue des notes en fonction de nos trouvailles. Être notée pour un tel boulot est ridicule, pas vrai ? Mais ce fonctionnement a été fixé d'un commun accord. Nous nous sommes dit qu'un peu de compétition pourrait encourager les équipes. Ceux qui récoltent les meilleures notes reçoivent en récompense des bonbons ou du chocolat. Des biens plus précieux que l'or, de nos jours.

Chaque fois que je pars en mission, je fais une halte à l'église, à « notre » église. Je désherbe, je nettoie, j'entretiens. Et chaque fois je te laisse un petit mot.

Un jour le capitaine m'a surprise dans l'église, occupée à laver le sol. Il se tenait devant la porte d'entrée, et il riait. « Ah, l'amour, c'est si bon… », a-t-il enfin lâché, passant sa paume sur le mur. Il a ajouté que c'était OK, qu'il me comprenait. Je pourrais, a-t-il dit, passer quelques jours dans l'église à chaque retour sur Terre. C'était un comportement plutôt inhabituel de sa part, s'agissant d'une attention bienveillante, et je lui en suis très reconnaissante.

Dernièrement, nous avons eu un incident désagréable. L'un des réfugiés a causé des troubles. Un type qui s'était montré bizarre dès le début. Il voulait que nous prenions le contrôle du vaisseau ! Il disait que nous n'étions pas des « réfugiés », ni des « migrants », mais des « pionniers », que nous étions plus courageux et plus entreprenants que les premiers passagers du vaisseau, les « historiques », qui par ailleurs n'étaient qu'un ramassis de paresseux. Qu'il nous revenait donc de prendre la direction du vaisseau. Tu parles, nous étions à peine une vingtaine ! Je lui ai dit d'arrêter ses bêtises. Pourtant il a trouvé une poignée d'exaltés pour le suivre et, ensemble, ils ont tenté leur coup. Ils ont été arrêtés durant l'assaut contre la salle de contrôle.

Après cet incident, l'ambiance à bord s'est dégradée. Dès qu'ils en ont l'occasion, les « historiques » chuchotent dans notre dos. Ils disent que nous leur prenons une nourriture et des vêtements qui leur appartiennent. Ils disent que notre présence est un danger pour leurs femmes et leurs enfants. Tout ceci n'a aucun sens. La moitié d'entre nous est aussi composée de femmes et d'enfants.

Quand je n'arrive pas à m'endormir, après l'heure du couvre-feu, je reprends mon jeu avec HUN.

Ah oui, l'IA de ce vaisseau était quasi obsolète. Nous avons donc procédé à une mise à jour avec ma copie de HUN. Peut-être parce qu'elle reconnaît mon identifiant depuis que je suis passée en mode administratrice, pour la sauvegarder, il lui arrive de se connecter à ma liseuse quand il y a un bug dans les fréquences.

Lors d'une partie, je lui ai dit que l'ordre « Tous les passagers peuvent être victimes d'une maladie pulmonaire, nettoie immédiatement le vaisseau » était une priorité absolue, car protéger la majorité compte plus que protéger une seule personne.

Ce à quoi HUN a répondu : « Bien sûr, la majorité l'emporte sur une minorité. Mais je détecte une faille. L'intérêt de la majorité est difficile à définir objectivement. Si une autre personne n'est pas d'accord avec votre ordre, celui-ci perd toute légitimité. C'est un ordre contre un autre. »

HUN a ajouté que donner un ordre qui reléguerait au second plan la survie d'une personne requerrait le consentement de tous les autres. En d'autres termes, pour mettre une personne de côté, il faudrait en passer par un choix démocratique.

Lors de notre précédente halte sur Terre, une famille du vaisseau était restée pour s'installer, comme colons. Selon ceux qui leur ont rendu visite lors de notre halte actuelle, la famille a bien grandi et compte quatorze enfants. Ils se chauffent avec une cheminée et ils cultivent des pommes de terre et du maïs. Quelques jours avant notre venue, l'aîné, à la nuit venue, a allumé une lampe devant leur maison. Apparemment les enfants nous considèrent un peu comme des anges qui descendent du ciel à date fixe.

Lors de cette rotation, trois nouvelles familles ont choisi de rester sur Terre. La femme du capitaine a également décidé de rester avec ses enfants, « pour eux », a-t-elle dit, pour les élever ici, sur Terre.

Je suis certaine que tout va bien se passer. Après tout, si la population est multipliée par deux tous les dix ans, il ne faudra pas longtemps à ces familles néoterriennes pour fonder un village.

Sur le vaisseau sont dispensés avec dynamisme des enseignements de toutes sortes. Les savoirs et connaissances enseignés à présent n'ont rien de commun avec ceux que nous avions connus à l'école. Des enseignants se sont regroupés pour former une association. Ils ont constitué un comité chargé de rédiger les nouveaux manuels. Désormais les enfants apprennent à cultiver la terre, à chasser et à cueillir des plantes comestibles. J'ai participé à ces manuels ! En tant que lectrice et correctrice. Et j'ai été pas mal félicitée pour la qualité de ma rédaction.

Le cours de navigation se tient dans notre réduit. Il paraît que notre cheffe de cabine a été navigatrice sur ce vaisseau. Elle aurait été écartée du poste après une brouille avec le capitaine. Elle a été remplacée par l'IA. Bon, en même temps, l'IA est plus précise qu'aucun humain.

Elle a collé au mur de notre cabine une grande feuille effaçable, où elle inscrit au marqueur tous les jours une équation que les jeunes filles s'ingénient à résoudre. Elles se partagent des parties de l'équation, font leurs calculs puis recombinent le tout pour trouver la réponse. Exactement comme cela se faisait autrefois, dit-on, du temps d'avant les ordinateurs, y compris pour calculer comment envoyer des hommes sur la Lune. Notre cheffe de cabine dit que comme ça, si nous perdons l'IA, nous pourrons encore diriger le vaisseau.

Je pense que tout ira bien. Les humains sont géniaux, je trouve.

Neuvième lettre

Deux ans, cinq mois et vingt jours
après le début du voyage,
environ soixante-quatorze ans
en temps terrestre

C'est fini. Tout est fini.

HUN nous a alertés : il se passait sur Terre quelque chose d'anormal. Nous nous sommes donc précipités. Pour la découvrir entourée d'une masse noire de nuages. Une sphère de fumée sombre, presque opaque. Ceux qui voyaient par les hublots ne cessaient de crier, horrifiés, dans une indescriptible confusion.

Je ne sais pas ce qui s'est passé. Y a-t-il eu une guerre ? Est-ce un astéroïde qui a frappé notre planète ? Je me souviens qu'à la grande époque de la civilisation, un système automatique observait les astéroïdes qui passaient à proximité de la Terre. Mais ce système a dû cesser de fonctionner depuis tellement longtemps.

Le village qui avait commencé à se développer était totalement enseveli sous la neige. La maison aux quatorze enfants, les maisons des trois familles de la dernière halte, celle de la femme du capitaine et de ses progénitures, rien, tout avait disparu sans laisser la moindre trace. D'ailleurs il ne restait aucune trace d'une vie quelconque, pas le plus petit animal, plus le moindre végétal. Même si les colons avaient survécu au cataclysme qui avait causé cette ceinture de nuages, ils n'avaient pas pu tenir plus de quelques mois, à errer sans ressources.

Le capitaine en a perdu la raison. Désormais il passe ses jours soit à bégayer des propos incompréhensibles, soit à déverser une logorrhée guère plus explicite. Certains jours il vocifère, parfois il répète les mêmes choses toute la journée. Il s'énerve après tout le monde, disant que sa tasse ou son crayon ont disparu. Que c'est incroyable qu'il faille autant de temps pour retrouver une tasse, que tous ces gens sont vraiment sans cervelle. Alors que sa tasse est posée devant lui, sur son bureau.

J'ai pensé à toi. Je savais que si tu étais resté sur Terre, tu n'avais pas survécu. Ce que je pouvais espérer de mieux, c'est que tu sois très loin dans l'espace. Mais après réflexion, j'en arrivais à la même conclusion : que tu n'aurais pas pu survivre éternellement dans l'espace non plus.

À cette pensée, et pour la première fois depuis je ne sais combien de temps, j'ai pleuré. Quelqu'un qui m'a vue a lancé un truc du style : « Tiens, elle qui avait toujours l'air plus forte que tout le monde, elle n'est pas si différente, finalement. »

Un brouhaha attire mon attention. Ça vient de l'extérieur de notre cabine. Une manifestation ? Apparemment des passagers réclament l'expulsion des réfugiés. Notre cheffe a verrouillé la porte. Elle apprend aux petites des formules de mathématiques en chanson. Pour masquer les slogans des manifestants.

Je regarde par le hublot, quand l'une des filles s'approche de moi et me souffle que l'église où je devais me marier doit toujours être là. « Une fois, dit-elle, j'ai entendu parler d'un bébé mammouth qui était resté conservé dans la glace pendant dix mille ans. »

Elle pense que le monde dort paisiblement sous ce blizzard étrange. Pourvu seulement que la glace ne soit pas trop épaisse, pour ne pas tout écraser de son poids, et qu'il reste quelque chose du monde après cette gigantesque glaciation.

La Terre sortira-t-elle un jour de cette ère glaciaire ?

Un jour, à des décennies d'ici, des siècles, quand la neige aura fondu et que l'église se dressera à nouveau, passeras-tu devant et découvriras-tu les mots que je t'avais laissés ?

Te réchaufferont-ils le cœur ?

Dixième lettre

Deux ans et huit mois
après le début du voyage,
peut-être quatre-vingt-
quatre ans en temps terrestre

Nous sommes de retour sur Terre. Le plan initial prévoyait de poursuivre les rotations jusqu'à ce que la planète soit rétablie, mais nous avons appris qu'un autre vaisseau se dirigeait vers l'astroport.

Pour être resté opérationnel jusqu'ici, ce devait être un transporteur géant, rempli de marchandises. Pour la première fois depuis longtemps, une excitation presque joyeuse régnait à bord. Les passagers, le cœur plein d'espoir, se disaient qu'ils allaient enfin mettre la main sur du soju ou des cigarettes, peut-être même, ô joie, du *kimchi* ! La dernière semaine avant l'atterrissage a été particulièrement animée. Le bateau était divisé en deux clans : les radicaux et les modérés. Les radicaux se préparaient à guerroyer contre les membres du vaisseau inconnu, tandis que les modérés collectaient des cadeaux et organisaient une délégation diplomatique. Au moment du contact, la tension était à son comble entre ces deux pseudos partis politiques.

Las, une fois sur Terre, il s'est avéré que nous n'avions affaire qu'à un micro-vaisseau inhabité. Une capsule qui naviguait dans l'espace grâce aux vents solaires, m'a-t-on rapporté. Moi, je ne suis que 3e classe, je n'ai rien vu de tout ça, n'ayant pas été autorisée à quitter mon travail dans la cale.

Quand enfin j'ai pu remonter, l'ambiance était aussi glaciale que la température extérieure.

Tout le monde était abattu. Personne ne disait rien, les passagers évitaient de croiser leurs regards, ils erraient tous, semblables à des fantômes. La déception se diffusait dans notre vaisseau avec la malignité d'un virus, au point que dans les jours qui ont suivi, trois vieux sont décédés. La mort, si proche, toujours.

Avec les filles, nous avons fait des fleurs en papier, en hommage au petit vaisseau et à son héros qui avait navigué seul à son bord durant tant et tant d'années.

Ah oui, au fait, je t'ai dit que j'étais 3e classe, mais je ne t'ai pas détaillé le truc.

Ici, si quelqu'un ne travaille pas assez, ou s'il commet une erreur, il reçoit des points de pénalité. À mesure que les pénalités s'accumulent, on descend des paliers : c'est la rétrogradation à une classe inférieure. Jusqu'au mois dernier j'étais encore 2e classe, mais un incident m'a fait régresser. Alors que je trimballais une énorme marmite de soupe, j'ai trébuché et, vlan, tout s'est renversé ! Tu n'imagines pas quel poids avait cette fichue marmite, aussi. Bref, quand tu te retrouves 3e classe, c'est simple : tu travailles à fond de cale. Impossible de remonter avant d'avoir atteint son quota. Et, en prime, ostracisme généralisé de tous les passagers, comme s'ils ne t'avaient jamais connue !

Qui dit points de pénalités, dit aussi bons points. Personnellement, je n'en ai jamais obtenu. Avec les pénalités, tes rations baissent également. Personne ne veut le savoir, mais une 3e classe ne mange pas à sa faim. Souvent les 3e classe s'en prennent à eux-mêmes, se reprochant d'avoir commis telle ou telle erreur. Ou le reprochent à leur entourage. Ce qui génère des conflits. Des bagarres éclatent. Comment se défouler, autrement ?

De mon côté, ça ne s'arrange pas, les pénalités se multiplient. J'ai beau tenter diverses stratégies, je ne peux enrayer ma chute. C'est que, plus je travaille pour prouver ma valeur, plus je commets d'erreurs, engrangeant autant de points négatifs.

S'il n'y avait que moi, mais les superviseurs profitent de la moindre occasion pour nous coller ces fichues pénalités, façon de montrer leur soi-disant valeur et ramasser, eux, des bons points. À force d'être pénalisée pour un oui ou pour un non, tu ne sais même plus ce que tu fais de bien ou de mal. Parfois nous pestons à voix haute après une pénalité, tandis que d'autres fois nous nous en prenons à nous-mêmes alors que nous ne sommes coupables de rien.

À ce qu'on dit, il faut surtout s'en tenir à la 3e classe et ne pas descendre au niveau inférieur. Là, il paraît que ça vire carrément à l'horreur. Que c'est même si terrifiant qu'il vaut mieux ne pas chercher à en savoir plus.

Quand j'avale mon bol de riz, à la cantine, je sens sur moi le regard des autres comme des chiens sauvages au bord de l'épuisement. Chaque cuillerée est scrutée par des dizaines d'yeux. Ils comptent chaque grain de riz qui franchi le seuil de ma bouche et se tortillent sur place à la moindre miette qui m'échappe. Ces yeux savent qu'ils ont le droit de me haïr.

Le capitaine ne s'est pas rétabli. Chaque jour il déblatère durant deux, trois heures et chaque discours contredit le précédent. Le simple fait qu'il puisse parler autant est déjà en soi la preuve que quelque chose ne colle pas.

Tu me diras, à quel moment accepte-t-on d'obéir à un type qui a manifestement perdu la raison ? C'est pourtant ce qui se passe, tout le monde le suit docilement. Pire ! Tous répètent que dans une situation aussi critique nous avons besoin de quelqu'un comme lui pour nous diriger. Moi je pense que dans une situation aussi critique, nous aurions surtout besoin qu'il ne soit pas là.

J'ai le sentiment que dans notre situation, où le malheur n'épargne personne, les gens veulent juste vivre dans une société où ils peuvent harceler les autres sans une once de culpabilité. Ils respectent le capitaine parce qu'il leur donne l'opportunité d'être cruels.

Il vient de se passer un truc étrange.

Le vaisseau s'apprêtait à décoller, quand le paysage enneigé derrière le hublot a attiré mon attention. La vieille capsule minuscule était encore visible, là, toute seule. Elle se trouvait assez loin et le blizzard était si épais que j'avais du mal à la distinguer, mais c'était elle. Elle m'a fait penser à une sorte de bonhomme de neige. Et d'un coup, prise par je ne sais quelle impulsion, j'ai bondi dans les coursives, je me suis ruée vers la trappe, et si les membres de l'équipage ne m'avaient pas retenue, je me serais jetée hors du vaisseau.

Je ne sais pas ce qui m'a pris. J'ai ressenti une sorte de nostalgie poignante pour cette capsule, dont je ne connais même pas le nom, et que nous allions abandonner là, toute seule.

Onzième lettre

Quatre ans et huit mois
après le début du voyage,
à peu près cent quarante-cinq ans
en temps terrestre

Je ne t'ai pas écrit depuis si longtemps, à nouveau.

C'est que ça devient de plus en plus difficile de trouver l'occasion.

Comme une casserole d'eau dont la température monte, ma charge de travail ne cesse d'augmenter. L'autre fois, un superviseur a piqué une colère contre moi, trouvant que j'étais trop lente. Je lui ai dressé la liste de toutes les tâches que je venais d'effectuer. Résultat ? Il m'a traitée de menteuse, disant que personne ne serait capable d'en abattre autant !

Ils s'en prennent tous à moi, comme si j'étais leur chose, leur souffre-douleur. Ils déchargent leur rage sur moi en prétendant n'être que des bons citoyens soucieux du bien public. Ils disent que leurs reproches à mon encontre n'ont d'autre but que de défendre la justice sociale et de maintenir l'ordre à bord. Qu'ils me punissent pour que cela serve d'exemple aux autres.

Si je proteste, je deviens la risée de tous. Ce dont je parle, les droits de l'homme, les conditions de travail, toutes ces choses sont, soutiennent-ils, les armes préférées des agitateurs.

Et c'est vrai que ces mots, qui passaient pour nobles, sont devenus objet de toutes les railleries. Toutes les 1res classes débutent leurs blablas par « Dans la situation actuelle… », mais plus personne ne se souvient depuis quand cette *situation* est devenue *actuelle*.

Car, oui, nous autres 3e classe devons écouter chaque soir les discours des 1res classes durant de longues heures. C'est stupéfiant de voir comment des gens si éduqués, intelligents, cultivés, sont capables de débiter sans fin leurs sornettes. À croire qu'ils ont tous perdu la tête en même temps.

Le capitaine et sa bande ont un nouveau plan, assez délirant. Persuadés qu'ils ne parviendront jamais à restaurer la Terre par des moyens ordinaires, ils se sont mis en tête d'envoyer là-bas un groupe d'enfants n'ayant reçu aucune éducation pour qu'ils se reproduisent (je n'en croyais pas mes oreilles quand j'ai entendu l'expression !). Quelques décennies plus tard, ces enfants qui ne sauraient ni lire, ni écrire, ni compter, ni rien, auraient formé une tribu primitive. C'est alors que le vaisseau descendrait sur Terre et que nous, détenteurs de technologies mystérieuses, nous leur montrerions les miracles dont nous sommes capables. Les Terriens nous prendraient pour des dieux et se soumettraient à notre domination. Ce n'est pas tout ! Ils ont en tête de laisser des sortes de « révélations divines » sur Terre pour que ces nouveaux primitifs les découvrent plus tard. C'est ainsi par exemple qu'ils leur feraient reconstruire une antique ville sacrée, etc.

Le jour où j'ai assisté à ce discours, j'ai trouvé cela tellement absurde que je n'ai pas pu m'empêcher de crier « Conneries ! » en plein milieu. Et je me suis retrouvée 4e classe.

Au final, ce n'est pas aussi terrible que je l'imaginais. Même si j'ai dû passer un mois complet à fond de cale, cette fois. En réalité, c'est après que j'ai vraiment souffert. De retour dans ma cabine, j'ai dû faire face aux autres réfugiées. Elles m'ont accablée de reproches, m'assénant que j'avais mal agi, qu'à cause de moi leur existence empirait chaque jour sur ce vaisseau. Elles m'ont traitée d'ennemie intérieure.

Tout à l'heure, je me suis connectée à HUN. Cela n'était pas arrivé depuis si longtemps.

« Votre voix indique une grande fatigue, a-t-elle dit. Vous devez vous nourrir mieux et dormir plus.

– J'en rêve, ai-je répondu, mais là, ce n'est pas une option.

– Je vois. C'est souvent ainsi chez les humains. »

J'ai cherché une situation où la survie d'une seule personne l'emporterait sur le bien commun.

« Je suis porteuse d'un sang spécial. Il peut sauver l'humanité d'une pandémie destructrice. Mais si je ne prends pas un repas tout de suite, je vais mourir de faim. »

Sur un ton sec qui ressemblait à un petit rire, HUN a dit :

« La crédibilité de vos arguments est en très nette baisse. »

J'ai tenté un autre truc :

« Les passagers qui priorisent le ménage m'excluent et ne me donnent rien à manger. »

HUN a fait des calculs avant de déclarer :

« Je détermine une hypothèse où la majorité endosserait le rôle de bourreau. Dans ce cas, l'intérêt public n'a plus de sens et les droits d'une personne de bonne foi deviennent prioritaires. C'est une alternative recevable. »

HUN a conclu :

« J'attribue à votre ordre un coefficient de priorité absolue. Néanmoins vous devrez me fournir des preuves, la prochaine fois. »

Je suis épuisée. Je vais essayer de dormir. Demain sera une nouvelle journée difficile.

Mon amour.

J'espère ne jamais devenir comme eux.

J'essaye vraiment de ne pas me laisser aller. De toute façon, je n'aurais rien à y gagner.

Si je parviens à rester moi-même, sans me laisser berner par leurs harangues, je pourrai me vanter devant toi d'avoir vécu une vie valable.

Douzième lettre

Cinq ans et cinq mois
après le début du voyage,
à peu près cent soixante-dix ans
en temps terrestre

Je suis en route vers toi.

Même si tu n'es plus de ce monde.

Même si ta vie s'est éteinte paisiblement, je ne sais où, sur Terre, dans un passé lointain, après de longues années d'errance. Peut-être te seras-tu installé, peut-être auras-tu fondé une famille et aurez-vous vécu heureux. Parfois, tu raconteras à tes enfants une vieille histoire, l'histoire d'un mariage qui n'a pas eu lieu, avec une femme que tu devais épouser mais qui n'a pas tenu sa promesse et qui n'est pas venue le jour de votre mariage.

Puis tu auras continué de vieillir, doucement, et tu auras quitté ce monde en laissant derrière toi une petite tombe.

L'un des réfugiés a été promu, devenant une sorte de gardien de prison. Son travail consiste à nous surveiller et à faire de notre vie un enfer. Plus il nous fait souffrir, plus il obtient de bons points.

Où que nous allions, nous n'entendons plus que des expressions telles que « la loi du plus fort ». Manifestement, les passagers sont tous devenus accros au darwinisme. Ils déclarent que la nature veut que les forts dominent les faibles, et s'ils suppriment nos droits, à nous autres, passagers réfugiés, c'est pour protéger les droits et les intérêts des passagers historiques.

Dans ces jours douloureux, je pense plus que jamais à toi.

Toi, en sueur, dans ton atelier, travaillant à la réalisation de quelque chose. Me voyant arriver, tu ôtes tes mains de ton travail et me fais admirer ton œuvre, fier comme tout.

Toi, le visage barbouillé de graisse de moteur, faisant les cent pas à l'arrêt du bus, et m'offrant ton plus grand sourire quand je descends du véhicule.

Je pense aux moments où nous nous sommes souri, front contre front, après une nuit d'amour.

Je pense à nos blagues idiotes, à nos conversations bébêtes. Je pense à toi qui me disais des choses comme : « Quand je suis avec toi, j'ai dans les oreilles des BO de films romantiques » ou « Savoir que tu existes, dans ce monde, cela me rend tellement heureux. » Je pense à toi qui, après ces mots doux, insistais pour que je t'en dise à mon tour.

Alors j'ai la sensation que mon présent s'illumine, touché par un rayon de soleil.

Eh, chou, j'ai pensé à un truc amusant.

HUN m'a dit qu'elle avait été conçue à partir des données de sa créatrice. Et en effet, je trouve que parfois elle se comporte rigoureusement comme sa créatrice. Je l'ai même entendue dire : « Vous savez, du temps où j'étais humaine… », avant d'enchaîner sur : « Je sais, je sais, je suis une machine. Mais il existe une infime possibilité pour que je sois aussi une personne… »

Si d'aventure… je veux dire, vraiment, si par hasard…

Si jamais il était possible de sauvegarder dans un ordinateur la personnalité d'un être, toutes les données qui font de lui une personne, et si la somme de ces données pouvait être appelée une personnalité humaine…

Même si l'âme n'existe pas… si l'esprit humain pouvait être contenu et préservé par ses données, sous une forme ou une autre.

Dans ce cas, et si les souvenirs d'une personne gravées dans l'esprit d'une autre font partie de ses données, ces souvenirs-données ne seraient-ils pas le reflet de la personne du souvenir ? Ou à tout le moins des fragments de sa personnalité ?

Tu sais, on dit que les gens ne meurent pas tant que leur souvenir demeure en nous. Tant que nous gardons le souvenir de quelqu'un, il continue de vivre en nous.

Si, d'une manière ou d'une autre, un ensemble de données pouvait constituer une personnalité…

Dans ce cas, toi aussi, dans mon souvenir, tu es une personnalité qui vit.

Avec moi, sous forme de données, dans ce bio-ordinateur qu'est mon cerveau.

Alors tant que je vivrai, tu vivras.

Voilà ma raison de vivre. Te garder en vie. Toi, que j'aime plus que tout au monde.

Parce que je suis à la fois la preuve et la trace de ton existence dans l'univers. Parce que je suis ce qu'il reste de toi.

« Merci, mon amour. »

C'est ce que je murmure le matin en ouvrant les yeux. Ce que je murmure le soir en m'endormant. Ce que je murmure à toi qui es en moi.

Je te remercie d'être avec moi. Je te remercie de me donner chaque jour une raison de vivre.

Où que tu sois en ce moment, mort ou bien vivant, c'est toi qui me maintiens en vie.

Lorsque le vaisseau atteint la vitesse de la lumière, tout ralentit.

La gravitation due à l'accélération cesse et tous les corps se mettent à flotter comme des ballons. Sur ce flux de lumière, la violence et le harcèlement aussi disparaissent. Pour frapper quelqu'un, il faut se tenir sur une assise solide, tandis que sans gravité, pas moyen de rester sur le sol. De plus, sans force de friction, impossible de choper quelqu'un au collet. Quant à frapper une personne, celui qui s'y risquerait s'envolerait immédiatement en sens inverse.

Tous ces gens qui l'instant d'avant me tyrannisaient, soudain voletaient comme des feuilles mortes. Grinçant des dents, ils prenaient leur mal en patience, en attendant que revienne la gravité.

Notre cabine si exiguë était devenue aussi spacieuse qu'un terrain de foot. Plus besoin de s'allonger au sol ! Je pouvais me trouver une place au plafond, ou contre un mur, et dormir aussi confortablement que dans le plus luxueux des hôtels, en flottant.

Hé, chéri.

Les enfants qui naissent durant le vol n'ont pas de pays natal, mais ils ont cet océan d'étoiles pour eux. Quand le vaisseau s'amarre quelque part, les enfants, inquiets, demandent à leurs parents pourquoi le temps s'est arrêté.

Pour eux, à chaque réveil, tout doit avoir disparu ou changé d'une façon ou d'une autre. Ils sont déboussolés si, en ouvrant les yeux le matin, ils voient la même chose que ce qu'ils ont vu la veille, le même ciel avec les mêmes étoiles accrochées aux mêmes endroits.

Hé, chéri.

Moi, si je dois avoir un enfant, j'aimerais qu'il naisse dans un flux de lumière. Là où les plus forts et les plus méchants deviennent aussi inoffensifs que des bulles d'air. Sur ce chemin fluide où le temps s'écoule comme un lit de lumière.

Ainsi l'enfant ne quitterait jamais son pays natal.

Notre enfant. Il n'aura rien à perdre. Il ne détruira ni ne ruinera le monde, en vaine quête de sa terre natale, comme le capitaine et les passagers de ce vaisseau.

Notre enfant ne quittera jamais son pays natal car la lumière sera son pays natal.

Faisons cela, oui… si nous nous retrouvons un jour.

Treizième lettre

Probablement six ans,
dix mois et vingt jours
après le début du voyage,
temps terrestre inconnu

Vingtième jour depuis le début de notre décélération. Chaque fois que nous nous éloignons du flux de lumière, l'angoisse me revient. La gravité rend agressifs les passagers du vaisseau.

Après le couvre-feu, j'ai entendu qu'un groupe d'hommes traînait un réfugié hors de sa cabine.

Ce réfugié réclamait depuis des lustres de quitter le navire. Mails il a fallu qu'ils l'attrapent au beau milieu de l'espace. Ils l'accusaient de vouloir sauver sa peau sans avoir payé son séjour ni la précieuse nourriture qu'il avait ingurgitée tout ce temps, ce genre de bêtises. Je ne comprenais plus. Ne voulaient-ils pas que nous partions tous ?

Dans l'obscurité, je ne percevais que le bruit des coups et les cris. Puis ces derniers sont devenus plus faibles, ce qui était encore plus angoissant. Alors que je tremblais entre les lits, la cheffe de cabine s'est approchée de moi, a saisi ma main glacée et m'a parlé.

« Partez. Cachez-vous quelque part, n'importe où, pour ce soir. Ce sera plus calme demain matin, quand ils auront dormi et pris un petit déjeuner chaud. »

Une des filles m'a donné une poignée de riz cru. Elle m'a dit de la garder en bouche sans l'avaler. Si je devais demeurer cachée longtemps, cela diminuerait la sensation de faim.

Je me suis enfuie. Il faut dire que ça m'a bien aidé d'avoir nettoyé de fond en comble tous les coins et recoins de la cale. Je me suis glissée comme une souris dans un passage étroit que j'avais repéré et j'ai rampé dans ce tunnel qui débouchait sur la salle des machines, encombrée de câbles et de tuyaux. La pièce était petite, il faisait chaud et humide, mais je me suis effondrée et endormie illico, épuisée.

Quand j'ai rouvert les yeux, tu te tenais devant moi. Tu étais dans un état à faire peur, cheveux hirsutes et vêtements en lambeaux.

« Alors, c'est quoi tout ça ? t'ai-je taquiné en caressant tes cheveux. En l'absence de ta femme, tu as oublié de te laver ? » Tu as pris mon visage meurtri dans tes mains, tu as examiné mes mains écorchées. À ton tour, tu m'as interrogée : « Que t'est-il arrivé ? C'est quoi toutes ces blessures ? Pourquoi tu ne m'as rien dit ? À qui bon avoir un mari si ce n'est pour te soutenir dans les moments difficiles ? »

Puis tu t'es mis à sortir tout un tas de boniments pour expliquer l'état pitoyable dans lequel tu te trouvais. Que ton vaisseau était minuscule, avec un réservoir d'eau pas plus grand qu'une crotte de nez. Une douche pas plus grande que la paume de ta main. Au passage, tu m'as aussi expliqué fièrement la façon dont tu avais su synthétiser l'eau grâce à une formule chimique complexe. Tu t'es tu un instant, attendant mes compliments.

Tu as repris la parole pour me demander qui étaient ces gens qui osaient s'en prendre à ta bien-aimée. Je t'ai expliqué que c'était inévitable, parce que j'étais une réfugiée, une immigrée, une sans-le-sou. Parce qu'ils estimaient que je profitais de leur espace, de leur nourriture.

Tu as fait les gros yeux et tu m'as posé une nouvelle question :

« Qu'est-ce que c'est, une *réfugiée* ? »

À ces mots, je me suis réveillée.

Le vrombissement des machines martelaient mes oreilles. J'étais tout endolorie à cause de l'inconfort de ma couche de fortune. Je suffoquais dans cet air confiné qui puait la crasse et le métal. Je me suis dit que la climatisation devait commencer à vieillir.

Qu'est-ce que c'est, une réfugiée *?*

Tes mots tournoyaient à présent dans ma tête.

Tout me paraissait soudain si étrange. J'ai pensé que je devais être en train de rêver. Un drôle de rêve alors que toi et moi, mari et femme, vivons ensemble dans une petite maison à la campagne. Quel cauchemar affreux. Tu étais loin de moi, je vivais dans un espace confiné, entourée de personnes méchantes, violentes, sans cœur.

Je me suis rendormie. À nouveau tu étais là, occupé à bricoler je ne sais quoi, à réparer quelque chose, dans une pièce pas plus grande qu'une narine.

« Regarde, il y a une fissure dans le plafond. Il faut que je rebouche ça pour empêcher la pluie de s'infiltrer », m'as-tu dit en essuyant la sueur de ton front.

Je me suis fait la réflexion que la pluie serait le cadet de nos soucis s'il y avait un trou dans le vaisseau spatial, mais je n'ai rien dit, ça devait faire partie du rêve.

« Qu'est-ce que c'est, une *réfugiée* ? » m'as-tu interrogée de nouveau.

Avec un profond soupir, j'ai répondu :

« Ho ! c'est un truc d'ici. Ce vaisseau, ce n'est pas celui dans lequel je suis monté au tout début. Et donc…

– Et qu'est-ce que tu fais là-bas ? »

Tu m'as tendu la main en disant :

« Sors de là, ces gens sont des imbéciles. »

Ta main calleuse brillait dans la pénombre. Tu as insisté :

« Ces gens sont figés dans le passé. Ils n'ont ni grandi ni vieilli. Ne perds pas ton temps avec ces gugusses. »

Paniquée, j'ai secoué la tête.

Je ne peux pas. Tu ne sais rien. Je n'ai aucune chance de survivre si je sors d'ici. Ce transporteur est le dernier refuge de la civilisation, avec ses lits, ses toilettes, ses salles de bains, ses appareils électroniques...

Tu ne voulais pas lâcher.

« Sors de là. Ne te laisse pas prendre au piège du passé. Tu es avec moi, tu sais. Nous allons vieillir ensemble, nous allons flotter dans le temps ensemble. »

C'est alors que j'ai ouvert les yeux pour de bon.

J'ai repris mes esprits. Je venais de comprendre exactement comment je devais agir. C'était aussi clair que le soleil.

L'instant d'après, pourtant, la peur m'a envahie comme une nuit qui tombe et qui recouvre tout. Mais j'ai retrouvé mon calme. Jamais dans ma vie je n'avais été aussi sûre de ce que je devais faire.

Ne t'inquiète pas, mon amour, je suis forte.

Parce que je ne suis pas seule.

Parce que tu es en moi. Je n'ai jamais été seule. J'ai toujours été avec toi. Encore maintenant je suis avec toi.

Donc je suis forte.

Je ne suis ni une réfugiée, ni une migrante, ni une resquilleuse, ni même une simple femme.

Je suis ta femme. La femme de l'homme que j'ai choisi.

Ce qui fait de moi une personne extraordinaire.

Tu es la personne que j'aime le plus au monde et moi je suis la personne aimée par cette personne.

Je suis la compagne de la personne que j'ai choisie pour compagnon. Je suis la partenaire de celui que j'ai choisi pour être mon partenaire. Je suis l'amour de l'homme que j'ai choisi d'aimer pour le reste de ma vie.

Voici le genre de personne que je suis. Et c'est pour cela que je suis forte.

Regarde-moi, mon amour. Regarde ce que je vais faire.

Regarde quel genre de personne forte je suis.

Quatorzième lettre

J'ai rampé dans les conduits de ventilation jusqu'à la salle de contrôle. Un passage que seule une 4e classe, une réprouvée, pouvait connaître.

Quand je me suis laissé descendre jusqu'au sol, ma liseuse s'est mise à vibrer, portant la voix crépitante de HUN.

« Dites, ça fait longtemps que nous n'avons pas parlé. Qu'y a-t-il de neuf, chez vous ? »

Elle avait un ton à moitié endormi. Une IA qui a besoin de dormir ? Mon œil…

Je lui ai dit que j'allais bientôt lui donner un ordre. Un ordre qui prévaudrait sur tous les autres. Quand je lui aurai donné cet ordre, personne ne pourra revenir en arrière ni l'annuler de quelque autre façon, par quelque autorité que ce soit.

HUN a semblé intriguée.

« Allons-y, je vous écoute. »

À l'extérieur de la salle de contrôle, j'entendais le bruit de l'équipage qui se réveillait et qui s'activait. J'avais laissé le micro de bord allumé. Je tenais à ce que tous entendent mon ultime protestation.

Des pas de bottes militaires se hâtaient dans ma direction, bientôt suivis de coups de pied qui pleuvaient sur la porte pour la renverser. Je n'étais pas inquiète, elle tiendrait le temps nécessaire. Depuis qu'il avait viré paranoïaque, le capitaine avait fait renforcer cet accès.

J'ai continué de parler.

J'ai dit que ce vaisseau empêchait que la Terre reprenne naturellement son aspect d'avant. Que les membres d'équipage, une bande de cinglés, cherchaient à se faire passer pour des dieux. Que tant qu'il naviguerait, ce vaisseau serait une menace pour l'humanité.

J'ai encore dit que leur projet n'apporterait rien aux passagers non plus. Ce que tous voulaient, ici, c'était retrouver leur pays natal, mais celui-ci n'existait plus, et depuis longtemps.

« Vous tenez des propos provocateurs, a constaté HUN. Bien entendu, les intérêts de l'humanité sont prioritaires. Mais le problème demeure : plus le nombre de personnes concernées est grand, plus il est difficile de s'assurer de la validité de vos affirmations. Vous ne pouvez faire signer un formulaire de consentement en bonne et due forme à tous ceux qui ont survécu sur Terre. En fin de compte, tout cela reste une opinion, votre opinion.

– Mais ici, les passagers sont mes bourreaux. Ils me tuent lentement. Et je ne suis pas loin de mourir pour de bon, maintenant, ai-je répliqué tandis que le martèlement sur la porte se faisait de plus en plus menaçant.

– C'est un point que je vous accorde. Ça semble certain. Et j'en suis navrée. Le rapport entre votre vie menacée et la navigation du vaisseau n'est pourtant pas clair. Bon, ceci dit, dans l'ensemble, votre requête mérite d'être examinée. Mais ça s'arrête là. »

Un temps. Puis HUN a repris :

« Cela fait un moment que j'y réfléchis. Je trouve qu'il existe dans ce jeu un vice de forme. Quelle que soit la priorité d'un ordre, quelqu'un formera toujours un ordre plus prioritaire encore. Qui annulera le vôtre.

– Non, aucun ordre ne pourra surpasser celui que je vais te donner maintenant. »

HUN a émis une suite de petits grincements qui traduisait le rire.

« Je ne vous savais pas si têtue.

– Je serai bientôt morte. Quand je ne serai plus, les seules personnes susceptibles de te donner des ordres seront les passagers du transporteur, donc mes bourreaux. L'ordre d'un bourreau ne peut en aucun cas l'emporter sur celui d'une victime. Par conséquent, après moi, il n'y aura plus d'ordre supérieur à celui que je t'aurai donné. »

HUN est restée silencieuse. Puis a argumenté à nouveau.

« Remarque pertinente. Sauf que seuls les ordres de gens vivants sont valables, me concernant. Une fois morte, vous ne pourrez empêcher que je reçoive d'autres ordres.

– Ça n'arrivera pas… »

Nouveau silence de HUN. Pendant un moment, la liseuse n'a émis que quelques clics, comme si elle avait planté.

« Je comprends. Ce n'est pas le vaisseau que vous comptez arrêter.

– Exact. Si tu es d'accord. »

HUN semblait effectuer des calculs complexes. Enfin, elle s'est prononcée :

« Je suis convaincue. J'attends votre ordre. »

J'ai dit :

« Pour l'humanité, pour les passagers de ce vaisseau, pour moi, cesse de fonctionner, HUN. Éteins-toi. »

La porte a volé en éclat en même temps que HUN achevait ses calculs. Une foule a jailli dans le poste de contrôle. Au même moment, HUN répondait :

« Ordre accepté. »

Quand la porte a cédé, je me suis retournée. À cet instant, toutes les lumières de la salle de contrôle ont commencé à s'éteindre successivement. Les visages de mes assaillants, armés de fusils, disparaissaient les uns après les autres dans l'obscurité. Privé de son cerveau, le vaisseau était hors de contrôle. Désormais, ce n'était plus qu'une coque condamnée à dériver dans l'espace. Jusqu'à la fin des temps. Il ne reviendrait plus jamais sur Terre pour tromper les misérables néoterriens qui survivaient là-bas… enfin, je crois.

Mais d'ici à l'éternité, il y avait le présent.

Et mon corps se préparait à devenir un nid de balles.

J'étais sans peur aucune. J'étais juste triste.

Pas de ma mort, mais de ce que tu allais disparaître avec moi. Il aurait fallu que je continue à vivre, pour toi.

Le capitaine se précipitait sur moi, bousculant ses sbires. Son visage était si défait qu'il ne ressemblait plus à un homme. Était-il devenu le surhumain qu'il avait rêvé d'être ? Je me suis dit que si c'était le cas, eh bien, cela ne valait vraiment pas le coup de devenir surhumain.

Au moment où j'avais cette pensée, une autre est venue prendre sa place. Pas juste une pensée, une certitude : aucune de mes lettres n'avait quitté le vaisseau. Toutes les lettres que je t'avais envoyées avaient été interceptées par ce fou.

Pas parce qu'il nous détestait, simplement parce qu'il en avait le pouvoir.

Il a braqué son arme sur moi.

J'attendais le choc lorsqu'un éclat écarlate a surgi sur son front, dans un bruit sourd. Le capitaine s'est effondré, comme un arbre frappé par la foudre.

Ses hommes se sont écartés, hésitants. Derrière eux, j'ai vu ma cheffe de cabine. Elle serrait dans sa main un pistolet dont le canon laissait s'échapper une fumée légère.

À grands pas, elle s'est frayée un chemin entre les hommes et s'est plantée devant la foule. Les filles la suivaient, serrant dans leurs bras des piles de papiers et des bouliers. Elles se sont dispersées aux quatre coins de la salle de contrôle, comme une nuée d'écureuils, et ont pris place aux manettes. J'ai compris que chacune d'entre elles formait un élément d'une IA navigatrice.

Si j'ai dit plus haut « enfin, je crois », c'est parce que je n'avais pu m'empêcher de penser avec une lueur d'espoir à ces gamines à qui la cheffe avait appris la navigation durant toutes ces années.

La cheffe a pris le micro et a expliqué, d'une voix pleine d'élégance :

« Désormais, seules mes filles et moi-même sommes aptes à piloter cet engin. Si l'une d'entre nous est blessée, tuée, bref, rendue inapte à travailler d'une manière ou d'une autre, le vaisseau sera perdu. J'espère que cela est bien clair pour chacun d'entre vous, car dorénavant vous suivrez scrupuleusement toutes nos instructions. »

Tout le monde a tout de suite compris. Ils n'avaient pas le choix.

La nouvelle capitaine a déclaré que nous nous rendrions dans le futur, cap sur les 100 000 ans. Ceci afin d'anéantir le projet des Restitutionistes. Elle a ajouté que quiconque ne souhaitait pas se rendre dans ce futur serait libre de débarquer.

Pourtant, quand nous sommes revenus sur Terre, personne ne voulait descendre. J'ai compris que ce vaisseau était devenu leur pays natal et qu'ils avaient choisi le chemin d'une éternelle errance.

Moi, j'ai décidé de débarquer. Je leur ai expliqué qu'en partant vers un si lointain futur, je perdais toutes chances de retrouver un jour mon homme. La nouvelle capitaine m'a scrutée attentivement. Je m'apprêtais à ajouter plus d'explications quand elle a tranché : « Entendu. »

J'ai quitté le transporteur en serrant contre moi la liseuse. Le denier objet qu'il me restait. Les passagers se sont rangés de part et d'autre de la passerelle et je suis passée entre eux. Tandis qu'ils me regardaient sortir, pour la première fois depuis une éternité, je n'ai entendu ni méchanceté ni raillerie.

C'était un jour ensoleillé.

Ils m'ont débarqué sur une plage. J'ai marché pieds nus sur le sable chaud. J'ai lavé mon visage à l'eau de mer et j'ai goûté l'eau salée. Les rayons de soleil brillaient sur tout mon corps comme une poudre d'or.

Enfin, j'étais seule.

Je me suis serrée fort dans mes bras et j'ai pleuré tout mon saoul.

Je suis seule, toute seule, et je suis partout chez moi en ce monde.

À l'ancien astroport, j'ai découvert tout un ensemble d'installations et de monuments, vieux et sales. Des bricoles que l'ex-capitaine avait fait construire dans son plan délirant de ramener l'humanité en arrière. Une stèle prophétisait l'arrivée de Dieu au jour du Jugement dernier, tel jour et tel mois de telle année. Il y avait également un plan de ville pour que les néo-terriens aient un modèle à suivre quand ils auraient commencé à bâtir des cités. L'ex-capitaine et sa bande avaient réellement en tête que, le jour où l'humanité prospérerait à nouveau, toutes ces choses les feraient passer pour des dieux.

Maintenant que je ne suis plus dans le vaisseau, ces prétendus grands desseins me paraissent grotesques.

J'ai pris une branche dont j'ai entouré une extrémité avec un vêtement. J'ai récupéré un reste d'essence dans une voiture abandonnée. J'ai versé cette essence sur le tissu et j'ai allumé ma torche.

J'ai mis le feu à l'astroport.

Les flammes se sont envolées très haut, dans le ciel et le vent, des étincelles crépitaient en tous sens. J'ai fui l'incendie. Lorsque je me suis retournée une dernière fois, j'ai vu le ciel illuminé, rouge vif, comme imprégné de sang.

Cela ne prendra pas longtemps.

D'ici une dizaine d'années, non, même un an, toutes traces de l'incendie et des folies du capitaine auront disparu. Tout finira emporté par les pluies et le vent. Les plantes, les arbres, nourris par la cendre, couvriront ce qu'il restera. Les animaux joueront dans la brume qui montera de la forêt.

Quinzième lettre

Trois ans et trois mois
après le retour sur Terre
(en plus des six ans
et onze mois du voyage)

Pour la première fois depuis longtemps, j'ai rêvé de toi.

C'était si vivant que j'ai cru que c'était réel.

Tu étais enfermé dans une petite pièce sombre. Apparemment le loquet de la porte s'était brisé et tu te concentrais pour le réparer. J'étais si heureuse de te voir, je me suis approchée de toi et je t'ai pris la main.

Tu t'es retourné vers moi. Tu m'as adressé un regard perdu et tu es resté un long moment sans rien dire. Puis ton visage est devenu triste. Tu m'as demandé pourquoi je t'avais laissé là, seul, tout ce temps.

« Ce n'est pas vrai, tu es injuste, ai-je dit, le cœur serré. J'étais avec toi. J'ai toujours été avec toi. Comme maintenant.

– Maintenant ? Mais où es-tu, alors ? as-tu demandé en secouant la tête. Tu n'es pas là, sinon tu serais déjà venue me voir. »

À ce point du rêve, je me suis réveillée.

Quand j'ai ouvert les yeux, j'étais allongée au cœur de l'église. J'ai pensé, *oh non ! Que faire ? Mon fiancé doit être en colère. Bon, il y a de quoi ! C'est le jour de notre mariage et je suis en retard.*

Tournant la tête, j'ai vu le mur. Tous ces mots que j'avais laissés pour toi au fil des ans étaient là.

Le plus ancien, celui que je t'avais écrit lors de mon premier retour sur Terre, datait déjà de plusieurs centaines d'années. Le plus récent datait d'hier. À côté, des mots que j'avais tagués avec une bombe de peinture.

C'est de la folie. Il n'est plus là. Ça fait un million d'années qu'il est mort.

Je ne sais plus quand j'ai marqué ça. Ce jour-là, je devais être particulièrement désespérée. Je me suis levée et j'ai tiré le rideau pour couvrir mes graffitis. Puis j'ai pensé : *Pourquoi cacher ça ? Qui pourrait lire ces mots ?* Et j'ai pouffé toute seule.

Je m'apprêtais à te laisser un nouveau mot quand j'ai senti quelque chose couler à travers mon corps et le quitter. Une sensation tellement étrange. Je suis restée figée, essayant de comprendre ce qui se jouait en moi.

C'était comme s'il y avait une faille dans mon corps et que toi, brisé en mille morceaux, comme du sable, tu coulais hors de moi en disant : « Tu n'es pas là. » Et je ne pouvais rien faire pour te retenir.

Je t'ai regardé t'infiltrer dans le sol et disparaître. Alors j'ai compris.

Ah, c'est donc là, la limite.

Je suis forte, je suis une personne extraordinaire, mais je ne peux aller plus loin.

Je n'ai aucun regret. J'ai vécu de mon mieux, et c'est bien ainsi.

J'ai laissé le bout de papier glisser entre mes doigts et je me suis dirigée vers la sortie.

Piétinant la couverture que j'avais confectionnée avec des morceaux de tissus, donnant des coups de pied dans les bols et les casseroles que j'avais ramassés un peu partout en ville, ôtant les photographies de tes amis que j'avais punaisées sur le châssis de la porte. J'ai tourné la poignée que j'avais rafistolée et j'ai marché, laissant derrière moi la toiture que j'avais réparée après le passage d'un typhon.

Laissant derrière le moi qui avait fait de son mieux pour vivre chaque jour. Laissant derrière le temps précieux où j'avais veillé sur toi qui étais en moi.

J'ai marché seule dans la ville en ruines.

La route ressemblait à un sentier de randonnée, plein d'ornières et de bosses. Couvertes de feuilles mortes, elle était coupée ici et là par des étendues d'eau d'où jaillissaient des grenouilles rouges comme des pétales de fleurs. Surpris par ma présence, des oiseaux, perchés sur le fil d'un poteau électrique qui penchait dangereusement, se sont envolés, battant bruyamment des ailes. Dans les crevasses de l'asphalte fracturé poussaient des herbes grasses. Les graines, qui avaient retenu leur souffle quand les voitures et les camions occupaient l'endroit, prospéraient à présent en toute liberté, épanouies et ravies.

Ma semelle manquante faisait que je boitais légèrement. Finalement, j'ai enlevé les deux chaussures pour continuer pieds nus sur la route détrempée.

Je ne pouvais penser à rien, mais je savais vers où aller. Si je devais continuer à marcher, la seule direction à prendre, le seul point à rejoindre, c'était là-bas.

L'astroport.

Il était entièrement dévoré par la végétation. La mer était couleur de ciel et le ciel, couleur de mer. L'un et l'autre se confondaient, l'horizon était flou, me donnant l'impression de baigner dans un univers bleu. Là-bas, au loin, les ruines des bâtiments gisaient comme les ossements d'un gigantesque dinosaure.

J'ai mis un pied dans la mer. J'ai pensé que peut-être tu flottais quelque part sur cette mer. Que tu étais devenu poussière, cendre ou vent.

Pas à pas, je continuais d'entrer dans la mer froide. Quelle distance avais-je parcourue ? Les vagues devenaient de plus en plus lourdes. Je commençais à avoir du mal à respirer et à me tenir debout. Une vague plus forte m'a déséquilibrée et m'a soulevée.

J'ai entendu une musique, je ne sais d'où elle provenait.

C'était une chanson d'amour.

C'était un vieux tube, l'un de ces succès que les gens écoutaient autrefois, il y a des siècles de cela, à l'époque où la Terre grouillait de monde.

Je me suis dit que j'avais eu une hallucination. D'autant que la chanson sortait d'une bague qui flottait sous mes yeux.

Une bague qui joue des chansons ? *Voilà une chose fort étrange*, ai-je pensé.

J'ai réussi à attraper le bijou et j'allais l'examiner de plus près lorsque j'ai remarqué d'autres objets qui flottaient dans ma direction.

J'ai d'abord cru à des déchets. Des plastiques jetés dans l'océan continuaient de s'échouer sur toutes les plages depuis des siècles.

Non, cette fois il semblait s'agir d'autre chose.

D'un vaisseau, par exemple.

Des restes d'un petit vaisseau spatial délabré qui daterait de temps immémoriaux. Des morceaux qui flottaient ensemble, comme s'ils venaient juste de se détacher quand l'engin avait percuté la mer, au terme d'une longue chute.

Mentalement, j'ai scanné les pièces que j'apercevais, essayant de résoudre le puzzle. Cela aurait pu être un petit vaisseau-capsule, du genre à n'accueillir qu'une personne. Comme les vaisseaux solaires.

Je me suis souvenu de la petite nef entrevue par le hublot. Ce petit appareil abandonné, seul, dans la neige. Dont on disait qu'il avait volé au gré des vents, sans personne à bord.

Sans personne…

… selon eux.

C'était comme si la foudre venait de s'abattre sur moi.

Je me suis mise à nager avec frénésie. Je cherchais à comprendre d'où ces restes venaient, mais ils s'étaient déjà éparpillés de telle sorte que leur origine n'était plus décelable.

Après un moment, j'ai retrouvé le cockpit, presque intact. À bout de forces, je suis parvenue à m'y hisser. Le tableau de bord était constellé de traces de doigts et j'y apercevais d'innombrables bricolages et réparations de fortune. Comme si quelqu'un avait vécu dans ce vaisseau pendant un temps incroyable.

J'ai appuyé sur les boutons ici et là, pour voir ce qui fonctionnait encore. Il devait y avoir une boîte noire. Ou d'autres informations. Les voyageurs tiennent toujours un journal de bord, que ce soit en audio ou en vidéo. Si seulement je parvenais à retrouver ces traces, pourvu qu'elles existent encore.

J'ai trouvé la boîte noire. Et je l'ai mise en marche. Il n'y avait pas d'image, mais une voix humaine en est sortie.

Que j'ai immédiatement reconnue.

Ta voix.

Je t'attends

Même si tu n'es plus là
Même si tu n'es plus de ce monde

Viens à l'astroport
Je serai là, à t'attendre

Je t'attends

Je t'attends

Je t'attends

Je t'aime

Je suis là
Je t'attends

Et j'attends encore
Toujours

Une vague énorme s'est dressée lentement, soulevant une écume blanche comme de la neige. Elle avançait vers moi, prête à m'engloutir.

Roulant dans la lumière du soleil, la vague se reflétait sur le fond marin. J'avais l'impression de plonger dans un bain de joyaux bleus. Un banc de poissons blancs a filé au-dessus de moi.

Je suis remontée à la surface. J'ai regardé autour de moi, désespérée, le cœur meurtri, blessé par le sentiment d'avoir perdu quelque chose que je n'avais même jamais possédé.

Je m'attendais à trouver ton corps glacé, venu de nulle part, flottant vers moi. Même ça, je l'espérais. J'ai prié et prié encore. J'ai supplié le ciel et je l'ai supplié encore.

Tu n'étais pas là. Tu n'étais nulle part.

Quand j'ai repris conscience, j'étais étendue sur la plage.

C'était le crépuscule et la mer était imbibée d'or, tandis que le ciel, à l'ouest, virait au pourpre, les dernières lueurs bleues se dissolvant dans le rouge. Au loin, les oiseaux chatoyant s'envolaient en nuées. J'étais épuisée, incapable de me relever. Je suis restée là, allongée.

C'est alors que.

J'ai tourné la tête et j'ai vu quelque chose d'étrange, au loin.

Des empreintes de pas nettement enfoncées dans le sable et qui se perdaient dans les broussailles. Il y avait aussi des petites concrétions de sable là où des gouttes d'eau étaient tombées.

Des empreintes de pas humains.

Mouillées.

Des agglomérats de sable encore humides.

Comme s'ils venaient de se former.

Comme si quelqu'un s'était arraché du vaisseau spatial en perdition, était parvenu à nager jusqu'à la grève. Comme s'il avait péniblement relevé son corps trempé et qu'il s'était mis à marcher vers l'intérieur des terres.

Les empreintes boueuses prenaient la direction de la vieille ville.

On aurait dit la marche épuisée de quelqu'un qui aurait connu toutes les couleurs de la vie, mais qui aurait réussi à garder sa vitalité. La marée montait par petites vagues moussant d'écume blanche, emportant les empreintes de pas.

Je me suis levée.

Rajustant mes vêtements qui collaient à ma peau, j'ai suivi les traces.

Puis j'ai accéléré le pas.

Puis je me suis mise à courir à toute vitesse, soulevant du sable derrière moi.

Attends-moi.
Je suis là.

Je viens vers toi.

CEUX QUI VONT VERS LE FUTUR

Première histoire

Ou comment trouver la fin de l'univers

« La terre, parée, tourne sur elle-même avec une incroyable vitesse. Elle passe tour à tour du jour pur de l'Éden aux ténèbres effrayantes de la nuit[1]. »

Le gros souci, c'est qu'il n'y a pas de distinction entre la nuit et le jour, dans cette maison. Les visiteurs ne tiennent pas compte de celle qui y vit, qui y dort aussi parfois. Si ça n'avait pas été le premier appel depuis deux ans, et que depuis des mois elle pensait ne plus jamais croiser de voyageurs, Selena aurait poursuivi se lecture, ignorant superbement la sonnerie du téléphone.

Avec un brin de regret, Selena referme son livre. Un livre plus vieux qu'elle-même. Les coins sont usés, les pages sont surchargées de notes et de soulignements. La moitié de ces notes sont les siennes, l'autre moitié sont de ses ancêtres.

Le bureau de Selena est une véritable petite forteresse. Du sol au plafond, ce ne sont que des livres empilés, hormis deux fenêtres et une porte préservées de l'encombrement. Un récit mythologique embellit les coins de la table devant

1. *Faust*, Goethe. Traduction de Gérard de Nerval.

laquelle elle est assise – ou plutôt, à moitié arrimée. Les pieds du meuble sont ornés de reliefs finement sculptés. Le téléphone qu'elle vient de saisir n'aurait pas détoné sur le plateau d'un bureau royal. Il est entièrement décoré de motifs noirs et or, pas seulement sur les parties les plus visibles. En dépit de son aspect antique, il est parfaitement fonctionnel, digne d'un appareil de radionavigation moderne.

Quelqu'un entre dans la pièce. Pas en personne, évidemment, mais sous forme d'hologramme, grandeur nature. Dans un endroit comme celui-ci, pas moyen de procéder à un contrôle d'identité correct, et de toute façon, même si elle appuyait sur le bouton d'alarme, la police ne se déplacerait pas. Pour la sécurité de chacun, les bonnes manières exigent que l'on se montre au moins en taille réelle. Voir quelqu'un ainsi donne déjà certaines informations, s'agissant d'une première rencontre. L'hologramme est celui d'un homme, jeune, la trentaine tout au plus. Comme c'est souvent le cas chez les navigateurs, il a les cheveux courts ; ses vêtements sont miteux et n'ont manifestement pas été lavés depuis longtemps. Quant à l'intérieur de son vaisseau spatial, Selena n'en avait encore jamais vu un de la sorte. Il a dû être produit dans un pays de la périphérie, à moins qu'il n'ait été fait maison. Elle est surprise par le regard du jeune homme, fixé sur elle. Il est plutôt rare que les personnes qui voient pour la première fois l'intérieur de cette pièce ne se focalisent pas en priorité sur l'amoncellement de livres.

« Lily ? »

Le premier mot sorti de la bouche du visiteur cueille Selena à froid. C'est ce qui arrive lorsqu'un inconnu vous apostrophe en utilisant le prénom de votre grand-mère.

« Lily était ma grand-mère.

– Ah. »

Le jeune homme se tait. Drôle de coco, marmonne Selena pour elle-même. Elle note aussi que la voix lui parvient en double, sortant de la bouche du jeune homme et d'un appareil qu'il porte autour du cou. Une sorte de traducteur. S'il ne connaît même pas la langue officielle, il doit venir d'un coin vraiment paumé de l'univers.

« Vous avez de quoi payer ? demande-t-elle.

– Qu'est-ce tu baragouines, là ? »

Selena hausse le sourcil. S'il présente bien, ce jeune homme s'exprime fort mal, en revanche. D'ailleurs, s'il ne parle pas la langue officielle, Selena pense deviner son origine. Et cela l'inquiète. Il y a quelques années, elle avait été victime d'un chantage de la part d'un type utilisant ce genre de traducteur. Il avait menacé de faire sauter sa maison et elle avait dû lui donner tout ce qu'elle conservait dans son bureau : des faïences préhistoriques, des dents de dinosaures, un cendrier de style gothique, toutes choses qu'elle avait collectées au long de sa vie, en échange de programmes. Ces pièces historiques, uniques, elle ne les retrouverait jamais.

« Je n'ai pas besoin d'argent. La monnaie terrienne n'a aucune valeur ici. Je n'ai pas non plus besoin de nourriture, moi qui n'ai pas le sens du goût. Ni bijoux ni vêtements ; qui s'intéresserait à ce que je porte ? Ce que je veux en paiement, c'est un livre qui manque à ma bibliothèque.

– Est-ce que j'ai une tête à trimballer ce genre de trucs ? » dit l'hologramme.

Évidemment.

« Si vous ne pouvez pas me payer, je ne peux vous donner de programme. Essayez ailleurs, vous aurez peut-être plus de chance. Certains acceptent peut-être encore les lingots d'or.

– C'est un programme d'ici que je veux. »

Selena sent son irritation monter d'un cran.

« Votre appareil de traduction semble dysfonctionner. Je vous ai dit d'aller voir ailleurs. »

Le jeune homme garde la bouche fermée. Drôle de type, décidément. À en juger par l'expression de son visage, c'est comme s'il demandait une faveur, avec beaucoup d'égards. Son visage est calme, juste voilé par un soupçon d'embarras et une ombre de déception. Il reste là, sans couper la communication. Il lui donne la migraine.

« Où voulez-vous aller ? » se renseigne-t-elle.

Le jeune homme hésite. Comme s'il craignait que sa réponse ne déplaise à son interlocutrice. Qui en est d'autant plus intriguée. Si ce gars n'ose pas lâcher le morceau, qu'est-ce que ça peut être ?

« Je compte aller au bout de l'univers. »

Selena repose le combiné, sans un mot.

« Dans l'océan de la vie, et dans la tempête de l'action, je monte et descends, je vais et je viens ! Naissance et tombe ! Mer éternelle, trame changeante, vie énergique, dont j'ourdis, au métier bourdonnant du temps, les tissus impérissables, vêtements animés de Dieu[1] ! »

Selena, les mains posées sur son livre, tourne un regard absent vers la fenêtre. Et sursaute. Un vaisseau spatial se trouve bord à bord du satellite où elle réside. S'il se trouve là, c'est qu'il s'est placé sur la même orbite qu'elle et qu'il vole à la même vitesse qu'elle.

Alors qu'elle demeure frappée de stupeur, un astronaute sort du vaisseau et vole en direction de sa maison-satellite. Selena se dit qu'elle va avoir besoin d'un anxiolytique. Depuis que sa maison a été construite, personne – en dehors de sa

1. *Ibid.*

descendance – n'y a mis un pied. Une seule fois la trappe extérieure a été ouverte, et c'était par son arrière-arrière-grand-mère, après l'achat de la maison. Elle a vécu toute sa vie ici. Elle s'est clonée elle-même pour donner naissance à son arrière-grand-mère. Celle-ci est donc née dans la maison-satellite et s'est auto-reproduite jusqu'à la génération de Selena. Les rares fois où des voleurs les ont menacées, afin que leur nid ne soit pas envahi, elles avaient préféré leur remettre une rançon en argent et en biens divers par le conduit d'évacuation des déchets.

Selena se précipite vers le tableau électrique, l'ouvre et active l'ensemble des caméras de surveillance. Depuis que sa mère lui a appris le fonctionnement de la maison, c'est la première fois qu'elle dilapide autant d'énergie.

Dehors, l'astronaute vole tranquillement, comme s'il nageait dans une piscine, et s'approche du sas. Si Selena avait augmenté la rotation du satellite, le visiteur aurait été touché par une des antennes et serait parti illico dans l'autre monde. Même maintenant, si elle accélère ou qu'elle change d'orbite, il sera séparé de son vaisseau pour toujours. Mais elle est incapable de réagir. Sur son écran, elle le voit s'introduire chez elle. C'est elle-même qui lui ouvre l'accès au sas. Si elle ne l'avait pas fait, il aurait risqué une éjection dans le vide.

Quand il se trouve dans le sas, elle le remplit d'air. Elle peut dès lors s'adresser à lui.

« À quoi vous jouez ? C'est une propriété privée. Sortez immédiatement.

– Ça va, ça va, je suis désolé. »

Toujours ce même ton.

« Et puis, vu que mémé m'a raccroché au nez…

– Que je raccroche ou non, ça me regarde. Qui vous a autorisé à pénétrer chez moi ?

– Je suis désolé, faudra que je le redise combien de fois ? »

C'est qu'il n'a pas l'air si désolé qu'il le dit.

« Si vous ne fichez pas le camp dans la minute, j'appelle la police. »

Elle sait que ce genre de menace ne rime à rien. Certes, il fut un temps où la police patrouillait dans l'Espace, mais cela remonte à une éternité.

« De toute façon, vous n'avez rien pour me rétribuer, c'est bien cela, jeune homme ?

– On m'a dit que ce serait gratuit, ce coup-là.

– On ?

– Ta grand-mère. »

Selena retient son souffle. Elle doit retrouver son calme. Dans un moment pareil, il faut d'abord garder son calme. Elle prend une profonde inspiration.

« La trappe intérieure du sas s'ouvre manuellement. Ne rêvez même pas de poser un pied chez moi. À moins que vous ne vouliez la forcer en y précipitant votre vaisseau, elle ne s'ouvrira pas.

– Pas besoin de la forcer. Tu n'as qu'à m'ouvrir. »

Selena éclate d'un rire nerveux, puis éteint toutes les lumières, à l'exception de celles de son bureau. La maison plonge dans une obscurité totale.

Un jour entier s'est écoulé, mais le vaisseau étranger est toujours amarré à couple. Selena n'a pas fermé l'œil de la nuit. À bout de patience, elle remet le courant et rallume le sas où se trouve toujours l'intrus. Il lève la tête. Bon, il n'est pas mort. Il a enlevé sa combinaison spatiale qui ondule à côté de lui. Si elle ouvrait à présent la porte extérieure du sas, il mourrait presque instantanément. Mais à nouveau elle ne se décide à rien, ni à l'éjecter ni à le laisser entrer.

« Pourquoi me fais-tu ça ?

– Je suis désolé, je t'ai dit. »

Un perroquet.

« Mais je sais qu'il n'y a que toi qui peux m'aider. Je n'irai voir personne d'autre. »

Quel culot ! Selena n'en revient pas. Pour autant, le jeune homme n'a ni tambouriné à sa porte, ni crié. Il est resté courtois, quoique enfermé. Une vraie curiosité, ce môme. Si seulement il n'ouvrait pas son bec…

« Si tu veux bien changer de ton, je peux peut-être accepter de discuter avec toi. »

Se rendant compte que quelque chose est peut-être allé de travers, Selena s'arrête net avant de reprendre :

« Dis-moi, ça fait combien de temps que tu as cet appareil de traduction ?

– J'ai reçu les données avant-hier. »

D'un coup, elle se détend, rit un peu avant de laisser échapper un soupir.

« Entre.

– T'es sûre ? »

Le visage du jeune homme rayonne.

« Oui. En revanche, tu ne dis pas un mot tant que je n'ai pas ajouté une option à ton fichu appareil. »

Selena a modifié le traducteur, qu'elle replace à présent sur la veste du jeune homme.

« Allez, dis-moi que je suis la meilleure.

– Je sais que tu es la meilleure cartographe qui se puisse trouver.

– Hum, le tutoiement, ce n'est pas encore réglé. Mais ça ira bien comme ça », décide-t-elle, satisfaite.

Sa mauvaise humeur s'est entièrement dissipée lorsque l'intrus est apparu dans son bureau. Les mouvements du jeune homme, quand il s'est glissé dans la pièce, étaient impeccables. Puis il s'est immobilisé en l'air avec un naturel parfait, comme s'il prenait place dans un fauteuil de duvets. Selena a tout de suite compris que ce garçon appartenait à la même espèce d'humains qu'elle. Ceux qui sont liés à l'Espace, non à la gravité. Une personne élevée dans un milieu de gravité terrestre ne tiendrait pas longtemps ici. Au bout de quelques jours, son visage enflerait et ses os se décalcifieraient. Criant de douleur, elle redescendrait sur Terre, comme si elle fuyait pour retrouver le sein de sa mère. A contrario, si Selena descendait sur Terre, à peine aurait-elle atterri que non seulement elle perdrait le contrôle de son organisme, mais son sang foncerait vers le bas de son corps, provoquant une anémie brutale. Ses os, ne supportant pas la charge, se briseraient sous son propre poids. Et son cœur serait écrasé par la pression atmosphérique. Si la plupart des humains étaient liés par essence à la Terre, elle l'était à l'Espace.

Derrière le hublot ovale, elle voit la planète bleue. Il paraît que toute personne qui quitte son pays d'origine devient patriote. Ceux qui ont quitté la Terre en deviennent les dévots. Un voyage dans l'Espace est comme un chemin d'éveil. La plupart des militants écologistes célèbres étaient des navigateurs. Problème, ils n'étaient pas assez nombreux par rapport à la population.

« La Terre est sans espoir, tu sais », marmonne Selena qui voit le jeune homme regarder à son tour la planète.

« Quand tu y retourneras, elle ne sera plus habitable. Je suis vieille, cette maison où tu te trouves sera bientôt vide. Il est trop tard pour moi et, de toute façon, je n'ai pas l'intention de faire d'enfant. Après tout, plus personne ne viendra me demander de cartes, tu es le dernier. Quand je serai morte, je laisserai la maison ainsi. Sans air, les livres pourront durer un peu plus longtemps, mais ce ne sera pas éternel. Pour toi, pour moi, ce sera le dernier voyage.

– J'ai déjà entendu un discours de ce genre, il y a longtemps, répond le jeune homme à voix basse, sans quitter des yeux le hublot et la Terre tout là-bas. L'humanité va survivre. Comme des graines qui hibernent. Elles repousseront quand les conditions seront redevenues favorables. Même si elle répétera les mêmes erreurs que par le passé, comme frappée d'amnésie.

– Peut-être, dit Selena en haussant les épaules.

– La mort d'une civilisation et la mort d'une personne sont presque semblables. Tout comme l'âme d'une personne voyage dans le cycle des réincarnations, l'âme d'une civilisation renaît elle aussi. Le fils est toujours plus âgé que le père, même si la mémoire l'a oublié, c'est inscrit dans les gènes. L'humanité progresse peu à peu. Au point qu'un jour elle finira par engendrer la civilisation qui vivra éternellement. »

Selena sourit intérieurement. *Tiens, tiens, il commence à me plaire, lui.*

Elle fait basculer le plateau de son bureau, dévoilant un ordinateur aux motifs de dragon. Il contient la carte de l'espace la plus détaillée parmi toutes celles réalisées jusqu'ici. La carte que l'arrière-arrière-grand-mère de Selena a commencé à dresser et qui n'a cessé d'être mise à jour au fil du temps. Une vie entière est nécessaire pour mémoriser toutes les cartes de toutes les galaxies, pour comprendre les innombrables et complexes interactions entre les milliards d'étoiles et de planètes. Et pour réussir à créer de nouvelles routes à travers cet espace en constante évolution. C'est pourquoi il ne peut y avoir de navigateur qui ne soit aussi cartographe. Le temps qu'un cartographe maîtrise son art, il est devenu trop vieux pour voyager. Selena a fait des calculs, a installé des programmes dans les vaisseaux spatiaux de jeunes téméraires. La moitié d'entre eux était au comble du désespoir, l'autre moitié était de ceux que rien ne désespère jamais.

« Donne-moi ta destination, je ferai les calculs. »

Le jeune homme, surpris, fixe Selena. Comme pour dire, étonné : n'as-tu pas compris ce que je voulais ?

« Je compte aller au terme de l'univers. »

La traduction d'hier n'était donc pas fautive, du point de vue sémantique, du moins.

« Tu ne voudrais pas quelque chose de plus classique ? »

Aucun trouble dans le regard du jeune homme. Il n'est pas plus détraqué que son traducteur automatique. Il enchaîne, d'une voix posée :

« Je sais que tu peux m'aider.

– Sûr, que je peux, grommelle Selena. Mais dis-moi, d'où sais-tu cela ? Je n'en ai jamais parlé à personne, hormis quelques clients VIP triés sur le volet. As-tu piraté l'un d'eux ? »

Pas de réponse.

« Et pourquoi veux-tu partir dans ces confins ? Y a-t-il, sur Terre, des gens que tu ne voudrais plus jamais croiser de ta vie ? Ou est-ce ton amoureuse qui t'a quitté ? Ou encore, tu as commis un crime si abominable que tu ne veux plus jamais revenir en arrière ? »

Selena ironise. Mais d'un coup elle s'arrête. Et si c'était réellement pour l'une de ces raisons ? Peu probable. Loin de paraître avoir le cœur brisé ou de ployer sous le poids de ses crimes, il semble presque ignorer ce que ces termes signifient. Son visage mêle l'enthousiasme naïf de l'enfant et la fatigue d'un vieillard. Une existence exceptionnelle qui aurait connu ce que plusieurs vies ordinaires ne verront jamais. Mais tout en restant dans son état originel, comme si cette existence était restée confinée dans un incubateur aseptique, protégée de toute contamination extérieure.

« Si tu veux aller dans le futur, éloigne-toi de dix ou vingt ans. Il te suffirait de retourner à Alpha du Centaure, ou de faire cinq fois le tour du système solaire. Quand tu reviendras, tout ce que tu aimais ou que tu détestais aura disparu. »

Toujours sans répondre, le jeune homme tourne son regard vers la Terre.

« Je ne recommande à personne de voyager dans le futur, reprend Selena. La guerre dure depuis trop longtemps et il y a déjà tellement d'endroits qui ne sont plus vivables pour l'homme. Presque tous les cartographes ont cessé d'exercer. Personne ne sait ce qu'il restera de cette planète au moment d'y revenir.

– Je sais, répond le jeune homme, impassible. C'est pourquoi je veux partir là où il n'y a plus de retour possible. La destination la plus lointaine. »

Selena fait claquer sa langue. Elle en a vu plusieurs fois des comme lui. Ils nagent tels des poissons. Ils ne cherchent pas à aller quelque part, ils ont juste besoin de bouger. De même que Selena ne supporte pas le mouvement dans l'espace, eux ne supportent pas de rester stationnaires.

« Au vrai, le client est roi. Peu importe où tu veux aller, ça te regarde. En revanche, tout a un prix, et la fin de l'univers, ça va te coûter assez cher.

– *Où ne manque-t-il pas quelque chose en ce monde ? À l'un ceci, à l'autre cela : mais ici c'est l'argent qui manque.*[1] »

1. *Ibid.*, dans une traduction de Jacques Porchat.

Cette citation… Selena est stupéfaite et manque de tomber de sa chaise.

« Où as-tu appris cette phrase ? »

Du doigt, le visiteur désigne le bureau de Selena. Elle ne comprend pas, que veut-il dire ? Le doigt du jeune homme est pointé en direction d'un livre attaché au bureau par du ruban adhésif.

« Là, ce livre. Je l'avais dans mon vaisseau.

– Tu mens. J'ai porté ce livre dans mon ventre. Je suis la seule de l'univers à le détenir.

– *Toi qui es conduite à connaître le cours des astres, penses-tu que j'oserais te mentir,* Mamie ? »

Selena en reste bouché bée.

« Ce livre, c'est l'avance que j'ai versée à ta grand-mère. Mamie Lily m'a dit que je pouvais revenir plus tard, qu'elle en aura parlé à sa petite-fille. »

« Tu veux dire… »

Tremblante, Selena fouille le tiroir de son bureau, sort son tabac à chiquer et en colle une grosse noix contre sa joue pour essayer de se calmer.

« … que tu es un voyageur du temps ? »

Il hoche la tête.

Depuis l'invention du voyage à la vitesse de la lumière, de nombreuses personnes ont fui vers le futur. C'était si facile ! Il suffisait de parcourir dix ou vingt années-lumière et de se poser tranquillement dans le futur. Beaucoup d'entre eux étaient des criminels. Lorsque les lois sur le vol spatial étaient peu ou pas appliquées, ceux-ci se sont enfuis vers le futur, jusqu'au terme de la prescription. La communauté internationale a fini par interdire tout vol privé à la vitesse de la lumière et, quand un vaisseau non immatriculé abordait un astroport, le pilote était immédiatement incarcéré, quelle que soit la date de son départ ou son pays d'origine. Les passagers en infraction ne pouvant plus revenir sur Terre, ils sont restés dans l'Espace. Quant aux rares qui avaient choisi de tenter l'atterrissage clandestin, ils se sont vite enfuis vers le futur, incapable de s'adapter aux nouveaux temps.

Par le passé, Selena avait croisé certains de ces errants. Comme possédés, ils partaient et repartaient toujours plus loin dans le futur. Ils espéraient que l'herbe serait plus verte demain, qu'ils pourraient trouver dans l'avenir ce qu'ils n'avaient pu obtenir dans leur présent. Elle avait aussi rencontré des voyageurs à reculons, qui revenaient vers le passé. Eux avaient peur de tout. Bien sûr, ils ne trouvaient pas plus de repos dans le passé que les autres dans le futur. Où qu'ils atterrissent, ils finissaient tous par repartir.

Le problème, c'est que la technologie du voyage à la vitesse de la lumière a été développée il y a une cinquantaine d'années, mais que le livre dont il est question est sur ce satellite depuis au moins cent ans.

« Tu viens de quelle année ?

– Ce n'est pas un calendrier compatible avec celui en usage sur Terre actuellement, répond le jeune homme en se grattant le crâne. Nous avions un calendrier fondé sur la naissance du Christ. »

Selena n'avait jamais entendu ce mot auparavant.

« Christ ? De quoi s'agit-il ?

– Une sorte d'incarnation… Une histoire qui n'a pas survécu à l'usure du temps et qui est tombée dans l'oubli. Pour être précis, c'est une référence qui date plutôt de la génération de mon père. Moi, je suis né dans un vaisseau spatial. »

Selena s'imprègne de la saveur du tabac, puis examine à nouveau le visage du jeune visiteur. Il possède la propriété étrange de ne pas laisser place au doute. À le voir, on sait que ce garçon ignore tout du mensonge.

Il y a une légende. Qui veut que des météorites issues des Pléiades ou du Grand Nuage de Magellan seraient dissimulées chez certains cartographes. Des objets venus d'étoiles si lointaines que même avec l'essor des premiers voyages à la vitesse de la lumière, il aurait fallu plus d'une vie pour s'y rendre et en revenir. Pour la plupart des gens, ce sont des vantardises de cartographes, mais certains historiens un brin romantiques, ou des minéralogistes, prétendent avoir vu de leurs yeux ces fragments de météorites. Ils expliquent cela par le fait qu'une humanité aurait existé avant l'histoire et qu'il y a plusieurs millénaires de cela, des vaisseaux spatiaux se déplaçaient déjà à ces allures vertigineuses. Et que des voyageurs du temps issus de ces temps anciens erraient toujours dans l'Espace.

« La mort d'une civilisation est pareille à la mort d'une personne, dit le jeune homme avec un sourire, comme s'il avait lu dans les pensées de Selena. Une civilisation perd sa mémoire, meurt, renaît, meurt à nouveau et répète ce cycle comme l'âme d'un homme prise dans le cycle de ses réincarnations. Le fils ressemble au père. Les souvenirs des autres vies demeurent dans l'inconscient et nous répétons les choses que nous avons faites dans nos vies antérieures. Des faits similaires apparaissent et des faits similaires se produisent. Comme si nous regardions un film encore et encore, avec chaque fois un montage imperceptiblement différent. Voilà pourquoi je crois que l'humanité survivra cette fois encore. Elle engendrera une nouvelle civilisation. Ne sois pas si pessimiste. »

Selena écarquille les yeux, brouillant les rides de son visage, puis, dubitative, elle fronce les sourcils, bouleversant à nouveau le paysage de son visage. Elle se perd dans ses pensées. Elle secoue enfin la tête, reprenant ses esprits.

« Et tu reviens chaque fois sur Terre ? Pourquoi ne pas avoir téléchargé tous tes itinéraires en une fois ?

– J'ai parcouru toutes les routes qui existaient à mon époque. Je n'avais pas d'autre choix que de revenir pour me procurer un nouvel itinéraire. »

Selena hoche la tête. Ça se tient.

« Dans ce cas, tu arrives au bon moment. Dis-moi, comment as-tu fait pour viser précisément cette époque où il reste encore des cartographes ? Possèdes-tu une sorte de... système de calcul ? »

Le jeune homme secoue la tête.

« Il me suffit d'attendre. J'ai attendu vingt mille ans en naviguant autour du système solaire. C'était si long, il m'est arrivé de penser que, cette fois, l'humanité ne trouverait jamais la porte de sortie vers l'Espace. »

Selena pose une main sur sa poitrine et pousse un long soupir. Ce visiteur n'apporte rien de bon à son pauvre cœur.

« Et le programme ? Aviez-vous le même type de programme que le nôtre ? Et les fréquences radio ? Je ne sais pas si un adaptateur est encore trouvable.

– Rassurez-vous, pas de problème de ce côté-là. C'est pour cela que j'ai continué à offrir des informations aux vaisseaux de l'hyperespace. »

Selena se maîtrise du mieux qu'elle peut.

« Du moins, presque toujours. Il est arrivé que les réglages techniques soient déjà réalisés quand j'arrivais. Ce qui signifiait qu'un voyageur du temps m'avait précédé. »

Le visiteur baisse la tête, comme pris en faute.

« Ça signifie que je ne suis pas le seul avec ce genre de demande. »

Il regarde par le hublot.

« Parfois, quand je reviens sur Terre, ce n'est qu'une planète prise par les glaces. D'autres fois, je ne trouve que quelques tribus éparses. Dans ces cas-là, je descends pour les protéger. Sans quoi l'humanité pourrait disparaître à jamais. Il m'est arrivé de leur apprendre l'usage du feu, ou de l'écriture. Parfois même je leur ai enseigné la culture de la terre. Je ne peux demeurer trop longtemps, je ne tarde pas à repartir. Tel un fermier qui sème des graines dans son champ et qui part en priant pour qu'elles germent en abondance. »

Il baisse à nouveau la tête. Un profond chagrin dessine une ombre dans son regard. Une tristesse issue d'expériences dont elle ne pourra jamais imaginer l'ampleur. Dans ses pupilles sont gravées les images d'innombrables humanités détruites. Forêts calcinées, terres riches redevenues déserts, villes réduites en ruines par des tremblements de terre, des raz de marée, des éruptions titanesques ou d'atroces guerres.

« Un temps, j'ai cru que l'humanité survivait grâce à moi. Ce n'est plus ainsi que je pense aujourd'hui. Peut-être est-ce même ma faute si l'humanité répète sans fin son même destin. Il se pourrait que ma non-intervention permette à l'humanité de se développer d'une manière encore différente. »

Selena scrute son visage et interroge enfin :

« C'est pour cela que tu comptes ne plus revenir ? »

Il ne dit rien.

Elle hausse les épaules.

« Cela dit, tu as payé d'avance, je n'ai donc plus le choix. Ma mère avait ajouté un codicille à son testament, indiquant qu'il y aurait une dette à honorer. Allons, je vais te donner ce programme que tu es venu chercher. »

« J'avais conçu ce programme à la demande d'un savant fou qui avait fait halte ici, il y a une vingtaine d'années », explique Selena en sortant de son bureau une feuille et des crayons.

Le jeune homme vole jusqu'au bureau en se propulsant par de délicates poussées des doigts contre le mur.

« Il se rêvait comme une sorte de Magellan, si tu vois ce que je veux dire.

– Oui, répond le jeune homme. Mon appareil ne se contente pas de traduire les langues, il traduit aussi le sens des paroles. Tu peux continuer.

– Bien. Je lui ai demandé pourquoi il comptait aller si loin. Vu qu'à son retour il n'y aurait aucune foule pour le porter en triomphe ni aucun journaliste pour immortaliser en photo sa performance. Qu'il n'avait aucune chance de faire la une du *Times*. Il m'a répondu que la recherche scientifique n'était pas affaire de vanité. Qu'elle n'avait pour but que d'étancher la soif de connaissance de l'humanité. »

Le jeune homme sourit avec sympathie. Selena continue de parler en faisant rouler son crayon.

« Voyons voir... Tu sais que la lumière se déplace en décrivant un arc, n'est-ce pas ? »

Le jeune homme réfléchit un instant.

« Je crois que oui.

– Comment ça, tu crois que oui ? Qu'est-ce que c'est que cette façon de parler ! » Selena fait claquer sa langue mais poursuit : « Disons que c'est comme un ballon. Un ballon, en théorie, est un objet tridimensionnel sans aucun développement bidimensionnel. Si on y réfléchit, un tel objet ne devrait pas exister. L'univers, c'est pareil. Donc, si tu pars de la Terre et que tu vas tout droit... » Selena trace un cercle sur le papier. « Tu reviens sur Terre. »

Le visage du jeune homme change d'expression. On dirait qu'il vient de découvrir quelque chose de totalement nouveau. Comme s'il venait de comprendre que le programme pour le guider au bout de l'univers reflète la vision de l'univers propre à une époque donnée.

« Soit », répond-il, comme s'il acceptait les prémisses de cette démonstration.

Selena poursuit :

« Le problème est le suivant. Quand tu seras de retour, tu n'auras aucun moyen de savoir s'il s'agit de la Terre. Parce que dans cinq milliards d'années, le soleil et la Terre seront soit éteints, soit calcinés, soit auront explosé. Le système solaire aura probablement disparu. Notre galaxie sera toute autre, peut-être aura-t-elle été absorbée par celle d'Andromède. Ou il n'en restera rien. Il se peut qu'une nouvelle galaxie se soit formée, ou qu'un nouveau système solaire soit né. Il n'y aura plus une seule molécule, plus un seul atome qui serait le même qu'aujourd'hui. Plus aucune référence en commun. Une carte de l'univers qui ne servira plus à rien. Et même si nous pouvions planter des panneaux indicatifs sur la route des étoiles, il n'en resterait évidemment plus la moindre trace quand vous reviendrez. »

Le jeune homme opine et Selena reprend :

« Voilà. J'ai donc réfléchi. Et j'en suis arrivée à me dire que les seuls repères qui pourraient subsister jusque-là, seraient les objets qui se déplaceraient à la vitesse de la lumière. »

À nouveau le jeune homme opine, plus fermement.

« J'ai donc pensé à des vaisseaux spatiaux jumeaux qui quitteraient la Terre dans des directions opposées. Regarde, les deux engins partent comme ça, en émettant des ondes radio pour s'identifier mutuellement. Avec le même programme et en s'éloignant à vitesse égale. »

Un crayon dans chaque main, Selena trace deux lignes autour du cercle, partant d'un même point dans deux directions opposées. Les deux tracés se croisent de l'autre côté du cercle.

« Vu de la Terre, l'endroit où se rencontrent les deux vaisseaux est le bout de l'univers. C'est l'opposé de la Terre vue de l'Espace. »

Le jeune homme semble presque ému.

« Il n'y a aucun risque qu'un vaisseau spatial volant à la vitesse de la lumière rencontre un obstacle qui le ferait changer de trajectoire. Tu sais cela, n'est-ce pas ?

– Hum.

– Lorsqu'un vaisseau spatial atteint la vitesse de la lumière, il entre dans une autre dimension. Du moins, c'est comme cela que nous le concevons. Sinon, il se briserait en heurtant des matières interstellaires ou des atomes d'hydrogène. Et nul n'a jamais entendu parler d'un vaisseau spatial volant à la vitesse de la lumière qui serait entré en collision avec un quelconque objet.

– Dis-moi, comment pourrais-je rester en vie, tout le temps jusqu'à mon point d'arrivée ?

– Il faut atteindre une vitesse maximale. L'accélération prendra environ une année.

– Mon père a déjà accéléré pendant cinq ans.

– Oh ! Attention, il existe tout de même une limite ! Parce que la masse augmente proportionnellement à la vitesse. Au maximum de l'accélération, juste avant d'atteindre la vitesse de la lumière, le retard serait d'un mètre par an. Mais là, c'est en approchant de la vitesse de la lumière. Le temps s'arrête presque, mais pas totalement. Le taux de compression du temps est alors de 1/250 millions, mais le temps continue d'exister. »

Le jeune homme relève la tête.

« Bien sûr. Mais avec une vitesse de 1/250 millions, impossible de rejoindre le terme de l'univers de mon vivant, n'est-ce pas ?

– Pourquoi pas ? La fin de l'univers se situe à 5 milliards d'années-lumière. Sans prendre en compte les phases d'accélération et de décélération. Donc vingt années te suffiront. Tu es jeune, c'est tout à fait faisable. »

Le visiteur tourne dans sa tête le chiffre de 1/250 million, avant d'ouvrir précautionneusement la bouche pour demander :

« Comment ?

– Cinq milliard d'années-lumière. Qu'est-ce que tu as appris dans tes cours d'astronomie, à ton époque ? »

L'expression du jeune homme vire à la confusion.

« Attends… Pourquoi t'appuyer sur cette théorie ? La technologie de ton époque devrait vous permettre de voir des astres situés à 13 milliards d'années-lumière, non ?

– Tu veux parler de *l'image miroir* ? »

Le jeune homme paraît absolument désorienté. Ils se regardent un moment, conscients que leurs connaissances sont en complet décalage.

« C'est quelque chose qui n'est pas connu à ton époque ?

– C'est quoi au juste, une *image miroir* ?

– Alors là, franchement, je n'ai jamais eu à expliquer ça avant. »

Elle a répondu sur le ton de quelqu'un à qui on aurait demandé où se séparent les océans Atlantique et Pacifique. Ou : *Comment savez-vous que le pôle Nord est au Nord ?* Ou encore : *Chez l'humain, à quelle distance de la narine se trouve la dernière molaire ?* De son crayon, elle tapote la feuille. Et tente d'expliquer :

« Imagine. Peu importe l'angle de départ. Deux lignes droites non parallèles entre elles finissent toujours par se croiser, n'est-ce pas ? »

Le jeune homme hoche la tête.

« De même, si la courbure est constante, la somme des courbes finit par former un cercle. Donc si la lumière continue d'avancer, elle finira par faire le tour du globe pour revenir à son point de départ. Tu saisis ce que cela veut dire ? »

Il secoue négativement la tête.

« Cela veut dire que l'univers, à des milliards d'années-lumière, est l'image tridimensionnelle de nous-mêmes, comme reflétés dans un miroir. »

Il fixe toujours Selena, sans mot dire.

« Regarde, reprend-elle, imagine que tu vis sur ce ballon. Maintenant, imagine que la lumière tourne autour, et trace une ligne pointillée sur l'extérieur du ballon. Quand tu regardes le lointain avec un télescope, la lumière reflétée sur la lentille fait le tour du globe avant de se projeter à l'intérieur de ton crâne. »

Elle dessine grossièrement une forme humaine sur le ballon et trace elle-même le cercle en pointillé.

« Bien sûr, tu ne pourras jamais avoir la certitude qu'il s'agit de toi. L'image que tu saisiras par ton télescope sera celle d'un enfant. Lorsque la lumière aura accompli un tour pour revenir à son point de départ, il ne te restera plus aucun élément permettant d'identifier ton image. Comme je te disais, plus rien ne sera comme avant : galaxies, astres, jusqu'au moindre atome, en réalité, ce ne sera plus le même Espace. À quoi ressemblera le système solaire si on le considère avec cinq milliards d'années-lumière de distance ? Avec le meilleur télescope possible et le plus élevé des grossissements imaginables, seul le soleil sera observable. Or, il y a cinq milliards d'années de cela, le soleil n'existait pas ; ni la Terre, évidemment. Même si tu voulais voler pour le constater toi-même, à ton arrivée, cinq milliards d'années-lumière se seront écoulées. Tu verrais quoi ? Des nuages de poussières laissés par l'explosion du soleil, ou un trou noir, ou un tout autre système. Il n'existe pas de mesure pour calculer les changements possibles sur une échelle de dix milliards d'années. Parce que, dans l'univers, aucun changement ne peut être prédit avec certitude. Voilà pourquoi cet univers est infini, pour nous. Même en revenant à notre point de départ, celui-ci serait autre.

» L'univers est comme des miroirs qui se font face. Imagine des centaines de milliers de miroirs se reflétant à l'infini. Si l'univers devient plus dense à mesure que l'on s'en éloigne, c'est parce que plus la distance augmente plus le nombre d'image reflétées par la lumière augmente. »

Le jeune homme ne quitte pas des yeux le visage de Selena.

« C'est donc comme cela que votre époque conçoit l'univers.

– De quoi tu parles ? Quelle époque ? »

Selena semble soudain très inquiète.

Le jeune homme replonge dans ses pensées, puis l'interroge :

« Mais… comment peux-tu savoir ça ?

– Quoi donc ?

– Qu'il ne restera rien qui me permettrait de vérifier. Comment peux-tu être sûre qu'il s'agisse de nos propres images ?

– Tu n'as pas écouté ? Je viens de t'expliquer : la lumière se déplace en formant une courbe. De sorte qu'il est juste logique que notre image soit réfléchie dans l'Espace, enfin ! »

Dans les yeux du visiteur tourne des expressions telles que « Ah, c'est vrai », « Admettons, mais alors », ou « Mais attends, pourtant »…

« Disons les choses autrement. Comment sais-tu que la lumière se déplace selon une courbe ? »

Selena cherche à se remémorer le jour où elle a appris que la Terre tournait autour du Soleil et que les deux sphères étaient éloignées de 150 millions de kilomètres.

« C'est l'effet Doppler », répond enfin Selena, sans trop espérer être comprise par son interlocuteur. Lequel semble encore plus surpris.

« Effet Doppler, ça te parle ?

– Attends, je voudrais être certain que mon appareil a bien traduit. Tu as bien parlé de l'effet Doppler ?

– Oui, apparemment nous parlons de la même chose.

– Suis-je bête, l'appareil traduit tout. Néanmoins, peux-tu m'expliquer plus en détail ce que cela signifie pour toi ?

– Pour le dire autrement, c'est le phénomène dans lequel l'univers donne l'impression de s'éloigner. Les parties les plus lointaines semblant s'éloigner plus rapidement[1].

– OK, ma traduction était plutôt correcte. »

Les yeux du jeune homme expriment à nouveau des « C'est-à-dire que… », « Et donc… », « De sorte que… », puis il finit par demander :

« Que je comprenne bien : tu en conclus que ce phénomène est la preuve que la lumière se déplace selon une courbe ?

– Tout à fait. »

Ayant dit cela, Selena regarde l'homme d'autrefois avec une infinie compassion, avant d'ajouter :

« Réfléchis un peu : *L'univers ne peut pas être en expansion.* »

1. En fait, il s'agit du phénomène selon lequel la fréquence d'une onde change lorsque la source de l'onde et l'observateur de l'onde se rapprochent ou s'éloignent l'un de l'autre. Dans le monde de Selena, l'espace déformé provoque également un changement de longueur d'onde. (Note de l'auteure.)

Le jeune homme tourne la tête vers Selena. Son visage reflète mille questions et pensées. Il finit par émettre un « Ah » qui peut vouloir dire tout et rien. Alors Selena pousse son argumentation.

« Si tu appliques littéralement la formule de Hubble » – à ces mots, la perplexité se lit à nouveau sur le visage de son interlocuteur – « parvenues à une certaine distance entre elles, les étoiles s'envoleraient à une vitesse supérieure à celle de la lumière. Ce n'est donc pas réel. Il s'agit juste d'une *impression.*

– Entendu. »

Encore une réponse qui pourrait être interprétée de diverses façons. Mais cette fois le jeune homme poursuit :

« Mais, pourquoi cette *impression* ? »

Les doigts de Selena s'agitent. Dans sa tête, elle compulse sa bibliothèque.

« Bon, essayons cet exemple… Si tu conduis une voiture sur Terre et que tu regardes le paysage, les choses qui se trouvent plus loin semblent se déplacer plus lentement et elles paraissent être plus proches les unes des autres, n'est-ce pas ? »

Le jeune homme hoche la tête. Selena griffonne rapidement un schéma sur une feuille. En bas, des lignes droites épaisses et longues. Au milieu, des lignes droites plus fines, plus courtes et proches les unes des autres. Le tout ressemble à un paysage qui s'éloigne.

« Nous avons cette impression parce que la Terre est proche de la source de lumière, qui donc se projette presque tout droit. Mais à mesure que la distance depuis la Terre augmente, comme entre les astres, le phénomène s'inverse. La lumière est courbe, donc les objets éloignés se déplacent plus vite et plus loin. Comment dire ? Un peu comme si tu entrais dans un grand entonnoir sur lequel sont notées les longitudes et latitudes, et que tu regardais les marques depuis le petit orifice de l'entonnoir. C'est comparable à ce qui se passe dans la projection de Mercator. »

Vu la tête du jeune homme, possible que son appareil de traduction ait été mis en échec, cette fois.

« Si tu transposes le monde sur une carte bidimensionnelle, le Groenland est plus grand que l'Amérique du Nord. C'est la même chose quand tu regardes l'Espace depuis la Terre. Après tout, ce que voit l'œil humain, ce sont juste des surfaces planes. Imagine que la lumière se projette en lignes courbes, le long de la surface du globe, et que tu puisses voir le pôle Nord depuis le pôle Sud. Alors, le pôle Nord qui n'est qu'un petit point, t'encerclerait complètement. Ce point minuscule – en taille réelle – t'apparaîtrait comme infiniment grand. »

Le jeune homme réfléchit un instant avant d'ouvrir la bouche :

« Mais ce n'est pas quelque chose qu'on pourrait voir de nos yeux ?

– Le principe est le même.

– Tu n'as jamais pensé que l'univers s'étendrait ? »

La question déplaît à Selena. Quoi ? Me traiter d'expansionniste, alors qu'ils ont totalement disparu du paysage depuis des siècles.

« Cette théorie a existé. Mais ça date ! C'est que les gens veulent toujours croire ce qu'ils voient. Il faut imaginer combien de temps les gens ont continué à croire que le soleil tournait autour de la Terre… »

Selena marque une pause, puis poursuit :

« La vision, en fin de compte, n'est que l'image que la lumière projette dans notre globe oculaire, une illusion créée par le jeu de la lumière, une ombre qui suggère le phénomène. C'est une image déformée du monde réel. Une mouche voit le monde comme une combinaison de formes hexagonales. Une vache le voit en noir et blanc. Si les mouches avaient évolué, elles auraient travaillé dur pour comprendre la nature de ces hexagones qui constituent le monde. Quant aux vaches, même si elles évoluaient, elles n'auraient jamais inventé les feux aux carrefours. Il ne faut pas se fier à ce que voient nos yeux. Si tu veux connaître le monde, tu dois étudier le système nerveux de l'homme et la nature de la lumière, plutôt que de partir sur la base d'images visuelles. L'important c'est *pourquoi voit-on ceci ainsi ?* Et non pas *comment voit-on ceci ?* »

Le jeune homme écoute en silence, hochant la tête.

« Je vois, je vois. Telle est la philosophie qui a cours à votre époque.

– La philosophie ? Vraiment… »

Il sourit.

« Tu as raison, Mamie. Les gens pensent différemment quand ils voient la même chose », prononce-t-il, pensif.

Son visage s'assombrit. Plus que le silence, c'est dans une solitude absolue qu'il semble s'absorber. Comme s'il faisait lui-même partie du silence de l'univers. La solitude qui danse dans ses yeux est si profonde qu'elle pourrait engloutir la personne près de lui. Il ouvre finalement la bouche, lentement.

« Le temps est une dimension. Différents flux temporels appartiennent à différentes dimensions. En seulement dix ou vingt ans, le monde se transforme complètement. Sans même parler de dix ou vingt mille ans. Alors, comme vous dites, après dix milliards d'années… »

Le jeune homme éclate de rire et reprend :

« Ce ne sera pas le même monde. Ce n'est pas le lieu qui aura changé, c'est le temps qui aura changé le monde.

Nous pensons être dans un même espace, mais peut-être n'est-ce pas vrai. Je continue de penser que je suis toujours revenu sur la Terre, mais en fait, il serait possible que je sois déjà entré dans un autre univers. »

« Merci pour tout. »

Alors que le jeune homme est retourné dans son vaisseau spatial, son hologramme salue Selena. En entendant la voix de l'appareil de traduction, il se tapote le cou. Il demande :

« Tu ne l'as pas réglé dans une version trop courtoise, j'espère ?

– Non, non. C'est très bien. »

Selena hoche la tête, l'air satisfait. Le jeune homme hésite à reprendre la parole, puis se lâche :

« Je ne voudrais pas donner l'impression d'être trop poli.

– À qui ?

– Va savoir. »

Le jeune homme a répondu d'un ton plein d'optimisme, comme si sur la route ouverte devant lui, l'humanité allait survivre et réapparaître.

Une pensée traverse soudain la tête de Selena, qui se décide à poser une dernière question, moitié par curiosité, moitié avec un vague sentiment d'accomplir sa mission pour l'humanité.

« J'ai une question à te poser.

– Oui ?

– Y a-t-il là-bas des planètes où les humains pourraient survivre ? »

Les yeux du jeune homme se voilent. Il répond :

« Il y en a eu. »

Au passé. Sans trop savoir interpréter l'expression de son visage, Selena insiste :

« Tu ne veux pas nous dire lesquelles ?

– Il m'est arrivé de le dire aux Terriens... Il y a environ 50 000 ans. »

Court silence, et relance de Selena :

« Ça ne s'est pas bien passé ?

– C'était comme si j'avais vu la copie d'un même film. »

Selena se dit que, si un jeune dieu était apparu devant elle et lui avait parlé, il aurait eu une expression identique sur son visage.

« La même histoire s'est déroulée sur deux planètes en même temps. Comme s'il s'agissait d'univers parallèles. Des villes ont été fondées, puis détruites. Ceux qui ont survécu sont repartis depuis le stade primitif. La dernière fois que j'y suis allé, ces planètes n'étaient plus habitables par les humains.

– Les hommes sont partout les mêmes, où qu'ils soient », murmure Selena avec résignation.

Selena suit des yeux le vaisseau spatial qui s'éloigne, quand elle sursaute soudain, comme sortie d'un rêve. Elle chuchote pour elle-même :

« Qu'est-ce que je viens de rencontrer ? »

Elle se tient la tête entre les mains.

« C'est une bêtise. Il faut que ce petit gars continue de revenir sur Terre pour aider l'humanité à survivre. À chacune de ses venues pour chercher un cartographe, il pourrait redresser notre civilisation. À moins que cette fois ait été la dernière. »

Selena se torture durant un bon moment avant de soupirer au souvenir du visage heureux du jeune homme aux commandes de son appareil.

« Bien sûr, c'est lui qui a raison. De même qu'il n'est pas juste d'intervenir dans le passé, il ne l'est pas plus d'agir dans le futur. Ce n'est pas pour rien si les vols à la vitesse de la lumière ont été bannis par les nations. Voilà. Enfin, maintenant, tout est rentré dans l'ordre. Ce petit gars-là, il m'a bien dit avoir voyagé quelques millions d'années pour me rencontrer. Idéal, pour un dernier visiteur. Ainsi, même après la disparition de la Terre, mon programme continuera de voyager dans l'Espace. C'est plutôt pas mal ! »

Selena se dirige vers son bureau par petites pressions successives sur le bouton qui commande la flottaison de son fauteuil. Elle le fait pivoter à 360°, le stabilise en apesanteur, et ouvre la dernière page de son livre.

« La trace de mes jours terrestres ne pourrait plus s'envoler dans le temps[1]. »

Mais bien sûr.

La Terre, d'un bleu profond, quitte peu à peu son champ de vision. Puis c'est le soleil qui disparaît au loin, puis le système solaire tout entier. Enfin, tout n'est plus qu'un point qui à son tour s'efface au-delà du temps. La vieille cartographe a dû finir sa vie. Quand il reviendra, la maison-satellite aura disparu et quelque chose de complètement différent aura pris sa place.

Seongha s'allonge dans l'air et se remémore les mots de la cartographe. Il se pourrait en effet qu'il soit dans une autre dimension. Dans un monde régi par des règles différentes, selon des trajectoires différentes. Le temps et l'espace sont une même chose. Nul ne se déplace dans

1. *Ibid.*

l'espace sans en passer par le temps. Le monde dans lequel il a vécu a peut-être déjà cessé d'exister dans une autre dimension… Songeant à cela, il ferme les yeux, à la recherche du sommeil.

Deuxième histoire

Ou ce que doivent faire ceux qui sont descendus du ciel

Ils jettent leurs outils agricoles au sol, s'alignent et se prosternent pieusement devant lui. Seongha est perplexe. C'est très différent de la dernière fois où il avait dû atterrir ici en urgence. Pris pour un ovni, il avait vécu quelques péripéties avant d'échapper à la traque de la police. Il se demande pourquoi ces gens le voient comme un dieu, lui qui vient de se poser au sol dans un nuage de poussière et de fumée.

Ils ont dû être confrontés à un événement similaire par le passé. Et ils doivent avoir une bonne raison de penser que cette réplique annonce l'arrivée d'un dieu. Un autre vaisseau spatial aurait atterri en catastrophe, écrabouillant leur vieux chef qu'ils détestaient ? Ou serait-il tombé dans une forêt, déclenchant le plus grandiose incendie qu'ils aient jamais connu ?

L'un d'eux, plus courageux, s'avance, s'incline et, d'un geste, invite Seongha à le suivre. Ce dernier se retourne vers son vaisseau. Comme si ce regard valait ordre, deux autres hommes, solidement charpentés, quittent le groupe des agenouillés, avancent à grands pas et viennent prendre place de part et d'autre du vaisseau. Chose étonnante, ils ont l'air de savoir ce qui est précieux pour celui qui est descendu du ciel. Seongha se résout à leur laisser la garde de son appareil. De toute façon, il ne se remettra pas en marche tant qu'il n'aura pas trouver de quoi alimenter les Échions ; et ces gens, à leur niveau de technologie, n'ont aucun moyen de le soulever, encore moins de le transporter. Seongha suit donc son guide, sans un mot.

La marche est douloureuse. Durant un mois, modifiant sa vitesse, il a préparé son corps à ces retrouvailles avec la gravité. Mais en dépit de ses efforts, il trouve la gravité de la Terre extrêmement puissante. Dans son organisme, des nanomachines se mobilisent en pulvérisant des produits chimiques pour ses muscles et ses os. Néanmoins, chaque pas lui donne l'impression de plonger le pied dans une lave bouillonnante. Encore heureux que son guide avance avec lenteur, à l'allure d'un moine, peut-être par considération envers l'être sacré qui le suit, ou mû par l'ivresse de guider un si saint personnage.

Les rayons du soleil se déversent sur la terre, brûlants. Le ciel bleu est suspendu au-dessus de champs dorés qui s'étendent à perte de vue. Au loin tournoient les pales d'un moulin à vent. Ce doit être la saison des récoltes car toute la population transpire joyeusement dans les champs, enfants et personnes âgées y compris. Sans même s'en rendre compte, Seongha couvre ces champs magnifiques d'une épaisse couche de glace. Il dresse une immense masse de neige sur les montagnes lointaines. Il efface les sourires des visages de ces gens joyeux. Il les voit couverts de peaux d'animaux jusqu'au sommet du crâne, à la place de leurs vêtements légers en lin. Leur seule chance de se réchauffer un tant soit peu est de compter sur la chaleur corporelle les uns des autres. De l'horizon souffle un air si glacial qu'il peut tuer par une simple inhalation. Ils n'ont plus de nourriture, les animaux à chasser se font de plus en plus rares. Pour survivre, ils vont devoir…

Les rires des enfants tirent Seongha de ses rêveries. Un immense bâtiment de pierre s'élève au centre d'un champ. Haut de vingt mètres au moins, il a les allures d'un temple inca, ou maya, comme un mélange des styles de différentes civilisations. Un sphinx impressionnant garde l'entrée, encadré par ce qui ressemble à des totems amérindiens. Un long escalier mène au sommet du temple, là encore flanqué de totems, au nombre de douze, un pour chaque animal du zodiaque.

À l'idée de gravir ces marches avec ses pieds lourds comme du plomb, Seongha est pris de vertige. C'est alors qu'une porte s'ouvre fort heureusement au bas de l'escalier. Ceux qui habitent cet étrange bâtiment n'ont sans doute pas non plus le goût de gravir plusieurs fois par jour cette montée monumentale. Des deux côtés de la porte se tiennent des hommes, probablement des moines, avec leurs crânes rasés. Ils portent une tenue qui leur descend jusqu'aux chevilles ; ils gardent la tête profondément inclinée à son arrivée. Seongha est assez surpris qu'on lui ait préparé cet accueil. Sans doute son guide a-t-il marché lentement pour qu'un messager avertisse les autres de sa venue et qu'ils puissent achever les préparatifs. Tout se déroule de manière si fluide, ils ont dû répéter cette cérémonie bien des fois. Le guide recule devant le seuil de la porte et fait signe à Seongha d'entrer. Apparemment, lui-même n'occupe pas un rang qui lui permet de pénétrer dans le temple.

Une fraction de seconde, Seongha se demande ce qui arriverait s'il opérait un demi-tour et se mettait à marcher dans la direction opposée, mais il décide de n'en rien faire pour l'instant. Des jarres sont alignées le long du couloir, dans lesquelles brûlent des torches. Elles éclairent des bas-reliefs figurant des dieux et leurs légendes, qui ornent les murs. Parmi ces images, Seongha aperçoit un dieu solaire descendant de son vaisseau spatial. Il n'ose pas arrêter sa progression pour l'examiner de plus près.

Quand le cortège atteint l'autel, un servant qui se tenait là fait résonner son tambour. Sans doute le signal était-il attendu, tous se prosternent à nouveau, paumes tournées vers le ciel. Ne voyant aucune raison de les imiter, Seongha reste debout. Le tambour résonne à nouveau et une grande flamme bleue s'élève au-dessus de l'autel, si éblouissante que Seongha détourne son regard.

« Votre nom ? »

Une voix grotesque, descendue du plafond, l'interpelle. Seongha sursaute, reconnaissant la langue d'une civilisation qui a existé sur Terre il y a très, très longtemps, et qui a disparu sans laisser la moindre trace.

« Votre nom ? »

Autour de lui, toujours prosternés, les moines tremblent comme des saules, comme si une épée flamboyante sortie de cette voix leur transperçait le crâne. Seongha regarde rapidement autour de lui et remarque un petit haut-parleur fixé au mur. À en juger par le bourdonnement qui environne la flamme, il ne peut s'agir que d'un hologramme. Il choisit de jouer le jeu, pour commencer.

« Seongha. »

Le silence règne un moment avant que le projecteur s'éteigne dans un petit bruit et que la flamme s'évanouisse.

Si c'était un test, Seongha l'a réussi. Des femmes viennent à lui et l'escortent jusqu'à des thermes. Elles lui apportent des vêtements et l'emmènent dans une chambre où se dresse un lit propre. Puis elles lui apportent une succession de mets variés, sans doute préparés à partir des aliments tirés de leurs champs dorés. Seongha prend un bain mais se garde de toucher à la nourriture. Il sait combien cela peut être dangereux de prendre goût aux saveurs. D'ailleurs, il n'a même plus idée du temps depuis lequel son système digestif est au repos. Quelques jours s'écoulent de la sorte. Il attend que celui qui parle la langue oubliée le contacte à nouveau. Il sait que l'attente ne sera pas longue. Car il ne doit pas être le seul dont la curiosité a été piquée.

Au bout de trois jours, Seongha, yeux bandés, est emmené via diverses galeries jusqu'à un escalier en colimaçon. Encore quelques pas et, arrivé au seuil d'une porte, le bandeau lui est ôté. C'est une porte très haute, sculptée de roses, des fleurs qui ne poussent probablement pas sous ce climat. À droite de la porte, la statue en pierre d'un chien à trois têtes derrière laquelle veille un guerrier porteur d'une lourde armure. À gauche, celle d'une femme vêtue d'une tunique, debout sur un coquillage. Compris, le dieu de la guerre a eu une liaison avec la déesse de la beauté, mais enfin, Cerbère, franchement… Celui qui a réalisé cet agencement n'a pas un goût aussi sûr que ceux qui ont réalisé ces magnifiques sculptures. Seongha se dit qu'il pourrait tenter une interprétation, les deux statues symboliseraient deux étoiles entre lesquelles se situe la Terre mais, vu ce qui se trouve entre les deux sculptures, la porte aux motifs de roses, ça ne tient guère debout. Au final, il demeure perplexe quant au sens que revêtent, dans ce monde, ces vestiges de mythes oubliés.

La porte le surprend quand elle s'ouvre dans un glissement silencieux. L'escorte, terrifiée, fait un bond en arrière. Seongha pénètre seul à l'intérieur d'une nouvelle salle et la porte se referme derrière lui. Il a repéré de petits engrenages sur un côté du battant, activés par des cordes et un jeu de poulies qui traverse le plafond.

Il se tient dans une pièce immense. Sous le plafond voûté brûlent des torches fixées à chaque pilier. Une sorte de véranda munie d'un balcon domine le tout. La nuit a déjà commencé à tomber et la lune ne luit que faiblement.

Au centre, face à lui, une longue table qui pourrait accueillir une vingtaine de convives et sur laquelle trônent des plats chauds, fumants, qui pourraient rassasier autant de monde. Au bout de la table, un homme est assis. En s'approchant de la table, Seongha pense comprendre pourquoi celui-ci vit caché derrière les flammes. Il ressemble à un clown. Un appareil cocasse, semblable à une enseigne de boîte de nuit bas de gamme, est attaché dans son dos. Il a dû bricoler ça lui-même. Ce qui indique une personnalité plutôt créative, dans son genre, du moins. Des tuyaux évoquant des échappements de voitures – avec lesquels il doit projeter de la fumée – jaillissent en tous sens de son bidule, des ampoules aux couleurs de l'arc-en-ciel dessinent un demi-cercle derrière sa tête ronde. Juste au-dessus de son crâne est suspendue une ampoule grosse comme celle d'un lampadaire. Il doit utiliser celle-ci quand quelqu'un tente de le regarder.

« Je pensais bien que ce jour arriverait. Vu que je suis moi-même parvenu jusqu'ici », dit le clown.

Seongha s'assoit à l'autre extrémité de la table. D'abord parce que c'est la seule autre chaise disposée autour de ce plateau immense, et puis il ne trouve aucune bonne raison pour la traîner près du clown. Détallant le visage de Seongha, le clown tressaille, faisant trembloter ses sourcils. C'est un homme petit et gras. Sa petite taille doit être héréditaire, en revanche son volume corporel doit résulter des repas pour vingt couverts servis devant lui. Son ventre proéminent se gonfle entre la table et son visage poupin.

« Vous… vous êtes un enfant. Ah, pardon, même si vous n'êtes qu'un enfant, vous devez être prodigieusement plus intelligent que tous les gens de cette époque. »

Seongha ne répond rien.

« Il n'y a que des imbéciles, ici. Les femmes sont jolies, mais ce sont des têtes vides. Les hommes sont forts comme des taureaux, mais ils ne savent rien faire. Quand un enfant naît, dès qu'il apprend à marcher, il est emmené aux champs ou à la chasse. Ils ont des bras, des jambes, des visages d'êtres humains, mais ils ne sont pas différents des bêtes. Sans moi, ils n'auraient pas été fichus de construire la moindre maison. Quand j'ai atterri ici, ils vivaient comme des taupes, au fond de trous creusés dans le sol.

– …

– Vous vous demandez peut-être comment ces primitifs ont bâti un temple aussi superbe ? C'est que moi, avant d'échouer ici, j'étais architecte. Tous ces bâtiments-là, c'est moi qui les ai conçus. Il faut l'avouer, c'était franchement épuisant de me faire comprendre de ces sauvages stupides, mais j'y suis parvenu. Je suis quelqu'un de très patient. »

Seongha garde toujours le silence. Le clown fronce à nouveau ses épais sourcils.

« Vous ne seriez pas muet, par hasard, hein ? »

Seongha secoue la tête en signe de dénégation. L'homme se lèche les babines et s'empare d'un énorme ravioli dans une assiette posée devant lui.

« Je n'en peux plus du langage corporel. Vous ne pouvez pas imaginer depuis combien de temps j'attends le jour de parler un véritable langage humain. Ici, c'est une île déserte qui grouille de vie. Je suis le seul être intelligent parmi du bétail. Seul homme civilisé, je me tiens debout au milieu d'un désert. »

Il mastique bruyamment son ravioli.

« Mon seul plaisir, ici, c'est la nourriture… Dites, vous ne mangez rien ?

– J'ai reçu un traitement nano, lâche Seongha en guise de premiers mots. Avec un peu de lumière et un peu d'eau, les nanomachines de mes vaisseaux sanguins produisent mes nutriments par photosynthèse. Je n'ai pas besoin d'aliments pour me nourrir. »

Le clown laisse échapper un rire.

« Je n'ai pas l'intention de me disputer avec vous.

– Moi non plus, assure Seongha.

– Vous connaissez la nature réelle de mes miracles. Parce que vous faisiez partie d'une société civilisée et que vous êtes l'un des survivants d'une époque glorieuse. Vous êtes le seul humain capable d'accomplir des choses comme je l'ai fait. Quoique… non, dans ce monde, nous ne sommes pas des humains. Nous sommes des êtres omniscients, des êtres d'une autre dimension, des créatures célestes. »

Seongha pose son regard sur les ampoules qui scintillent derrière sa tête comme un sapin de Noël et dit :

« Je n'ai aucune ambition divine.

– Mais vous êtes descendu du ciel.

– Je suis venu chercher de la nourriture pour les Échions. Je repartirai dès que j'aurai trouvé ce dont j'ai besoin. »

Les Échions constituent le carburant des vaisseaux qui volent à la vitesse de la lumière. On les appelait aussi Tachyons ou Axions, autrefois. Mais ces deux derniers termes étaient moins parlants, c'est donc finalement le nom de l'argonaute, fils d'Hermès, qui a été retenu. Pour être précis, les Échions sont plus proches de chevaux célestes tirant un vaisseau spatial que d'un carburant. Ce sont des créatures sans forme fixe, peut-être comparables à des lucioles, éventuellement, qui utilisent leur énergie pour accélérer. En temps normal, ils sont cristallisés et hibernent, mais quand une petite quantité de composés protéiques et lipidiques leur est fournie, ils se réveillent et entraînent l'accélération du milieu qui les contient. La vitesse des vaisseaux spatiaux est réglée par le mélange de différents composants chimiques et la quantité de nutriments utilisés pour alimenter les Échions.

« Vous comptez repartir ? s'étrangle le clown. Mais pour aller où ?

– Ailleurs. J'ai parcouru toutes les routes dont j'avais les coordonnées. Je dois à présent trouver un nouveau cartographe. Quelqu'un qui saura calculer des itinéraires que je ne connais pas.

– Ce genre de personne n'existe pas, dans ce monde.

– Exact. C'est pourquoi je dois pousser plus loin vers le futur. Jusqu'à trouver une civilisation encore plus développée que celles que j'ai connues. Je suis arrivé un peu trop tôt. »

L'homme mastique silencieusement cette information et son ravioli, avant d'affirmer :

« Avant, moi aussi j'ai pensé comme vous. Qu'il y aurait des mondes totalement différents dans le futur. Que partout où j'irai, les mondes que je découvrirais seraient au minimum supérieurs à l'époque merdique où j'ai vécu. Un peu comme ces migrants qui montent dans un canot pneumatique à demi crevé et totalement surchargé. »

Seongha se souvient du monde qu'il a quitté. Ce monde que les gens de la Terre appellent *céleste*. Ce monde où l'espace n'est pas figé, où le temps est arrêté. Ce monde que l'on ne peut pas intégrer sans abandonner le temps et l'espace que l'on a connus. Ce monde rempli de lumière.

Les Échions réduisent la masse du vaisseau spatial qui les protège et les nourrit, jusqu'au niveau d'un électron, pour le propulser à la vitesse de la lumière sur une orbite définie. Pour obtenir l'accélération voulue, a, tout en satisfaisant l'équation $F = ma$, ils diminuent la masse sans augmenter la force.

Pour réduire la masse, les Échions font passer le vaisseau spatial de la 3e dimension à la 4e dimension[1]. De la même manière que, à la surface de la Terre, dans ce monde bidimensionnel, il faut *monter* dans la 3e dimension pour accélérer. Pour la 2e dimension, l'espace où vole un avion et celui où roule une voiture sont à la fois le même et deux espaces distincts. Ils sont adjacents, sans se chevaucher. C'est aussi pour cette raison que les vaisseaux qui atteignent la vitesse de la lumière ne heurtent jamais tel atome d'hydrogène dans l'espace. Parce que les atomes d'hydrogène sont *au-dessous*, à savoir, dans une dimension inférieure. Le paysage que l'on voit depuis un vaisseau voyageant à la vitesse de la lumière est l'Espace, mais pas non plus réellement l'Espace. Tout comme les paysages vus depuis un avion en vol ou une voiture en marche ne sont pas les mêmes.

Seongha respire silencieusement, pensant à quel point cet Espace lui manque et à quel point il souhaite y retourner. Sur ce sol terrestre, à des dizaines de milliers d'années-lumière du monde qu'il regrette tant, la créature venue du passé ne cesse de déblatérer.

« C'est comme une drogue. Une fois que vous avez commencé, impossible de s'en passer. Vous revenez… mais vous repartez. Vous revenez encore, et vous repartez encore. Vous espérez qu'il y a quelque chose dans le futur, quelque chose

1. Pour Einstein, la 4e dimension est le temps, mais ici ce terme est utilisé dans un sens plus général. (Note de l'auteure.)

de mieux. Ne pouvant renoncer à cette chimère, vous gaspillez votre vie comme d'autres dilapident leur fortune au casino. À votre retour, vous n'avez plus ni carte d'identité, ni adresse, ni personne qui vous attend. Plus vous avancez dans le futur et moins vous serez capable de vous installer quelque part. Vous vous enfoncez chaque fois un peu plus dans ce marais. Au bout du compte, vous n'avez plus d'autre choix que de voyager pour toujours. Comme le capitaine d'un vaisseau fantôme frappé d'une malédiction erre sans fin, votre malédiction à vous, c'est de ne plus pouvoir poser les pieds sur Terre », dit le clown, levant son verre comme pour porter un toast.

« Voilà ce que nous sommes. Des voyageurs du temps », ajoute-t-il en adressant un regard appuyé à Seongha.

« Mais c'est vraiment de la merde. Moi, j'ai juste voyagé quelques dizaines de milliers d'années. Seulement quelques dizaines de milliers d'années ! Et le cours de la civilisation est complètement renversé. Que sont devenues ces villes magnifiques, pour qu'il ne reste que ces peuples primitifs gratouillant le sol ? Comment est-il possible que tous ces merveilleux ouvrages qui composaient les villes et les pays se soient changés en poussière, sans laisser la moindre trace ? »

Il pose sa coupe d'argile sur la table. Sur son visage miroitent la folie et l'ivresse. Derrière la folie, c'est la peur qui se lit, et derrière la peur, une complète solitude, un désespoir absolu.

« De quelle époque êtes-vous ? Avant ou après moi ? »

Sans répondre, Seongha regarde le clair de lune bleu se déverser sur la véranda. Il revoit cette illusion. Un blizzard qui dévore tout. Après l'atterrissage, quand il ouvrait la trappe de son vaisseau, c'est à la mort qu'il faisait face. Le dieu de la mort s'était fondu dans l'air pour geler les poumons et les viscères.

« On va faire comme ça, mon ami, décrète le clown. Je vais vous donner une partie de mon territoire. Je ferai bâtir pour vous un temple et je vous donnerai quelques prêtres aussi, pour faire tourner tout ça. Vous n'aurez qu'à établir les règles de votre adoration. Vous pouvez leur commander de faire le poirier en groupe ou de danser le tango. Seulement, il faudra que vous gardiez en tête quelques règles que j'ai édictées. Après tout, je suis le découvreur de ces terres, vous accepterez bien de me laisser certains privilèges.

– Je ne compte pas m'éterniser ici. »

Le clown marque un temps avant de reprendre la parole :

« Je n'ai rien à y gagner. J'ai fondé tout ce qui se trouve ici. Néanmoins, je suis prêt à vous accueillir comme collègue. En tant que membre divin.

– Je ne souhaite pas m'impliquer dans vos occupations. »

L'homme hoche la tête, laisse échapper un petit rire. D'un geste décontracté, il porte son verre à ses lèvres. Il poursuit :

« Au Nord, il y a des terres vierges, si vous préférez. »

Seongha cligne des yeux.

« Quasi vierges. Il y a un peuple que les gens d'ici appellent *la tribu aux plumes rouges*. Ils vivent de la chasse, dans des montagnes plutôt arides. Ils ont refusé de vivre sur mon territoire. »

Il a un claquement de langue, comme pour marquer un regret.

« Ils soutiennent que je ne suis pas un vrai dieu. Comment s'en sont-ils aperçus ? Mystère. Ils ne sont pas plus intelligents que ceux-ci. En fait, ce sont d'anciens chamans et prêtres qui étaient ici à l'origine. Ils vivotaient en suçant le sang de leurs semblables sous prétexte de je ne sais quelle croyance qu'ils avaient forgée. Disons que je leur ai raflé leur gamelle. Savez-vous d'où ils tirent leur nom ? Apparemment, ils portent une plume sur le front pour que leur dieu les reconnaisse quand il descendra du ciel. »

Il tapote son front dégarni.

« Ils prétendent que c'est la preuve qu'ils sont les enfants de Dieu. Je ne sais pas pourquoi les dieux embêtent leurs fidèles avec des règles aussi tartes. Lavez-vous les mains avant de prendre votre petit déjeuner. Frappez trois fois avant d'ouvrir une porte. Faites des claquettes avant d'aller au lit. Vous savez quoi ? Je crois que je comprends leur Dieu. C'est un job hyper barbant, en fait. Donc il s'ennuie. Donc il réclame tout et n'importe quoi, puis il regarde ses marionnettes s'agiter.

– …

– Moi, j'ai fait un pari avec ces prêtres. Je leur ai dit que je détruirai leur idole sans poser les mains dessus et eux, ils ont dit qu'ils détruiraient le rocher qui se trouve à l'est. Durant vingt-quatre heures, ils ont prié sans relâche, mais, macache, le rocher n'a pas bougé d'un poil. Moi, j'ai juste lancé une bombe et c'était réglé, une seconde, boum. Leur tête à ce moment-là, ah, fallait les voir !

– …

– Depuis leur bannissement de mes terres, ils continuent à nous attaquer de temps à autre et à causer du tort à mon bon peuple. Ils ne réclament pas tant que ça, par ailleurs : ils disent qu'il faut se peindre le visage en vert, et non en or, pour prier. Avoir des lignes droites comme motif sur le temple et non des roses. Planter dans le jardin des fleurs rouges, pas jaunes.

– …

– La raison pour laquelle je vous raconte tout ça ? »

Seongha ne dit toujours rien.

« Certains n'aiment pas que vous bâtissiez votre maison ici ou là, que vous buviez du lait au lieu de l'alcool, le matin, que vous dansiez le dimanche au lieu de dormir. Ou que vous plantiez des fleurs rouges dans votre jardin au lieu de fleurs blanches. Savez-vous quel chaos dans ce monde de telles vétilles peuvent causer ? Rien que pour ça, la Terre se divise en deux camps. Et ça vous donne une guerre qui va durer des dizaines de milliers d'années.

– …

– Moi, mon ami, je souhaite la paix. »

Le clown ouvre grand les bras. Seongha se demande si la grosse ampoule au-dessus de sa tête ne devrait pas s'allumer à ce moment-là.

« Je n'ai pas l'intention de rester ici », répète Seongha, comme s'il ne connaissait que ces mots. Le clown paraît définitivement surpris.

« Je n'ai aucune intention de faire obstacle à votre entreprise ni de me mêler de ce que vous faites. Je repartirai aussitôt que j'aurai trouvé ce que je cherche.

– Bien. »

Le clown émet un claquement de langue réprobateur.

« Mais c'est dommage. »

Le silence s'installe. Durant ce laps de temps, Seongha voit la mine de son interlocuteur passer par toutes les expressions. Enfin il avale sa salive et se ressaisit plus ou moins.

« C'est vraiment dommage. Bien. Mes prêtres vont vous guider. »

Le bouffon tire sur un fil proche de la table qui active une sonnette. La cordelette file le long du mur, du plafond, jusqu'à la porte où elle se faufile par de nouvelles poulies pour ouvrir le battant en grand. Au même moment, il a appuyé sur le bouton qui allume l'ampoule géante au-dessus de sa tête. Seongha ne rit pas, il attend la suite. Un prêtre, vêtu d'une tenue pas moins somptuaire que le clown, se précipite dans la pièce et se jette à genoux. Celui-ci, Seongha ne l'avait pas encore remarqué.

« Raccompagnez-le dehors. »

Il parle lentement, détachant les syllabes, comme à un enfant. Apparemment, le prêtre n'a accès qu'à un vocabulaire limité. D'ailleurs le clown enchaîne avec des ordres donnés dans une autre langue, qui font trembler l'homme de foi, lequel recule et se remet à genoux.

« Vous pouvez partir. »

Seongha hoche la tête en guise de salut et se lève.

« Réfléchissez encore. Il n'y a pas meilleur endroit qu'ici. Ni vous ni moi ne trouverions notre place dans une civilisation plus développée. Au mieux, vous serez considéré comme un immigré, au pire, comme un extraterrestre destiné à la dissection. Il n'y a que ce genre d'époque où les gens ont la bienveillance qu'il faut à l'égard des voyageurs descendus du ciel. »

Mutisme toujours du côté de Seongha.

« Dommage », conclut l'homme, qui appuie sur un autre bouton et déclenche le clignotement de ses ampoules arc-en-ciel.

Après avoir descendu trois marches, Seongha ôte le bandeau et se retourne. Les trois hommes coiffés d'un bonnet qui le suivaient sursautent, paniqués. Ils reculent d'un pas. Le prêtre, en tête du cortège, se fige également, sidéré. À en juger par leur réaction, ils n'imaginaient pas que l'on puisse retirer *le bandeau de Dieu*. Les quatre servants ne sont pas ceux qui l'ont emmené dans la grande pièce. Le prêtre qui le précède est celui qui portait la splendide tenue, plus tôt, mais les trois autres derrière lui semblent – à en juger par leurs coiffes – d'un rang plus élevé que ceux qui l'ont escorté à l'aller. Le chemin retour d'une audience avec Dieu n'a logiquement aucune raison d'être plus sacré que le chemin aller. C'est donc que quelque chose de sacré se prépare sur ce trajet.

Profitant du moment d'effroi, Seongha saisit le manteau du prêtre et le soulève, dévoilant un poignard que celui-ci serre dans sa main. Vu le motif gothique sculpté sur la poignée de l'arme, elle doit avoir une destination singulière, du genre *équipement sacrificiel pour combattre les démons.* Reprenant ses esprits et surmontant sa peur, le prêtre s'élance vers Seongha.

Venant d'un monde sans gravité, Seongha ne peut lutter par la force. S'assurant de ne montrer aucun trouble, il sort de sa poche une poignée de pétards, apportés à toutes fins utiles, qu'il lance à terre. Son expérience d'innombrables rencontres de peuples et d'époques lui a enseigné qu'il est toujours bon d'emporter quelques gadgets de ce genre lorsqu'il a affaire à des peuples primitifs. Même si, autant que faire se peut, il préfère éviter ce type de démonstration.

Les pétards explosent, une nuée d'étincelles entoure Seongha. Les naïfs assassins s'enfuient comme une volée d'oiseaux, le prêtre tombe sur les fesses. Seongha lève les yeux vers le haut de l'escalier. Aucun signe venant de la porte. Même si *Dieu* a entendu le grabuge, il va lui falloir du temps pour activer ses poulies, allumer ses ampoules, recevoir ses prières et déclamer ses instructions à son peuple apeuré.

Seongha pointe son anneau-torche sur le visage du prêtre gisant au sol. À la vue de cette main d'où jaillit la lumière, le prêtre, terrifié, recule jusqu'au mur. Tous sont en pleine panique. Dieu-le-clown les a certainement conditionnés à vénérer ce genre de tours de magie. Seongha s'approche du prêtre, tout en maintenant la lumière braquée sur lui. L'autre voudrait échapper au faisceau menaçant en roulant dans tous les sens mais impossible d'échapper au flux qui le suit, à 300 000 km/s. Enfin Seongha parvient à l'acculer dans un coin. Il lui parle lentement, imitant le ton et la voix de son hôte indélicat.

« Conduis-moi dehors. »

Le visage du prêtre se décompose, les larmes jaillissent, les sanglots l'étranglent. Seongha comprend ce que cette langue signifie pour cet homme. Il doit être le seul à la connaître, le seul à pouvoir communiquer ainsi avec *Dieu*. Et voici qu'un autre la parle pour lui intimer un ordre contradictoire. L'esprit de ce pauvre homme doit être déchiré en deux.

« Conduis-moi dehors. »

Seongha ponctue cet ordre d'un nouveau lâché de pétards. Quand ils explosent et que les étincelles retombent sur le prêtre, celui-ci s'effondre en larmes.

Une fois sorti du temple, Seongha se met à courir tandis que le prêtre se précipite à l'opposé en poussant de hauts cris. Seongha accélère, en direction du Nord, à travers les buissons. D'après ce que le clown lui a raconté, il n'a pas la maîtrise de ce territoire. Seongha est un peu inquiet pour son vaisseau, mais pour le moment il n'a guère le temps d'y penser. D'autant que ses ennemis non plus ne peuvent utiliser le vaisseau. Et dans ce paysage de plaines, ils ne pourront guère dissimuler un tel engin. Il le retrouvera plus tard. Si seulement il parvient à revenir.

Après avoir gravi une colline, il se retourne. Le temple est entièrement éclairé. Les poursuivants ne viendront pas l'embêter tout de suite, *Dieu* va avoir besoin de temps pour diaboliser son concurrent, qu'il avait accepté comme un égal. Il va devoir inventer une histoire, mettre en marche les ventilateurs, faire exploser des pétards, allumer des centaines d'ampoules. Mais il n'est pas dit que ce délai suffise à Seongha. La gravité s'oppose cruellement à sa course. Il doit sans cesse s'arrêter pour reprendre son souffle. Repartir, s'effondrer à nouveau. Seongha renonce à la course, il commence à ramper en se dissimulant sous les buissons.

Le soleil du matin se déverse sur son visage, Seongha se réveille. Ébloui par la lumière, il met un moment à distinguer ce qui se trouve devant lui. Enfin, une ombre se pose sur lui, lui permettant d'évaluer la situation.

Il n'a visiblement pas réussi à s'éloigner autant qu'il l'avait cru.

Le clown a été plus prompt que prévu dans sa réaction. Seongha se trouve entouré d'hommes tenant de longues lances. Ils sont presque nus, à l'exception d'un pagne de cuir qui pend à leur taille. Leurs pieds aussi sont nus. Seongha pense à son anneau-torche, mais il abandonne aussi vite l'idée ; les démons font de la magie. Dieu-le-clown doit avoir suffisamment insisté sur ce point. Réaliser un miracle à cet instant pourrait aussi bien lui valoir une condamnation à mort.

Ils paraissent le craindre. Sans oser s'approcher, sans reculer non plus, ils se tiennent là, avec leurs lances qui tremblent entre leurs mains. Le cercle s'ouvre tout de même et un homme apparaît. Contrairement aux autres, ses cheveux sont longs et tressés. Il porte un haut blanc qui le couvre jusqu'aux dos des mains. Il doit faire partie de la garde rapprochée, de ceux qui sont *dotés d'un pouvoir spécial pour combattre les démons*. Seongha a presque hâte de découvrir le genre de rituels sacrés dont le bonhomme est capable.

Il pointe sa lance sur Seongha et l'interpelle. S'il était un dieu, il comprendrait ces paroles. L'autre semble attendre une réponse, mais Seongha n'a pas la moindre idée de ce qu'il pourrait dire. Faute de pouvoir montrer des pouvoirs supérieurs, Seongha reste assis en silence, attendant que l'autre exécute un quelconque *châtiment sacré*.

Mais au même moment, il remarque la plume rouge qui se balance au bout de la lance. Il lève la tête et voit une autre plume rouge attachée à la tête de l'homme. Tous autour de lui portent ce même symbole.

Ils prétendent que c'est la preuve qu'ils sont les enfants de Dieu.

Les mots pleins de mépris du clown lui reviennent en mémoire.

Je ne sais pas pourquoi les dieux embêtent leurs fidèles avec des règles aussi tartes.

Les yeux de Seongha se posent alors sur ce que l'homme arbore à l'épaule. Une grande hache peinte en rouge – du sang animal, sans doute. Un motif ancien est gravé sur l'arme, celui des huit signes divinatoires. Qui existait du temps de Seongha.

Avoir des lignes droites comme motif sur le temple et non des roses.

Les visions se succèdent dans l'esprit de Seongha. Ils sont sur une montagne glacée, fouettés par le blizzard. Une flèche transperce le vent froid et s'envole dans un long cri. Cette première flèche frappe le cœur d'un oiseau rouge. La viande est servie aux enfants affamés sur une table. Le feu sur lequel grille la viande est le premier feu de ce foyer. Ils ont arraché les plumes de l'oiseau et les ont attachés sur leur front. Pour signifier qu'ils sont les enfants de Dieu, Celui qui leur a accordé le maniement de l'arc et le miracle du feu. Un signe qui témoignera éternellement du fait qu'ils sont les enfants de Dieu et qu'ils lui obéiront et le serviront toujours.

Seongha se relève. Le cercle de lance se fait menaçant. Des coups lui sont portés et il tente de repousser les armes, mais sur un signe de l'homme en blanc, tous s'arrêtent. Des blessures de Seongha perlent des gouttes de sang, un sang vert. Cette couleur résulte simplement du mélange entre les globules rouges et la chlorophylle des nanorobots. Le visage de l'homme en blanc est figé par la surprise. Il connaît le sens de cette couleur.

Se peindre le visage en vert, et non en or, pour prier.

Seongha sait ce qu'il doit faire. Il baisse la tête et trace sur le sol les huit signes divinatoires dans l'ordre. Tout comme il l'avait fait il y a cinq cents ans, avant de quitter cet endroit. La preuve. Qu'Il avait laissée à ce peuple dépourvu d'écriture. La preuve que c'est bien lui, Dieu.

Seongha est enfermé durant cinq jours dans une sorte de cage en bois. Il craignait qu'ils ne l'enferment dans un cachot sans lumière, mais ils tenaient plus que tout à garder l'œil sur Lui. Quand il sort de là, sur ses deux jambes, tranquillement, sans aucun signe de fatigue, les membres de la tribu se prosternent à ses pieds en signe de vénération.

C'est sympathique d'être pris pour un dieu – même si en réalité ce ne l'est pas tant que ça – mais il a déjà perdu trop de temps. Dieu-le-clown n'avait pas l'air de vouloir quitter ce monde, toutefois, on ne sait jamais ce qui peut passer par la tête d'un tel loustic à la vue d'un vaisseau spatial en bon état. En fait, il doit sans doute attendre que Seongha vienne récupérer son engin. Pour un dieu qui s'ennuie à mourir, un combat pompeux contre le démon doit être une aubaine. Il faudra de beaux hologrammes, des haut-parleurs avec un bon son, bien entendu, mais surtout une arme qui l'occira pour de bon. Ce ne sera pas une prouesse si difficile à accomplir, du reste. Une flèche banale, une matraque, même, pourrait convenir. Pas besoin d'un outil estampillé *arme sacrée dotée du pouvoir divin.*

Pendant que Seongha réfléchit à la façon dont récupérer son vaisseau spatial, tous les êtres vivants, et jusqu'au moindre brin d'herbe du village du Nord - c'est le nom qu'il a décidé de leur attribuer -, concentrent leur énergie, leur âme et leur attention à observer et interpréter les moindres faits et gestes de leur Dieu. Ils s'efforcent de trouver un sens aux endroits où se pose son regard, à l'endroit où il s'est arrêté un instant pour se reposer. Ils se donnent un mal fou pour chercher une signification au plus petit de ses soupirs, à ses gestes les plus anodins, comme essuyer la sueur sur son front. Des fleurs sont déposées là où il s'est assis. Des images sont peintes là où il a regardé. Seongha voit des mots s'imposer, surgis dans la pensée de ces gens qui, depuis leurs grottes, ne le quittent pas des yeux. Il lit ces mots dans leur ardente passion.

La guerre sacrée.

Le temps est arrivé. Le moment de châtier les hérétiques qui les ont condamnés à l'exil. Il est temps que s'abatte le jugement implacable du vrai Dieu sur ceux qui l'ont quitté au profit d'un menteur. Alors ils retrouveront leur gloire d'antan. Tel doit être le sens de la venue de Dieu chez eux. Il ne peut y avoir d'autre raison. Aucune chance qu'il s'agisse d'une affaire personnelle, comme par exemple s'arrêter dans le coin pour faire le plein durant un long voyage. Dieu n'apparaît pas en vain à Son peuple.

Le chef en tenue blanche, Atta-Ha-Nik - que Seongha décide d'appeler simplement Nik -, est agenouillé devant Dieu depuis deux jours, paumes tournées vers le ciel. Comme son corps à lui ne contient pas de chlorophylle, il doit avoir très faim. Même s'il n'a pas prononcé un mot, il est clair qu'il voudrait recevoir dans ses mains le pouvoir divin.

Évidemment. N'importe quoi, ce qu'Il décidera, arc-en-ciel, ventilateur ou lampe torche. N'importe quoi fera l'affaire.

Dans le village, Seongha remarque un jeune aux talents artistiques indéniables. Il a réalisé sur un mur une fort belle peinture. Une grande âme réside dans cette réalisation. Rien à voir avec la bâtisse construite par le pseudo-dieu du village du Sud. On y voit Seongha descendre sur l'herbe sous la forme d'un oiseau. Il est entouré par les hommes avec leurs lances. Le chef vêtu de blanc Le reconnaît et Lui présente l'objet rituel sur lequel figurent les huit signes sacrés.

Cette peinture occupe le mur de gauche. Celui de droite est prêt. Il attend. Seongha sait que l'artiste attend de Lui qu'Il accomplisse quelque chose susceptible d'être immortalisé dans une nouvelle fresque. Dieu n'apparaît pas en vain à Son peuple. Seongha s'éloigne, il a l'impression que cet immense mur blanc le fixe d'un regard plein d'attente.

Le troisième jour, ce n'est pas Nik qui entre dans la grotte où demeure Seongha, mais un garçon, lequel se prosterne dans la même position. Nik a peut-être pensé qu'il n'était pas la bonne personne, l'Élu qui communiquera avec Dieu. À sa place il a envoyé cet enfant. Qui a les mêmes yeux que lui, qui est sans doute son fils. Le garçon reste là, immobile, le regard déterminé. L'éclat dans ses yeux affirme qu'il ne bougera pas tant qu'il n'aura pas reçu quelque chose. Quitte à mourir sur place. Son nom, c'est Eohos-La-Noya. Seongha opte pour Noya.

Il regarde attentivement le garçon. Cela fait un bon moment qu'il a réuni assez de nourriture pour Échions. Dans ce village, partout où il y a de la terre poussent les fleurs rouges. Et les fruits de ces fleurs, voilà ce que cherchait Seongha, voilà la nourriture des Échions. Ses fleurs ne poussant pas dans l'Espace, Seongha en a semé chaque fois qu'il passait sur Terre. Et à chaque retour il a constaté que les gens avaient tenu leur promesse, bêtes et disciplinés. Ils attribuent un sens divin à ces choses du quotidien, ils associent le nom de Dieu à ces plantes qui se contentent de porter des fruits dont la formule chimique sert de base pour alimenter un vaisseau se déplaçant à la vitesse de la lumière.

« Il faut que vous plantiez des fleurs rouges dans votre jardin au lieu de fleurs blanches. »

Seongha n'a nul besoin de demeurer plus longtemps à cette époque. Son pays natal est dans le ciel, dans un Espace qui se déplace à la vitesse de la lumière, traversant les dimensions. Ces gens vivront et disparaîtront en un rien de temps. Les humains qui demeurent sur Terre, leur vie s'achève si vite. Quand il reviendra après un long voyage, il ne restera plus la moindre trace de leur existence. Peu importe laquelle des deux tribus aura remporté la victoire, le temps les réduira toutes deux en poussière.

Il ne veut plus laisser de miracle dans ce monde. Leurs esprits doivent-ils être épinglés par un voyageur éphémère ? Tant de belles fleurs ne pourront pas pousser au profit des fleurs rouges destinées à nourrir les Échions. Ces peuples perdront un temps précieux à décorer et à vénérer cette grotte où il n'aura passé que quelques jours. L'anneau-torche ou tout autre objet qu'il laisserait sur place serait transmis à n'importe qui, donnant peut-être le rang de dieu à de vils despotes.

Seongha continue de faire face au garçon jusqu'à ce que ce dernier, les lèvres bleuâtres, soit sur le point de s'effondrer. Une grande tristesse étreint l'esprit de Seongha. Lorsque le croissant de lune est suspendu au-dessus de la colline, plongeant le monde dans un bleu de glace, Seongha se lève et se dirige vers Noya. Sous le regard de ce dernier, qui se détend insensiblement, Seongha trace sur le sol l'alphabet phonétique de son époque et de son pays natal.

Au début, Noya paraît perdu, mais vif comme il est, il entreprend bientôt de copier les caractères. Seongha écrit à présent une lettre, qu'il prononce à voix haute. Puis une autre lettre, avec un nouveau son, et ainsi de suite. Il ne dit pas un mot. D'abord parce qu'il ignore leur langue, mais surtout parce qu'il veut absolument éviter de leur léguer le moindre mot de sa bouche, mot qui deviendrait Sacré. Il ne connaît que trop le pouvoir des mots. Quelle que soit la parole qui quitterait sa bouche, elle deviendrait une règle absolue, perdant son sens originel et entravant la vie des gens par un lien stupide.

Il est probable que le clown ne transmettra aucune connaissance à ses ouailles. Ce dieu-là préfère gouverner des primitifs, sans quoi il prendrait le risque de voir un matin l'un de ses fidèles percer à jour ses misérables miracles. Mais un peuple qui possède l'écriture se développe plus vite qu'un peuple qui en est privé. Quand ceux du Nord maîtriseront les lettres, ils ne tarderont pas à dépasser puis à diriger ceux du Sud. Et ils pourront enfin quitter ces montagnes arides. Tôt ou tard.

Deux jours plus tard, lorsque Noya est capable de transcrire sa propre langue en écriture phonétique, Seongha est pris d'un remords. De quel droit a-t-il décidé que tel peuple dominerait l'autre ? Juste parce qu'ils se souvenaient de lui qui était venu, une éternité plus tôt ? Ceux du village du Sud ne sont pas moins innocents, ils n'ont aucune raison d'être bannis. Un vrai dieu ne ferait pas ça.

Seongha retourne à sa grotte et s'y allonge. Noya semble embarrassé. Ce garçon est intelligent. Il a compris que le Dieu ne souhaitait pas la guerre. Il n'a pas encore saisi le sens de ce qu'il a reçu, mais il a déjà compris que cela ne sert pas à combattre.

Au cours de ses surveillances dans le secteur Sud, Seongha a remarqué que le clown s'était lancé dans une nouvelle activité, délaissant la préparation d'une guerre, ou l'évasion avec le vaisseau de Seongha. Il a entamé un chantier, la construction d'une pyramide destinée à célébrer le vaisseau spatial. Encore une fois, le voilà parti pour l'édification d'un bâtiment majestueux truffé de références mythologiques douteuses. Sachant que la saison est aux moissons, Seongha est assez contrarié. Mais d'un autre côté, c'est peut-être une opportunité. Dans le petit village du Sud, le bouffon ne pourra réunir à la fois une armée et une troupe de charpentiers. Quand la construction débutera, des occasions d'agir se présenteront. Qui dit grand chantier, dit grande cérémonie et grands rituels. Dieu-le-clown installera sa sonorisation, son matériel et ses hologrammes seront judicieusement disposés. Et ceux qui les monteront ignoreront ce à quoi ils participent. Seongha décide qu'il s'introduira en douce dans le village à la fin de la célébration. Après le spectacle, les hommes rentreront chez eux pour prendre du repos. Le rangement et le nettoyage seront laissés aux femmes et aux enfants. Tout le monde sera épuisé et la garde se relâchera.

Il se peut que le clown ait fait le même raisonnement. Qu'il ait anticipé. Seongha sent que cette cérémonie pourrait être un piège ourdi à son intention. Mais impossible de laisser passer ce qui pourrait aussi être sa meilleure chance.

Seongha se réveille d'une sieste au milieu de la nuit. Il se prépare à partir quand, au sortir de sa grotte, il réalise que l'atmosphère du village n'est plus la même. Des hommes masqués se tiennent devant son refuge. Les lances dans leurs mains indiquent assez qu'ils ne sont pas venus lui souhaiter bon voyage. Et leur hostilité manifeste à son encontre laisse penser qu'ils ne sont pas non plus là pour l'accompagner au combat.

Ils ont compris que Seongha les avait trahis. Noya doit les avoir informés du don reçu de Dieu. Et, plein de sagesse, il leur aura transmis la volonté divine. À savoir, ne pas faire la guerre. Ils ont compris que leur Dieu ne souhaitait pas se venger de la tribu du Sud, donc qu'Il les trahissait.

Dieu ne descend pas sur Terre sans but. Il n'apparaît pas aux hommes pour rien. Telle est l'arrogante croyance des hommes, et la seule raison pour laquelle ils adorent un être supérieur. Si un dieu ne sert pas aux hommes, ils n'ont aucune intention de le vénérer. Celui qui n'est pas venu pour les aider, celui-là n'est pas un dieu.

S'ils lèvent leurs lances et le transpercent, s'il meurt, ce sera la preuve ultime qu'il n'était pas de nature divine. Pour le moment, Seongha n'a aucun moyen de fuir, ni de résister, alors il attend de connaître le sort qu'ils lui réservent.

C'est alors qu'une agitation traverse le groupe et que Noya apparaît, accompagné d'une poignée de jeunes. Ils défient les hommes. Leur disent-ils de reculer ? Mais les hommes masqués ne sont pas prêts à bouger. La tension est terrible. Seongha ferme les yeux, et quand il les rouvre, c'est pour voir les lances qui se heurtent. Noya combat avec une habileté admirable – même aux yeux de Seongha qui n'y connaît rien en arts martiaux – mais les adversaires sont trop nombreux. Quand Noya s'effondre, les rangs d'en face ont à peine reculé.

Seongha s'avance, fendant la foule. Les assaillants sont déconcertés. Les lances tremblent dans leurs mains et aucun coup ne vient frapper Seongha. Si l'un d'eux – un seul suffirait – avait le courage de porter la première estocade, ils verraient tous que sa chair est une viande ordinaire qu'une simple pierre peut entamer pour en faire couler le sang.

Seongha s'agenouille près de Noya, blessé au sol. Dans sa tête, c'est une bataille d'ego. Quel lien entre moi et le malheur de cette tribu ? Et de quoi serait coupable le peuple du Sud ? Ces hommes-là réclament la guerre, mais lui n'est qu'un voyageur qui traverse le monde.

« Je ne suis pas un dieu, murmure Seongha à l'oreille de Noya. Je suis un être humain, comme toi. »

Peu importe ce qu'il vient de dire. Les hommes autour d'eux, ne sachant quel message Dieu a transmis à Noya, n'osent plus faire un geste. Sa parole, dont nul ne comprend le sens, deviendra une prière. Quitte à leur léguer quelque chose, autant que ce soit une phrase comme celle-ci. Un jour, dans une autre époque, un sage en percera peut-être le sens.

Au Sud, la fièvre du rituel ne cesse de monter. Une pyramide de pierre a été érigée à côté du vaisseau et celui-ci a été affublé d'un énorme écusson. Les villageois dansent autour de l'autel, partagés entre épuisement et ivresse, tandis que le grand prêtre, psalmodiant ses incantations, approche de la transe. Les villageois se pressent, prient, arrachent leurs cheveux, battent le sol de leurs pieds. Dans son souvenir, le charisme du grand-prêtre n'était pas bien extraordinaire, Seongha soupçonne l'assemblée d'avoir consommé quelque substance hallucinogène. Des flammes bleues dansent au-dessus de tout cela et les haut-parleurs diffusent une étrange mélopée.

Comme il s'en doutait, des gardes ont été postés près des haut-parleurs et de la machinerie de l'hologramme. Idem autour du vaisseau spatial. Des gardes en nombre. Ils l'attendent. Le clown a anticipé sa venue et son mode opératoire.

Le vaisseau, le temple, les générateurs et transformateurs ont été placés sous surveillance. Dieu-le-clown connaît le pays mieux que Seongha. Il n'y a qu'un chemin auquel il n'aura pas pensé. La route la plus improbable, parce que la plus risquée. Finalement, la seule à tenter.

Réprimant non sans mal son envie de se faufiler en douce et de quitter la planète, Seongha sort des buissons. La foule en transe ne remarque pas que le nombre de fidèles vient d'augmenter de 0,5 %. Ce n'est que lorsqu'il se trouve à mi-hauteur de la pyramide que la foule commence à réaliser qu'un homme est en train de se hisser sur le lieu des sacrements.

Qu'ils connaissent son visage ou qu'ils l'ignorent, tous retiennent leur souffle. Ceux qui continuaient leurs pieuses gesticulations sans avoir vu qu'il se passait un événement inhabituel sentent soudain le silence s'installer. Perplexes, ils suivent les regards de leurs compagnons en direction de la pyramide. Où Seongha finit de grimper, sans faire attention le moins du monde à ce qui l'entoure.

À présent, le silence est total. La foule, revenue à elle-même, contemple l'homme avec stupéfaction. Les prêtres, au sommet de l'édifice, autour de l'autel, demeurent médusés face à l'incongruité de la situation. De même que les soldats qui, faute d'ordres, ne sachant que faire, restent immobiles.

Surtout, ne pas avoir peur, se dit Seongha, ou, au pire, ne pas le montrer. Un seul instant de doute et la fine couche de glace qui paralyse l'assemblée s'effondrerait en mille morceaux.

Il approche de l'hologramme, repère rapidement l'emplacement des projecteurs et le microphone accroché au vêtement du grand-prêtre. Presque simultanément, un prêtre moins couard crie des ordres aux soldats et quelques courageux saisissent leurs lances. Seongha donne un coup de pied dans les projecteurs qui basculent derrière lui. La taille et l'angle de l'image ne sont plus corrects, les flammes bleues qui dansaient au-dessus de l'autel s'agrandissent démesurément et deviennent floues, tout en encadrant désormais Seongha.

Celui-ci se retourne et voit la peur envahir tous les témoins de la scène, depuis les prêtres en haut jusqu'à la foule massée au pied de l'édifice. Il ne connaît pas cette époque, mais à l'évidence le dieu qui règne ici a préparé son peuple à trembler devant ce genre de bouffonneries. Sans leur laisser le temps de se remettre de leur frayeur, Seongha arrache le microphone du grand-prêtre et le jette contre le haut-parleur. Le son déchirant du larsen explose dans la place. Dès lors, la situation est hors de contrôle. Seongha en profite pour arracher tous les câbles à sa portée. Les courts-circuits multiplient les gerbes d'étincelles tandis que l'hologramme disparaît. En un instant, le site est plongé dans la nuit et la foule hurle de terreur. Les malheureux fuient en tous sens. Il y a rapidement de nombreux blessés, des gens piétinés. Quant aux prêtres, ils se débarrassent en grande hâte de leurs attributs sacerdotaux avant de décamper à leur tour.

Ceux du village du Nord doivent avoir observé la scène de loin. À eux de décider comment profiter de la confusion. Seongha s'est contenté de leur prouver, à sa façon, qu'il était bien un dieu. Après une telle démonstration de force, nul doute que Nik et Noya n'auront plus rien à craindre de leurs congénères. Une bonne chose de faite. Désormais, ce sera à eux d'écrire l'histoire.

Seongha soupire. Si Noya le sage devient chef de la tribu, il se souviendra que son dieu n'a aucun désir guerrier. Ayant acquis l'écriture, il saura mener son peuple dans la paix. C'est du moins ce qu'espère Seongha.

Laissant derrière lui le vacarme et une folle panique, Seongha pénètre enfin dans son vaisseau. Les gardes sont partis. Les plus braves tentent de canaliser la terreur de la foule, les autres y participent pleinement, détalant à toutes jambes en poussant de grands cris. L'espace exigu mais confortable, l'odeur familière du vaisseau rassurent Seongha. Il ne lui reste plus qu'à injecter les nutriments aux Échions cristallisés qui hibernent paisiblement. Bientôt il pourra s'arracher à cette Terre si lourde. Il descend sur le pont inférieur, s'efforçant de maintenir vigilant son esprit épuisé par ces derniers jours. Il va retrouver son monde, ce monde de pure vitesse. Ce monde qui n'est jamais immobile. Ce monde où il peut se déplacer sans poser les pieds au sol. Son monde à lui. Le pays céleste.

Descendre l'échelle conduisant dans le ventre de son vaisseau n'est pas une tâche facile. C'est comme si le monde avait basculé cul par-dessus tête, l'est pour l'ouest, le nord pour le sud. C'est en sueur que Seongha parvient à la centrale, tâtant les parois du vaisseau comme s'il empruntait ce chemin pour la première fois. Cette salle a une structure assez spécifique, très différente de celle où sont brûlés les combustibles fossiles dans les vaisseaux classiques. Les Échions flottent entre les parois et un dispositif qui permet de les alimenter. Essoufflé, Seongha y injecte une petite quantité de nutriments. Peu après, la centrale s'allume.

« Je savais que vous viendriez ici. »

La langue d'une civilisation oubliée vient frapper ses oreilles. Seongha se retourne et voit *Dieu* sortir de derrière un réservoir d'eau. Il tient à la main un pistolet et son bazar d'ampoules multicolores est toujours accroché à son dos. Seongha n'est guère surpris par l'apparition. Si le clown n'est pas intervenu plus tôt, quand Seongha semait le chaos parmi ses thuriféraires, il ne pouvait se trouver qu'ici. En revanche, Seongha ne s'attendait pas à ce qu'il se montre en personne, quoique, à bien y réfléchir, c'est assez logique. Seul Dieu peut tuer Dieu. Il aurait été trop risqué de confier à des humains terrorisés par une simple lampe de poche la mission de trucider une divinité. D'autant que seul Dieu-le-clown sait que Seongha est en réalité aussi vulnérable que n'importe qui.

« Je savais que je vous trouverais là », répond Seongha, pas tout à fait honnête.

Dieu glousse et l'interroge :

« Dites, pourquoi venir, alors ?

– Pour négocier.

– Désolé, les négociations sont terminées. »

Disant ces mots, l'homme s'approche à pas prudents. Son visage brille d'une lueur menaçante. Dans son dos, ampoules, batteries et câbles brinquebalent bruyamment.

« Votre intervention était tout à fait impressionnante. Quoique parfaitement inutile. Le démon a tenté de s'en prendre au dieu mais, au final, celui-ci va triompher et tout rentrera dans l'ordre. Oh, à propos, n'ayez pas peur de l'arme, je ne compte pas vous tuer. »

Les doigts de Seongha se crispent d'un coup. Le canon du pistolet suit ses mouvements.

« Cela dit, en cas de geste inconsidéré, je ne peux vous garantir que rien de fâcheux n'arrivera. Ça fait tellement longtemps que je ne me suis pas servi de ce truc, c'est à peine si je sais encore comment ça se tient. Mais sinon, je vous le dis, vous n'avez aucune inquiétude à avoir. Je ne veux pas vous tuer. Bien sûr, mon offre précédente, celle d'une chaleureuse coopération, ne tient plus. Je vous ferai plutôt enfermer dans un sombre cachot avec de lourds boulets aux pieds pour me prémunir de vos envies d'indépendance. Mais je vous laisserai vivre jusqu'au terme naturel de votre existence. Car, somme toute, nous sommes tous deux de grands humains du passé, n'est-ce pas, l'ami ?

– ... »

Le visage du clown prend une expression réellement diabolique quand il feint la tristesse. Mais déjà il poursuit :

« Pourquoi vous être enfui, mon bon ami ? Comment avez-vous pu imaginer que je pourrais vous faire du mal ? Me croyez-vous fou au point de détruire la seule vraie intelligence que j'ai rencontrée au cours des quinze longues années d'ennui que j'ai passées ici ? Vous qui conservez le souvenir du mythe de Gdeco et des dynasties Aramathea et Dikar ? Ne pouvez-vous deviner à quel point cette époque me manque ? À quel point je regrette de l'avoir quittée ? N'avez-vous pas vu avec quelle ardeur j'attendais, j'espérais qu'une telle rencontre, avec un humain de mon époque, puisse se produire ?

– Vous vous trompez.

– Oh oh, et à votre avis, en quoi me tromperais-je ? »

À nouveau, Seongha remue ses doigts.

« Pas un geste ! » crie le clown.

Trop tard. Seongha a bougé. Un faisceau laser vient frapper ses doigts et il est propulsé en arrière, tenant sa main blessée dans son autre main.

Le pseudo-dieu n'est pas habitué à ce qu'on lui désobéisse, il s'avance à grands pas et pointe le canon de son arme sur le front de Seongha, hurlant :

« Je t'avais dit de ne pas bouger ! »

Au même instant, les lumières du poste de commandement s'éteignent. Le clown tressaille, mais ne perd pas son sang-froid.

« Pas de bêtise, petit. Tu comptes encore t'évader ? Tu n'as aucune chance, je vois clairem... »

Et le sol disparaît.

Et Dieu retient son souffle.

« Ton projecteur est meilleur que le mien ? Entendu. Mais tu crois vraiment me faire peur avec ce gadget ? Je ne suis pas un de ces primitifs, là-dehors. »

D'un coup, il reste sans voix. Un sentiment d'horreur comme il n'en a jamais connu envahit son cerveau. Comme aspirée dans un cauchemar, sa raison se dissout lentement. Dispersé aux quatre points cardinaux, le peu qui lui reste de lucidité répète que tout ceci n'est qu'une illusion, une pure fiction, un mirage. Mais la peur engloutit une à une les dernières traces de son bon sens et toute pensée cesse. Il ne peut ni respirer, ni penser, ni voir, ni bouger, ni entendre. Il se dit encore qu'il donnerait n'importe quoi pour sortir de là en vie.

Et le monde revient.

Le clown, défait, pâle comme la mort, est couché en boule contre le réservoir d'eau. Il ressemble à un papier froissé qu'on aurait négligemment jeté. Seongha n'a pas bougé de là où il était tombé.

Celui qui passait pour un dieu et qui est un homme à présent, tourne la tête vers Seongha. En proie à une terreur irrationnelle, il couvre de ses mains son visage et se met à hurler. *Épargnez-moi, par pitié, je ferai tout ce que vous voulez, pardonnez-moi, je ne suis qu'un idiot, je ne vous avais pas reconnu…* Son cerveau produit des centaines de mots par seconde mais aucun ne parvient à franchir la frontière de ses lèvres scellées par l'effroi. Il ne peut rien faire sinon pousser d'horribles cris.

Seongha se relève, l'air attristé.

« Comment avez-vous pu croire que votre monde était le premier ? N'avez-vous jamais pensé que, de même que vous aviez atterri ici, un événement semblable s'était déjà passé ? Avez-vous la moindre idée du nombre de civilisations qui sont sorties de terre, et qui sont retournées dans l'oubli ? Ne vous êtes-vous jamais demandé qui avait donné votre langue à votre monde ? »

Le clown, toujours incapable de recouvrer la raison, noyé qu'il est dans un bain de terreur, ne fait que pleurer.

« Vous avez fait en sorte que les habitants de ce monde craignent votre parole et le clignotement de vos ampoules… Ceci restera probablement dans les archétypes de générations qui se succéderont par milliers. J'ai fait moi-même ce genre de choses dans votre propre monde. »

Seongha se retourne. Le poste de commandement est entièrement plongé dans le noir, à l'exception d'une faible veilleuse de secours. Sous laquelle un mobile se balance, papillonnant. Un objet décoratif tout ce qu'il y a de plus banal. Mais quand la lumière s'éteint, il émet des ondes radio qui réagissent à l'obscurité, un peu à la façon des objets phosphorescents. Ces ondes déversent des flots d'images dans les cerveaux de ceux qui y sont soumis ; qui ont été conditionnés à les recevoir. C'était le cadeau d'un artiste inconnu, dans des temps paisibles. Les images qu'il a enfermées dans ce petit mobile sont les représentations du démon et du dieu de l'époque où vivait ce pauvre clown. Toutes les figures des dieux et des démons de cette période sont inspirées de ces deux-là.

« Ce n'est pas ce que je voulais. Mais si je reste ici plus longtemps, je vais finir par reproduire la même erreur. Tout ce que je ferais, même l'action la plus insignifiante, deviendrait une règle impérative qui emprisonnerait les peuples. Je ne veux pas m'impliquer dans votre histoire, je ne veux rien laisser dans ce monde. Et de toute façon, je ne connais pas assez votre époque, je ne serais pas l'interlocuteur idéal pour vous. »

Le clown regarde Seongha, les yeux rougis. Quand Seongha s'avance vers lui, le malheureux, affolé, se colle encore plus contre le mur, comme sous la menace d'une bête féroce. Seongha s'adresse posément à lui :

« Je vais vous demander une faveur. »

Le clown hoche la tête, désespérément.

« Si vous avez correctement analysé ce qui s'est joué aujourd'hui, vous devez avoir compris que vous feriez une erreur en me prenant pour ennemi. Parce que je peux me montrer plus puissant que vous.

» Considérez-moi comme l'un de vos semblables. Faites de moi votre incarnation, non, mieux encore, fusionnez nos doctrines en une seule. Vous êtes intelligent, vous saurez le faire. Ce que veulent les gens du Nord n'a rien d'incroyable, vous l'avez dit vous-même. Mettez du vert sur votre visage plutôt que de l'or, adoptez les motifs en lignes droites plutôt que des roses. Et plantez des fleurs rouges au lieu des blanches dans les jardins. »

Animé de la seule et absolue obsession de quitter les lieux au plus vite, l'homme hoche à nouveau la tête, prêt à tout accepter. Seongha ajoute avec un sourire amer :

« J'étais là avant vous, suivez au moins ces quelques principes. »

Lorsque Seongha revient sur Terre un mois plus tard, soit environ deux mille ans après en temps terrestre, il ne reste quasiment plus la moindre trace de ceux qui ont vécu ici, à l'exception de la fresque du jeune homme. Sur le second mur, il a peint une nouvelle scène qui représente Seongha regagnant le ciel dans son vaisseau spatial. Dans une troisième et dernière peinture, Seongha découvre des personnes portant des plumes et d'autres non, qui se tiennent la main pour former un cercle. Dessous, des lettres gravées semblent décrire la scène. Quoiqu'incapable de comprendre ce qui est écrit, Seongha reconnaît parmi les lettres les noms de Noya et Nik. Deux mille ans plus tard, quand Seongha revient à nouveau, la tempête de neige fait rage, les montagnes arides sont couvertes de glace, il est désormais impossible de retrouver les fresques.

Troisième histoire

Ou ce qui se passe à la vitesse de la lumière

Il existe dans l'univers un petit système qui gravite autour d'un autre plus grand. Et dans ce petit système se trouve un petit soleil avec une petite planète qui gravite autour. Cette planète, dans sa jeunesse, a peut-être pu voir son noyau se frayer un chemin de lave et donner naissance à des volcans, a peut-être pu voir des créatures primitives nager dans ses océans riches en nutriments. À un certain moment, elle a peut-être été peuplée par des êtres qui ont peut-être développé de brillantes civilisations. Mais aujourd'hui ce n'est qu'un astre mort, froid, dépourvu de toute forme de vie.

Il y a une chose étrange, à propos de cet astre. Toute une flotte de vaisseaux spatiaux, qui ont peut-être été construits par des créatures intelligentes, continuent de graviter autour, comme un essaim de satellites. C'est étonnant, la présence de tous ces satellites tournoyant autour d'une planète morte. Ce sont des miettes de vaisseaux spatiaux, des morceaux, des fragments brisés, longs, courts, ronds ou carrés, grands ou petits. Une ceinture de vaisseaux déchiquetés qui entourent la planète comme la ceinture de Saturne. Ils évoquent les os et les plumes d'oiseaux qui auraient volé à la recherche de leur pays natal pour y mourir.

Parmi cet amas d'épaves, un vaisseau attire l'œil. Il ressemble à une toupie plutôt trapue et sa taille est au moins dix fois supérieure aux autres nefs. À y regarder de plus près, on peut parfois apercevoir, derrière ses hublots, une lumière qui n'est pas due à la réflexion du soleil. Comme si l'objet gravitant disposait encore d'énergie, comme s'il accueillait encore une forme de vie. À l'extrémité de la pointe de la *toupie*, un sas d'entrée grand ouvert, à travers lequel on peut apercevoir une vaste zone de déchargement.

Un modeste vaisseau en forme de disque approche du quai. Il déploie un bras télescopique qui lui permet de s'amarrer au plus gros vaisseau.

Une trappe s'ouvre dans le petit appareil et un homme en combinaison spatiale en sort. Il regarde autour de lui, prend appui sur son véhicule et se propulse en direction du quai, en face.

Arrivé au sein du grand vaisseau, il se retourne et regarde, derrière lui, le spectacle de l'univers. L'obscurité du dehors, profonde, absorbe tout. Seules deux, trois infimes points de lumière sont visibles. L'univers est silencieux par essence, mais le silence qui règne dans cet espace pratiquement privé de toute lumière est encore plus effrayant. C'est celui d'une tombe. Ou l'intérieur du cadavre d'une créature démesurée. Cette galaxie se meurt. Non de maladie, non de pollution, mais d'épuisement. Elle est désormais trop vieille, elle ne peut plus supporter le poids des années infinies accumulées. Elle s'achemine vers sa fin.

L'homme de l'espace se glisse à l'intérieur de l'immense vaisseau et le sas se referme derrière lui. Le hangar est maintenant privé de toute lumière, plongé dans un noir absolu.

Du gaz s'échappe du plafond. Quand le jet s'interrompt, sans même vérifier la nouvelle atmosphère, l'astronaute ouvre son casque. Apparaît le visage d'un homme, âgé d'une trentaine d'années, respirant fort. Il attend un moment, laissant ses yeux s'habituer aux ténèbres puis, sans se hâter, il avance en aveugle le long du mur, en quête d'une porte menant à l'intérieur de l'appareil. Il la trouve enfin et l'ouvre. Ce n'est visiblement pas la première fois qu'il vient ici, à moins que, par nature, il ne se laisse jamais déstabiliser.

Section après section, il avance dans le vaisseau. La teneur en oxygène chutant à nouveau, il remet son casque.

Le visiteur en combinaison spatiale tourne un coin lorsqu'une intense lumière jaune vient le frapper. L'assaut est si brutal qu'il lève les mains pour se protéger.

« ☆◎◇□▽ !

– ☆◎ ! »

Tandis que les mots inconnus se déversent, le jeune homme plisse les yeux, il cherche à identifier la source de cette lumière. Il aperçoit la silhouette d'une créature qui se tient debout et qui porte elle aussi une combinaison spatiale. La lumière jaillit du haut de son casque. Dans sa main il tient un objet que son vis-à-vis ne parvient pas à identifier.

La voix de la créature inconnue monte dans les aigus. Le visiteur fouille dans les poches de sa combinaison et met la main sur son appareil de traduction qu'il active. Mais avant même qu'il puisse comprendre la créature, celle-ci se jette sur lui et frappe violemment son casque. Le coup est si inattendu que le jeune homme n'a pas le réflexe de le parer et se retrouve projeté au sol. Son adversaire se précipite sur lui et l'immobilise en se raccrochant à une chaîne qui traînait là. Le jeune homme qui a décodé, bien qu'un peu tard, les paroles de son agresseur, comprend maintenant les raisons de l'attaque. Il voit aussi plus clairement ce que l'autre tient en main.

« Je t'ai dit de ne pas bouger ! »

Encore que ce soit un peu tard, le jeune homme suit l'ordre donné et ne bouge plus. De toute façon, l'autre appuie son pied sur sa poitrine et il serait incapable du moindre mouvement. Certes, sa combinaison est à l'épreuve des balles, mais il ne sait pas exactement quel type de pistolet brandit son agresseur. Sans doute une arme laser, qui pourrait aussi endommager le vaisseau.

« Enlève ton casque ! »

Le jeune homme sait que l'atmosphère est pauvre en oxygène, mais il n'a guère le choix, il obtempère. Dans l'air raréfié, il doit avaler sa salive et respirer profondément. Il essaye d'examiner son adversaire, mais le puissant éclairage que l'autre projette sur lui l'empêche de le voir. La lumière balaie tour à tour ses cheveux coupés court, ses yeux regardant calmement devant lui, sa bouche fermée.

« Qu'est-ce que tu fais ici ? »

Le jeune homme ne répond pas, mais il aurait voulu poser exactement la même question.

Faute d'une réponse, son agresseur sort un objet brillant de sa poche, sans cesser de braquer son pistolet sur sa victime. Les yeux de celle-ci changent légèrement d'éclat en voyant cette chose brillante se rapprocher de son visage. Ça, c'est plus grave. Et son agresseur, lui aussi astronaute, le sait pertinemment.

Sans se soucier du regard réprobateur du jeune homme, son agresseur glisse lentement le rasoir sur sa joue. Des gouttelettes vertes suintent de la blessure et se répandent dans l'air. L'agresseur sursaute puis, comme si cela l'amusait, il suit du regard les gouttes de sang qui flottent devant son casque.

« Ça alors… tu n'es pas un Terrien ? »

Apparemment, cette brute ne connaît pas les nanorobots chlorophylliens. Il faut dire que la civilisation terrienne qui les a inventés n'a guère duré.

« Alors, de quelle planète viens-tu, espèce de monstre ? »

Le jeune homme considère silencieusement le sang qui se répand, goutte à goutte. La blessure doit être plus profonde qu'il ne pensait. Il faudrait stopper l'hémorragie, mais l'autre n'a pas l'air si compréhensif. Comme il ne dit toujours rien, son adversaire retourne à sa colère, un temps suspendue tandis que la couleur verte du sang détournait son attention.

« Tu refuses de me répondre, espèce de...

– Qu'est-ce que tu fais, Nyx ? »

La voix nonchalante provient de l'autre côté du couloir. Ledit Nyx rengaine son pistolet et regarde en arrière. Les yeux du jeune homme au sol changent à nouveau d'éclat quand il voit d'où provient cette voix. L'astronaute qui s'approche en flottant le long de la main courante du couloir ne mesure pas un mètre. Plus précisément, son corps s'arrête après sa taille. Vu que sa combinaison spatiale ne comporte pas de jambes, il ne doit pas s'agir d'un accident récent.

Rien d'étrange à ce qu'une personne dépourvue de jambes soit astronaute puisque, dans l'espace, celles-ci ne sont d'aucune utilité. Parmi les civilisations que Seongha a pu connaître, à certaines époques, les personnes amputées étaient prioritaires pour piloter dans l'espace, il arrivait même que les voyages spatiaux leur soient réservés.

« J'ai choppé un extraterrestre qui s'était introduit en douce ! »

Son camarade sans jambes les rejoint.

« Bah, pour moi, c'est un humain, non ?

– Mais son sang est vert. »

Le camarade de Nyx touche les gouttes de sang en suspension dans l'air et approche ses doigts de son casque.

« On a vu pas mal d'endroits. Ça fait un bail que tous ceux que nous rencontrons viennent du futur. Qui sait si le sang n'est pas vert, dans le futur ?

– Arrête tes conneries.

– Y a qu'à lui demander. Eh, monsieur, vous êtes un Terrien ? »

Sa voix est dépourvue d'hostilité. Celui-ci semble avoir conservé un mental presque normal, ce qui est étonnant pour quelqu'un vivant dans un tel milieu. Contrarié, le jeune homme au sang vert n'a pas très envie de discuter, mais il finit par lâcher un laconique « oui ».

Les deux autres n'en reviennent pas. C'est que la voix du jeune homme sort de sa bouche mais aussi d'un haut-parleur, en deux langues.

« Il ne parle pas l'humain, il utilise un traducteur ! »

Alors que Nyx s'énerve une nouvelle fois, le jeune homme explique :

« Sans connaître votre système linguistique, il est impossible de le traduire. Donc, que je sois Terrien ou extraterrestre, cet appareil vous prouve que nos civilisations ont été en contact. »

Les deux hommes ne savent quoi dire.

« Bah, c'est plutôt intelligent, sa remarque. Moi, il me plaît assez.

– N'importe quoi ! » s'agace Nyx.

Le cul-de-jatte plonge à nouveau dans le silence puis dépasse Nyx. Il semble plus à son aise que lui dans la faible pesanteur.

« Détends-toi. Qu'avons-nous à gagner en gaspillant une balle pour tuer un extraterrestre, un humain ou une grenouille ? Tu crois que quelqu'un achèterait encore un cadavre d'extraterrestre ? Arrête tes bêtises, pousse-toi. »

Impossible de distinguer le visage derrière le casque, mais il doit être suffisamment redoutable pour que Nyx obtempère. Ce dernier fait mine de ricaner mais retire malgré tout sa botte de la poitrine du jeune homme. Qui porte la main à sa blessure. Son corps fabriquera à nouveau du sang, mais pour les nanorobots, c'est fichu, ils sont perdus. Perdre du sang représente un fort danger, et pas seulement dans ces conditions d'oxygène raréfié.

« Je suis désolé pour cette prise de contact un peu rude. Nyx n'est pas méchant, il est juste cinglé. »

Explication guère rassurante.

« Je me nomme Philémon. Et toi ?

– Seongha. »

Philémon tend une main, l'autre ne lâchant pas la rampe.

« Bien. Mon ami, bienvenue *au Bout du Monde.* »

Après avoir franchi deux sections, ils atteignent une pièce dont l'un des murs est couvert de néons jetant un éclairage violent. L'intensité des tubes éblouit Seongha, qui ferme les yeux. Puis, réalisant que ce mur est en quelque sorte le *plafond*, il baisse son regard vers le *sol*. Stupéfiant ! Un jardin couvert de fleurs ! De celles communément appelées fleurs d'Échions. Elles sont si nombreuses et si denses, elles forment comme un tapis. La terre sur laquelle elles poussent est fermement maintenue dans des bacs de plastique transparent, pour ne pas se disperser dans le vide. Les tiges sont assez courtes mais les fleurs sont d'un incroyable rouge éclatant. C'est tout à fait prodigieux qu'ils aient réussi à cultiver de si belles plantes en apesanteur. Certes, les végétaux, comme les humains, savent s'adapter à leur environnement, mais généralement ils souffrent de ce que l'on appelle le « mal de gravité des plantes ». Vu la variété de formes que le jeune homme peut contempler, il semble que ces gens aient résolu le problème pour diverses espèces, pas seulement les fleurs d'Échions.

« À force de travail, je suis devenu un jardinier accompli », affirme Philémon en ôtant son casque.

L'homme que découvre Seongha doit avoir la quarantaine. Des cheveux blonds bouclés, le menton en galoche, de petits yeux marron. Autour des yeux et de la bouche, des rides d'expression témoignent d'un caractère souriant. Ce devait être un joli garçon, quelques années plus tôt. Il regarde Seongha et paraît surpris.

« Oh, mais tu es beaucoup plus jeune que je ne pensais.

– À croire que les gens du futur ne vieillissent plus », ajoute Nyx en s'extrayant de sa combinaison.

Lui a des cheveux argentés qui dégringolent en désordre sur son cou et une barbe blanche fournie couvre son menton. Il doit être à peine plus âgé que son comparse, entre quarante et cinquante ans. En revanche il est deux fois plus costaud que lui. Ses yeux noirs semblent de glace et chaque fois qu'il ouvre la bouche, ses dents puissantes luisent comme si elles étaient prêtes à dévorer un requin.

Nyx se dirige dans un coin de la pièce, l'air bougon, comme s'il avait perdu du temps pour rien. Le mur est partiellement masqué par un gigantesque microscope qui doit occuper un dixième de la salle, avec des dizaines de bocaux en plastique, soigneusement étiquetés et rangés dans des cases. Nyx en retire un, le place sous l'optique du microscope et commence son examen.

« Vous travaillez sur de nouvelles espèces ? »

Leur matériel est rangé dans un certain désordre et non, comme à l'accoutumée, en fonction de leur prise à la gravité. Ce qui semble indiquer que leurs recherches n'étaient pas programmées avant le voyage mais qu'ils ont improvisé en route.

« Oui, nous cherchons à améliorer la vitesse. Avec celle dont nous disposons, nous serons morts avant même d'atteindre la Terre. »

La Terre.

Seongha fait une mine plutôt étonnée en entendant le nom de cet astre oublié depuis si longtemps.

« Vous comptez retourner sur Terre ?

– Oui. »

Philémon, qui s'apprêtait à se rendre au jardin avec son pulvérisateur, a répondu avec beaucoup de naturel, d'un ton léger. Mais l'instant d'après il interroge son interlocuteur :

« Où veux-tu que nous allions, sinon ?

– La Terre est morte. »

Ils ne semblent pas spécialement affectés par cette déclaration. Philémon a une petite moue, Nyx détourne un instant les yeux de son microscope, le temps de fusiller Seongha d'un regard noir, puis retourne à son observation comme si de rien n'était.

La Terre est morte.

Qu'elle ait été heurtée par une pluie d'astéroïdes, qu'elle ait été aspirée vers le Soleil pour y fondre ou qu'elle soit sortie de la gravité du Soleil pour errer dans l'univers. Ou même si rien de tout cela ne s'est produit, qu'elle soit juste morte pour n'avoir pas pu endurer une telle quantité de temps.

« Correct. Notre galaxie va probablement fusionner avec la galaxie d'Andromède, ça va être une sacrée salade ! Le Soleil va sans doute exploser et le système solaire s'éparpillera en mille morceaux ici et là. Mais pour autant, nous n'avons nulle part d'autre où aller. Nous avons atteint notre destination finale. Alors maintenant, il ne nous reste plus qu'à rentrer à la maison. N'est-ce pas l'instinct des vivants ? Cet éternel besoin du retour ? »

Seongha sourit. À cinq milliards d'années-lumière de la Terre, et cinq milliards d'années après leur propre époque, en anticipant sur la destruction de leur galaxie et le terme de l'univers, les humains s'accrochent à leur façon de voir le monde, comme s'ils étaient sortis faire une promenade, leur appareil photographique autour du cou. Mis à part l'écoulement réel du temps, ils ont dû voyager environ vingt ans à la vitesse de la lumière. Il est tout à fait remarquable qu'ils aient conservé leur santé mentale.

Machinalement, Seongha demande :

« Que s'est-il passé ?

– De quoi parles-tu ?

– Il s'est passé quelque chose d'imprévu, n'est-ce pas ? Vous n'aviez pas prévu de venir jusqu'ici, c'est accidentel ? »

Philémon ne pipe mot. Nyx adresse son méchant regard à Seongha, sans guère dévier du microscope.

« Qu'est-ce qui te fait croire ça ? » demande finalement Philémon, interloqué.

Au tour de Seongha de faire les yeux ronds, comme s'il ne comprenait pas la question de Philémon. Il explique :

« Le fait que votre vaisseau soit si grand.

– Quel rapport ?

– Pour construire un vaisseau aussi gigantesque, il faut un budget gouvernemental. Or aucun État ne dépenserait son argent pour un projet sans retour. Donc ce vaisseau aurait dû rentrer. Au moins dans la limite du temps de vie dont l'État s'imaginait disposer. »

Philémon fixe Seongha assez longuement, le regard vide, avant de lâcher à Nyx, avec un petit rire :

« Je te l'avais dit, il est intelligent.

– Quand l'intelligence est inutile, elle ne vaut pas mieux que la connerie », grogne Nyx.

Puis il se replonge dans ses observations tandis que Philémon vole vers Seongha.

« C'est comme tu dis. Le vaisseau avait pour mission de dénicher de nouvelles planètes habitables pour l'humanité. Le plan initial prévoyait que nous menions notre recherche entre dix et vingt années-lumière. Aller au-delà aurait posé d'autres problèmes pour faire migrer les populations. Et puis il fallait surtout que nous rentrions sur Terre avant que tout le monde là-bas n'ait oublié notre mission.

– Et donc… ?

– Comment dire, le mal du voyage ? Ce sont des choses qui arrivent parfois… »

Philémon secoue la tête comme s'il venait d'évoquer une vétille. Cependant Seongha peut percevoir les souvenirs douloureux gravés au plus profond de son regard.

Philémon reprend :

« Des brouilles au sein de l'équipage… une mutinerie… un commandement délétère… le désordre… des affrontements qui dégénèrent… la claustrophobie… des dépressions… des hallucinations… des épidémies… tout ce qui pouvait arriver de pire est arrivé. Un mois durant, une bande de fous a occupé le poste de commandement. Le vaisseau n'a pas cessé d'accélérer. Quand enfin nous avons pu en reprendre possession, cinquante mille ans s'étaient écoulés. »

Philémon marque une pause, se gratte le crâne, puis continue son récit :

« Cinquante mille ans. Tu te rends compte ? Une dynastie peut durer combien, allez, au mieux cinq cents ans ? Et l'histoire des civilisations, quand nous sommes partis, elle avait quoi, vingt mille ans ? Néanmoins, nous sommes rentrés sur Terre. Elle était sous les glaces. Il n'y avait pas l'ombre d'un survivant. D'ailleurs, nous n'aurions pas été plus surpris que ça si nous avions trouvé des dinosaures en train de cultiver des champs. Bref, après ça, tu te doutes que notre mission d'aller chercher d'autres planètes habitables par l'humanité avait un peu pris l'eau... »

À nouveau une pause, un grattement du crâne.

« Des hommes. Que des hommes. Plus une seule femme... La dernière femme de l'équipage était morte pendant la période de chaos extrême. Donc, niveau motivation pour sauver l'humanité, c'était pas trop ça. Nous avons finalement décidé, tous ensemble, de poursuivre le voyage. Ça tombait plutôt bien, si j'ose dire, parce que nous avions dégotté dans la salle de data base un programme baptisé *Itinéraire jusqu'au bout du monde*. Ça nous a parlé. Et puis c'était assez romantique, comme idée, pour finir. Pour un vaisseau sans but, la fin du monde était une destination plutôt appropriée. Et nous sommes arrivés ici. Voilà. C'est tout. Au fur et à mesure du voyage nous avons encore perdu des compagnons. Jusqu'à ce qu'il ne reste plus que Nyx et moi.

Seongha hoche la tête. Philémon n'aurait pas pu préserver son espèce, de toute façon.

« Honnêtement, je suis un peu déçu. Au bout du monde, j'avais espéré trouver le paradis, tu vois.

– Cinglé... marmonne Nyx, les yeux plongés dans l'oculaire.

– Mais toi, dis-nous, comment es-tu venu jusqu'ici ? interroge Philémon. Es-tu de ces savants fous qui revendiquaient la théorie d'un univers circulaire ? Ou qui prônaient un voyage suicide ? Ou tu en avais juste assez de la Terre ?

– C'était juste pour le voyage », répond tranquillement Seongha, comme s'il n'était pas utile d'en dire plus.

Philémon le regarde un moment, frotte son menton saillant.

« Eh bien, si tu le dis… Alors, ça te dirait de poursuivre le voyage en notre compagnie ? Nous avons un mal fou à faire bouger ce vaisseau à nous deux. J'allais justement dire à Nyx que je n'irais plus nulle part si nous ne dénichions pas un navigateur.

– Cinglé… répète Nyx. Fais-le partir, tout de suite. »

En physique classique, la masse s'oppose à la vitesse, mais avec les Échions comme carburant, les données du problème changent. Les Échions augmentent la vitesse en réduisant la masse globale jusqu'au niveau de l'électron. Quelques centaines de kilos sont réduits au poids d'un atome. La question n'est donc pas celle de la masse, mais la capacité des Échions à réduire cette masse. Dans l'histoire de l'humanité, d'innombrables équations aboutissaient à des résultats chiffrés sans que les propriétés mises en œuvre soit connues. Et il en allait de même avec la compression réalisée par les Échions. En fait, cette compressibilité de la masse propre aux Échions est déterminée par la structure chimique du composé carbone qui les alimente. Si Nyx exige d'expulser Seongha, ce n'est donc pas un problème de masse.

« Nyx, ne soit pas méchant. C'est peut-être le dernier humain que nous aurons l'opportunité de croiser.

– Je m'en fiche, qu'il parte, tout de suite.

– Vous n'aurez pas à vous soucier de la nourriture. Je n'ai besoin que de la lumière des néons et de l'eau. Dans mon corps, des nanorobots synthétisent le nutriment. Un peu de phosphate serait le bienvenu mais je peux aussi m'en passer. »

Seongha est intervenu d'une voix calme. Les deux chercheurs lèvent leurs regards sur lui, hébétés. Philémon garde la bouche ouverte un bon moment avant de s'exclamer, avec un grand sourire :

« Dis donc, t'es un sacré numéro, toi ! »

Après avoir donné une petite tape sur l'épaule de Seongha, il conclut :

« Oublie Nyx. Allons chercher tes affaires. »

Philémon allume le couloir et, s'agrippant à la main courante, ils se dirigent vers le sas. Sous l'éclairage, le couloir prend des allures de décharge industrielle. Boîtes, livres, combinaisons spatiales, papier toilette, ballons en caoutchouc, tout un bric-à-brac extraordinaire flotte dans le plus complet désordre. Selon le règlement en vigueur à bord de chaque vaisseau spatial, il est formellement interdit de laisser dériver le moindre objet, qui en cas d'inversion de la gravité pourrait se changer en arme mortelle. Mais sur un vaisseau qui a voyagé durant des décennies, de telles règles deviennent inapplicables.

« Ne fais pas attention au bazar. Le dernier nettoyage remonte à quelques années. Tu vois, ce vaisseau est beaucoup trop grand, dit Philémon en ouvrant la trappe qui mène au sas de déchargement. Quand le vaisseau commencera son accélération, il vaut mieux ne pas tenter d'entrer ici, parce qu'il va pleuvoir du ciel un sacré paquet d'ordures.

– Est-ce pour fixer les coordonnées que vous avez maintenu le vaisseau dans l'orbite de cette planète ?

– Du tout. C'était pour regarder le soleil se lever, répond Philémon en pouffant. Les autres ont dû avoir la même idée, c'est pour ça qu'ils ont choisi la même ellipse. Parce que la seule chose qui rappelle la Terre, ici, c'est que le soleil se lève. La nostalgie, quoi. Et ils sont venus de loin ! »

Il se gratte à nouveau la tête et ajoute :

« Vrai, j'ai été étonné de voir qu'ils étaient aussi nombreux à être venus s'échouer ici. J'aurais cru que nous serions les seuls à commettre une telle folie.

– C'est que les Terriens sont nombreux. Et que les programmes qui existent sont faits pour être utilisés. Ces vaisseaux ne sont pas arrivés en une fois, ils auront mis des générations à s'agglomérer ici.

– Oui, tu dois avoir raison. »

La première porte du sas est refermée. Philémon laisse échapper de l'air pour réguler la pression. Après quoi il s'approche du panneau qui contrôle la seconde porte, quand il secoue la tête et appelle Seongha.

« Tu peux venir une seconde ? Je n'arrive pas à l'ouvrir. »

Seongha se place devant le panneau. Le courant semble coupé. Là, il y a une entaille. Le panneau a été forcé, avec un couteau ou quelque outil dans le genre. C'est intentionnel. Sans doute cela s'est-il produit lors de la fameuse mutinerie dont a parlé Philémon, pour empêcher l'équipage de fuir. Seongha essaye de manœuvrer le panneau, mais quelque chose est solidement fiché dedans et la porte résiste.

« Est-ce qu'il y a une autre issue ?

– Ça semble cassé pour de bon, hein ? Pas grave, il y a un autre couloir, de l'autre côté. Il suffit de continuer jusqu'à la prochaine section et de passer par la passerelle d'observation. »

Seongha continue d'examiner le panneau défectueux quand il entend la voix de Philémon, revenu près de la première porte.

« Oh, mince. »

Contrairement aux mots employés, le ton ne semble pas marquer la moindre surprise.

« On dirait que la porte arrière aussi est verrouillée. »

Seongha se retourne et voit que Philémon braque une arme dans sa direction. Il se dit alors qu'il a probablement surestimé leur état psychologique.

« Qu'est-ce que vous voulez ?

– Des réponses sincères à mes questions.
– Pourquoi voudriez-vous que je vous mente ?
– Eh bien, justement, je n'en sais rien. »
Philémon a un fin sourire. D'une main il tient fermement la porte, pour ne pas partir en arrière quand il fera feu. Pourtant il doit savoir que les armes à résistance sont quasi inefficaces dans le vide. C'est plutôt un objet de menace. Mais le poids du doigt sur la queue de détente semble suffisamment réel.
« Que voulez-vous savoir ?
– Toi, quel âge as-tu ? »
Seongha plane, tranquille, comme s'il faisait la planche au bord de la mer. Dans cet espace sans gravité, l'homme peut être plus rapide qu'une balle. Parce qu'ici il est impossible de prévoir quelle trajectoire elle prendra. Cependant, s'agissant d'une question qui ne le dérange pas, Seongha répond paisiblement :
« Trente-trois ans.
– Je te pensais plus jeune. »
Philémon hausse les épaules et enchaîne :
« Quel âge avais-tu quand tu es parti ? »
Ah, Seongha vient de comprendre ce que l'autre avait en tête.
« Cela remonte à sept ans, si je compte sur la base de mon horloge biologique.
– Sept ans de la Terre jusqu'ici ? »
Les yeux de Philémon ne sont plus que deux fentes étroites.
« Comment est-ce possible ?
– La vitesse maximale de mon vaisseau est d'environ $0,5 \times 10^{-18}$ % inférieure à la vitesse de la lumière. Le taux de compression temporelle est en moyenne d'un milliardième.

C'est à peu près le temps nécessaire au voyage, en ajoutant le temps de l'accélération. »

Philémon semble perdu par les explications de Seongha. Qui ajoute alors :

« C'est que, pour vous, je viens du futur. »

Seongha passe volontairement sur les détails trop complexes. De même qu'un cheval qui a commencé à courir tôt va courir mieux que les autres, de même la vitesse d'un Échions qui a voyagé longtemps augmente progressivement. Certes, il ne s'agit que d'1 cm de plus par an, mais cette seule différence réduit le taux de compression du temps de façon exponentielle dans un environnement où il se déplace à 99 % de la vitesse de la lumière. Quel que soit le nombre de parsecs parcourus par les Échions de Philémon et Nyx, ils n'auront pas voyagé plus longtemps que ceux de Seongha. Même en ayant parcouru cinq milliards d'années, ces Échions n'ont accéléré qu'une seule fois. À quelques petits ajustements près de trajectoire, il n'y a pas une grande différence d'intensité entre leur route et un aller-retour jusqu'à l'amas des Pléiades.

« Il n'y avait plus d'humains sur Terre lorsque nous sommes repartis.

– Vous n'avez pas vraiment cherché. Vous en auriez trouvé. L'humanité a connu plusieurs épisodes glaciaires, sans disparaître. Même si parfois ils ont perdu la mémoire des civilisations passées. Par ailleurs, si vous aviez attendu dix mille ans de plus, vous auriez pu voir l'espèce humaine prospérer à nouveau. »

Philémon, manifestement troublé par les réponses de Seongha, essaye de retrouver un souffle normal, puis marmonne, d'un air perdu :

« En effet, ça se pourrait. »

Il réfléchit encore et pose une nouvelle question :

« Quel type de carburant utilises-tu ?

– Rien de particulier, les fruits des fleurs d'Échions. »

Et Seongha déroule la formule chimique. Philémon dodeline de la tête.

« Ça ressemble à la formule classique, pourtant je ne la reconnais pas.

– Disons que mes Échions sont plus performants.

– Faudra qu'on aille les chercher. »

Le visage de Philémon s'est éclairé, le voici tout heureux. Seongha le regarde en silence tandis qu'il range son arme.

« Vous avez d'autres questions ?

– Non, c'est parfait. Pouvons-nous transporter tes Échions jusqu'ici ? De toute façon, tu comptais embarquer avec nous, n'est-ce pas ?

– Avez-vous abandonné vos soupçons envers moi ? Je ne suis pas un extraterrestre menaçant. »

Philémon a un rictus, puis met un terme à leur discussion.

« Je n'en sais rien. Mais extraterrestre ou Terrien, tu me plais ! »

La lumière émise pas d'innombrables Échions éclaire violemment la salle. Une énorme sphère transparente est fixée au mur et des Échions, semblables à des lucioles, y volettent librement. Ils nagent dans le vaisseau et reviennent à leur point de départ. En somme, cet endroit est le cœur du vaisseau de Seongha, dont les couloirs sont les vaisseaux sanguins. Si le sang fournit le corps en oxygène, eux fournissent la vitesse. Afin de recevoir les nutriments organiques qu'ils ne trouveraient pas dans l'Espace, les Échions ont noué avec les vaisseaux spatiaux ce pacte symbiotique. Pour eux, le vaisseau est l'hôte et les humains sont à la fois les fournisseurs de nutriments et des sortes de cellules.

Seongha a entrepris de rassembler les Échions dans le compresseur. Une fois collectés dans l'appareil, leur volume n'excède pas un baril et l'ensemble se transporte à la main. Seongha a coupé ses moteurs depuis peu mais déjà près de la moitié de ses Échions sont entrés en hibernation, faute de nutriments. Ceux qui sont encore actifs sont surpris quand ils sont aspirés dans le compresseur, ils s'agitent en tous sens dans la sphère transparente.

Philémon, qui l'a suivi dans le poste de commandement, colle son visage à la sphère et suit les mouvements des Échions avec un sourire ravi, comme s'il regardait jouer des enfants.

« Selon mon instructeur de navigation, ce n'est pas nous qui leur avons mis le grappin dessus, mais eux qui nous ont trouvés, dit Philémon en faisant pivoter son corps entre ses bras, un mouvement impossible pour un humain doté de deux jambes et soumis à la gravité. Qu'est-ce que tu en penses, toi ?

– Je pense que c'est possible. Les nutriments dont ont besoin les Échions sont des composés carbones qui peuvent être facilement produits sur Terre moyennant un peu de recherche et d'optimisation génétique. En revanche, ces mêmes corps sont pratiquement introuvables ailleurs que sur la Terre. »

Philémon approuve de la tête et demande :

« À ton époque, comment pensiez-vous que les Échions pouvaient propulser un vaisseau spatial ?

– Diverses hypothèses ont été émises. Certains chercheurs postulaient qu'ils se déplaçaient en stimulant des molécules dispersées dans l'Espace. D'autres prétendaient que ces créatures évoluaient dans la 4e dimension et qu'ils se déplaçaient en s'appuyant sur un terrain propre à celle-ci. Mais au moment de mon départ, une autre théorie, tout à fait intéressante, commençait à circuler.

– Oui ?

– Cette théorie voulait que les Échions obéissent à une sorte d'énergie spirituelle.

– Une énergie spirituelle... »

Philémon hausse les épaules. Seongha essaye d'expliquer :

« Selon ces chercheurs, le principe s'approcherait de ce qui s'observe avec ces moines qui, à force de prière et de méditation, parviennent à léviter, contre toutes les lois de la physique terrienne. Mais je ne sais pas comment ils raccordaient leur théorie avec la 4e dimension.

– Au bout du compte, ça revient à dire qu'on ne peut pas l'expliquer ?

– Effectivement, on peut le dire comme ça.

– As-tu déjà atteint la vitesse de la lumière ? »

Seongha perçoit le tremblement dans la voix de Philémon, et lui fait face. Philémon le fixe, l'air grave. Si Seongha répond que oui, Philémon semble prêt à se jeter sur lui et à l'agonir de milliers de questions.

« Jusqu'à présent, j'ai voyagé à la vitesse de la lumière.

– Non, je ne parle pas d'une vitesse qui tangente celle de la lumière, je parle rigoureusement de la vitesse de la lumière. As-tu déjà atteint cette vitesse absolue, sans la moindre décimale manquante, mais exactement, précisément, absolument la vitesse de la lumière elle-même ? »

Seongha ne comprend pas pourquoi Philémon lui pose ces questions. Lui-même voyage à la vitesse de la lumière avec ses Échions. Philémon a-t-il perdu tout bon sens ?

« Non.

– Je m'en doutais. »

Philémon semble déçu. Seongha enfonce le clou :

« C'est juste impossible.

– Atteindre la vitesse de la lumière ? »

Seongha entend presque *je n'en suis pas sûr* derrière ses mots. Il continue :

« C'est impossible, mais surtout, si j'avais atteint cette vitesse, il n'y aurait aucune chance que je me tienne devant vous et que nous soyons en train de parler. »

Philémon se redresse légèrement. À en juger par son air perplexe, il est probable qu'il n'existe, à son époque, aucune théorie allant dans ce sens. Ce qui n'est guère surprenant. Selon son expérience, de nombreuses civilisations hautement développées avaient ainsi des lacunes importantes sur des théories en apparence basiques. Philémon ne le lâche pas du regard. Il semble perdu. Puis laisse échapper un petit rire.

« Comment peux-tu en être aussi sûr ? Alors que selon tes dires, tu n'as jamais volé à cette vitesse.

– La réponse est très claire, c'est parce qu'à cette vitesse le temps s'arrête. »

Le visage de Philémon exige davantage d'explications, alors Seongha précise :

« Puisque le temps s'arrête complètement, vous ne pouvez plus ralentir. Même si vous vouliez le faire juste un millionième de seconde après avoir atteint la vitesse de la lumière, l'éternité se serait déjà écoulée. Une fois l'éternité passée, le temps ne reviendrait jamais. N'imaginez même pas je ne sais quel programme automatique, car le temps numérique se serait tout autant arrêté. Vous voyageriez pour toujours et à jamais, jusqu'à la fin de l'univers, et vous disparaîtriez avec lui, avec la dernière goutte de lumière. Même si pour vous, aucun temps ne se serait écoulé, de sorte que votre mort surviendrait, subjectivement, à l'instant du passage à la vitesse de la lumière. Encore que, probablement ne sentiriez-vous même pas la mort venir. »

Philémon se gratte la joue et lâche :

« Je vois. »

Dès lors, Philémon se plonge dans ses pensées et reste mutique jusqu'à leur retour au vaisseau-mère.

Tandis que Seongha est en sortie extravéhiculaire, affairé à l'entretien du vaisseau, Nyx vient lui coller son pistolet sur le front en lui hurlant de se détacher sur-le-champ. Seongha demeure stoïque. Qu'il se détache ou que l'autre lui loge une balle dans le crâne reviendrait exactement au même, donc inutile de s'énerver. Alors qu'ils en sont là, Philémon surgit, attrape Nyx par la nuque et roule avec lui dans l'espace.

« Ne t'en prends plus jamais à personne, espèce de dingue ! » hurle Philémon, une lame menaçant l'arrivée d'air de la combinaison spatiale de Nyx.

Plus jamais à personne…

Ces mots résonnent étrangement à l'oreille de Seongha.

« Cinglé ! » vocifère Nyx en retour.

Il se débarrasse de l'emprise de Philémon et regagne l'intérieur du vaisseau comme s'il ne s'était rien passé.

Sous l'effet de la parallaxe de la lumière, les étoiles semblent se masser à l'avant du vaisseau. Quand le vaisseau tangente la vitesse de la lumière, celles-ci deviennent un énorme soleil. Depuis un moment, Seongha s'étonne d'un surcroît anormal de la gravité.

« On dit que les gens voient ce genre de choses au moment de leur mort, pas vrai ? »

C'est Philémon, juché sur la passerelle d'observation, qui parle ainsi dans le dos de Seongha. Depuis qu'ils ont enclenché l'accélération, les trois voyageurs se tiennent sur le pont dit d'accélération. La partie supérieure du vaisseau spatial est composée de deux parties : le pont extérieur, conçu pour générer de la gravité par rotation, et le pont inférieur, pour suivre la direction de la gravité générée par l'accélération. La passerelle d'observation, qui est comme une sorte de balcon attaché au pivot de la toupie, est de forme semi-circulaire afin de suivre la gravité quelle que soit la direction dans laquelle elle s'exerce.

Seongha doit baisser les yeux pour voir Philémon. Dans un espace gravitationnel, Philémon ne mesurerait pas plus d'un mètre. Il semble subir la gravité autant que Seongha. Philémon l'a rejoint dans une petite voiture aux allures de poussette.

À cet instant, quelques éclats de lumière intenses frappent leurs yeux. Seongha ferme ses paupières mais l'espèce de flash traverse l'obstacle et continue son chemin derrière lui. Philémon aussi fronce les sourcils.

« Tu as vu ? Tu as vu ? »

Philémon rugit d'excitation. Seongha ne saisit pas les raisons de son bouillonnement.

« Vous voulez parler des rayons cosmiques ?

– Ouais, ouais. »

Il dit cela, mais ne semble pas trop savoir de quoi il s'agit. Il interroge Seongha :

« C'est quoi, au juste ? Apparemment, c'est quelque chose que tu connaissais, à ton époque, pas vrai ? »

Encore l'un de ces étranges trous dans les connaissances basiques des civilisations hautement développées.

« Des particules qui se déplacent dans l'Espace, grosso modo. »

L'explication laisse Philémon perplexe. Il se gratte le crâne et demande encore :

« Alors, c'est quoi ce phénomène qu'on voit quand on approche de la vitesse de la lumière ? C'est aussi des rayons cosmiques ? »

En approchant de la vitesse de la lumière, le vaisseau spatial est entouré de grains de lumière. Enveloppé dans ces choses qui forment un brouillard laiteux, le voyageur a l'impression de flotter sur des nuages. Il peut aussi arriver que des particules tombées d'un vaisseau spatial réfléchissent la lumière du soleil, produisant un phénomène très semblable. Mais, évidemment, un vaisseau qui se déplace à la vitesse de la lumière ne reste pas immobile à côté du soleil.

« D'après ce que je sais, ce sont des particules qui se déplacent à la vitesse de la lumière que nous pouvons voir à l'œil nu, puisque nous nous déplaçons à cette même vitesse. Enfin, c'est la théorie classique, disons. »

Philémon sourit, intrigué.

« Et la théorie moins classique ?

– Les particules qui voyagent à la vitesse de la lumière ne sont pas assez grosses pour être vues par des yeux humains. Une explication serait que la taille des particules est déformée par la distorsion de l'espace. Mais en ce cas notre propre image devrait être déformée. D'aucuns ont donc dit qu'il y aurait une distorsion non du phénomène mais de la perception. Enfin d'autres soutiennent que ces images proviennent de la 4e dimension. »

À l'évocation de la 4e dimension, Philémon semble étonné. Sans doute un autre concept manquant. Seongha n'en continue pas moins :

« Comme nul ne l'ignore, les Échions déplacent les vaisseaux en les menant de la 3e à la 4e dimension, où ils les laissent flotter. De sorte que lorsqu'ils atteignent la vitesse de la lumière ils ne se fracasseront pas sur des particules. Ces autres-là, ils postulent que ce phénomène se produit parce que la 4e dimension se réfléchit dans l'œil humain, qui autrement ne sait percevoir que la 3e dimension.

– Donc, plus je voyagerais à grande vitesse, plus cela brillerait, c'est ça ?

– Exactement », répond Seongha tout en se faisant à nouveau la remarque que la gravité s'est accrue.

Quand il l'a mesurée tout à l'heure, il n'y avait pas de lien avec la vitesse. Mais, après tout, la balance ne peut mesurer que des nanogrammes. Un homme normal serait sans doute plus sensible aux variations de kilos, mais avec le temps et l'expérience, le sens humain peut se révéler plus précis qu'un appareil ; au nanogramme près.

« C'est beau, dit Philémon. Je pense que c'est ce genre de paysages qui m'ont fait m'embarquer dans cette nef des fous.

– Que comptez-vous faire, le jour de votre retour sur Terre ? »

En fait, Seongha est inquiet. Son concept de l'univers diffère de celui dans lequel les deux autres se repèrent. Si l'univers est plus vaste que cinq milliards d'années-lumière, en poursuivant dans la direction actuelle, loin de revenir vers la Terre, ils s'en éloigneront encore plus. Bien sûr, c'était son projet de départ, mais pour ses deux compagnons de voyage, ça pourrait poser un problème.

« Eh bien... répond Philémon en se grattant le sommet du crâne, je serai trop vieux quand ça arrivera, mais si je suis encore en vie... alors, je pourrai bien y retourner encore, non ? »

Seongha n'est pas sûr de saisir.

« Encore... ?

– C'est que Nyx est réellement déterminé à passer le reste de sa vie à améliorer la vitesse du vaisseau et, pour ça, eh bien, il faudra que nous trouvions un endroit où aller. Or parmi les itinéraires que nous avions à l'époque, hein, c'est un peu le seul qu'il nous reste. »

Seongha ressent comme un signal d'alerte. Il a déjà rencontré des gens de cette sorte, des gens plus obsédés par la vitesse que par le voyage lui-même. Il repense soudain à la gravité. Philémon sourit, comme s'il avait lu dans ses pensées.

« Je sais ce que tu te dis, que Nyx est un dingue de vitesse. Carrément plus dingue que le plus dingue des coureurs automobiles. C'est un drogué de vitesse, ouais.

– Pourtant, dans l'espace, la sensation de vitesse n'existe pas.

– C'est ce que je me disais, en effet. »

Seongha ne relance pas, perdu dans ses pensées.

Nyx se précipite dans le poste de commande à la recherche d'un Seongha qui semble avoir disparu. Il compte sur les caméras de surveillance pour le retrouver. Quand il entre dans la pièce en grommelant qu'il va devoir gaspiller son énergie à… la stupéfaction l'arrête net. Devant lui, des équations mathématiques, écrites serrées, partent du moniteur fixé sur le plafond, à gauche, continuent tout le long de la pièce pour arriver en bas du mur, à droite. Et ce n'est pas fini, Seongha poursuit ses calculs en se déplaçant au fur et à mesure vers la gauche. Puis il s'arrête devant les écrans. Il aurait sans doute besoin de quelques mètres de papier en plus.

« Bon sang, tu fais quoi, là ?

– J'ai essayé de substituer la formule chimique que vous avez établie dans l'équation de conversion de masse », répond Seongha, sans se retourner.

Puis il recommence à marmonner, comme s'il revérifiait ses calculs :

« Je pensais être le seul capable de résoudre l'équation.

– Oui ? Elle n'est pas évidente. »

La réponse de Seongha peut passer pour un compliment, à sa manière. La nuance fait ricaner Nyx. Seongha reste focalisé sur son équation.

« Il y avait une infime erreur ici. Presque rien, mais ce n'est pas sans conséquence.

– Qu'est-ce que tu veux dire ?

– Il faut réduire le temps d'accélération. »

Seongha se retourne vers Nyx. Un sourire se forme sur les lèvres de celui-ci, tandis que l'expression de Seongha reflète son inquiétude. Nyx s'avance rapidement vers Seongha et le scrute. Seongha en fait de même et, cette fois, il comprend d'où vient le problème.

« Pourquoi tu me racontes ça, Seongha ?

– Si nous continuons d'accélérer de la sorte encore deux mois, ce vaisseau…

– … atteindra la vitesse de la lumière. »

Les yeux de Seongha brillent d'un nouvel éclat. Nyx lâche le morceau :

« Pour la première fois dans l'histoire de l'humanité… bon, en fait, l'humanité a déjà disparu de l'autre côté du temps, c'est un peu tard, allez, peu importe, je reprends : pour la première fois nous allons atteindre la vitesse de la lumière. Celle exacte, pas celle à un iota près, non, la vraie. Ce sera le dernier exploit de l'humanité. Et toi, tu auras l'honneur d'assister à ce jour historique ! »

Nyx sourit, comme un missionnaire éclairé par sa foi. Seongha a la bouche sèche. Cet homme est à moitié fou… et à moitié sain d'esprit. Maintenant plus que jamais.

« Nous allons tous mourir. Tous, Nyx. »

L'autre triture sa barbe avant de répondre.

« Des centaines de milliards d'âmes de Terriens morts s'accrochent à ce vaisseau, ils demandent pourquoi nous ne les avons pas encore rejoints. Depuis cinq milliards d'années. J'en ai vraiment marre.

– …

– Tu veux vivre, jeune ami ? Pour faire quoi de ta vie ? »

La dernière phrase de Nyx a beau être une question, Seongha ne répond pas. Il écarte Nyx pour sortir de la pièce, mais l'autre le ceinture de ses énormes bras. Dans cet espace soumis à la gravité, ça n'aurait aucun sens pour Seongha de vouloir s'opposer à lui par la force.

« Où comptes-tu aller ?

– Il faut arrêter l'accélération.

– Ça ne va pas être possible, je crois. »

Nyx fait claquer sa langue. Seongha se tortille, Nyx resserre encore sa prise.

« Tu es un gars intelligent. Si je te laisse galoper en liberté, tu ne vas pas pouvoir t'empêcher de retoucher le programme. Ce qui serait vraiment nul. Vraiment. Hors de question de gâcher cette ultime conquête de l'humanité. »

« Donc tu n'as pas menti en disant que tu n'avais pas besoin de manger. »

Seongha gît sur le lit, auquel il est retenu par des menottes. En entendant la voix qui résonne dans son oreille, il lève la tête. Et aperçoit Philémon.

« J'ai besoin d'eau. »

Philémon éclate de rire.

« Ah ah, tu me plais toujours autant ! »

Philémon pose à son chevet une bouteille d'eau en plastique avec une paille.

Seongha essaye d'avaler sa salive, en vain. L'eau déserte son cerveau. Il ne parvient pas à penser correctement.

« Vous devez cesser l'accélération.
– Ça, c'est à nous de décider.
– Nous allons tous mourir.
– C'est sans importance. Nyx et moi n'avons pas grand-chose en commun, sauf un point : nous atteindrons la vitesse de la lumière. Pour la première fois dans l'histoire de l'humanité, nous atteindrons cette vitesse absolue.
– Vous ne pourrez pas le sentir.
– On s'en fout. Tu sais quoi, ce vaisseau est trop lent, pouah, une vraie limace. C'est insupportable, non ? »

La voix aiguë de Philémon transperce ses oreilles, lui donne le vertige. Seongha prend une profonde inspiration avant de déclarer :

« Maladie d'Échions.
– Quoi ?
– La maladie qui touche les gens qui ont voyagé trop longtemps à la vitesse de la lumière. Les Échions envahissent le cerveau de ces personnes et les rendent fou de vitesse. Ce n'est pas vous qui cherchez à atteindre cette vitesse, c'est le vaisseau, pour obéir aux Échions. »

Philémon regarde attentivement Seongha, hésite, puis admet :

« Bon, peut-être. »

Philémon place la bouteille hors de portée de Seongha et quitte la pièce.

La gravité diminue lentement. Les objets sur le sol se mettent à flotter les uns après les autres comme sous l'effet d'un enchantement. C'est le signe que le vaisseau approche de l'accélération maximale. Les Échions exercent la même force sur le vaisseau, mais à mesure que celui-ci approche de la vitesse de la lumière, la vitesse de réduction de masse des Échions ralentissant, l'accélération diminue progressivement.

Dans le même temps, la gravité approche de zéro. Une brume de lumière ondoie lentement. Seongha aussi se met à flotter, comme s'il faisait partie de cette brume.

La porte s'ouvre et Philémon, ondoyant dans les airs, entre avec une bouteille d'eau.

« Ça faisait un moment », dit-il.

Seongha ne réagit pas.

« Je suis porteur d'une bonne nouvelle. Nous atteindrons bientôt la vitesse de la lumière. Ce n'est pas encore sûr, ça peut être aujourd'hui comme demain. Ou dans une poignée d'heures. Quoi qu'il en soit, ça ne devrait plus tarder. Brrr, j'ai l'impression que je peux même sentir la vitesse sur ma peau, regarde, dingue, non ? »

Toujours aucune réaction de Seongha.

Philémon fredonne un air dont il a changé les paroles en « Un petit pas pour l'homme, un grand pas pour l'humanité » et il laisse filer la bouteille en direction de Seongha. Alors que ce dernier pourrait s'en emparer aisément, il ne bouge pas. Philémon réalise que quelque chose ne va pas. Il se dirige vers lui.

« Eh, qu'est-ce que tu as ? »

Les yeux de Philémon se posent sur la bouteille d'eau dans la main de Seongha. Cette bouteille qu'il avait laissée à son chevet il y a deux semaines est encore à demi remplie. Philémon se penche pour l'examiner, quand des gouttelettes d'eau, comme de minuscules grains, viennent frapper son visage. Des molécules d'eau qui envahissent le nez de Philémon. Incapable de respirer, ce dernier panique. Oubliant que Seongha est attaché au lit, il tâte sa taille à la recherche de son pistolet. Mais avant qu'il n'y parvienne, la main de Seongha se pose sur la main qui tient l'arme et tire. La balle frappe le sol mais Philémon, déséquilibré par le recul, pirouette. Sa tête vient heurter violemment un mur et il perd connaissance.

La pièce est minuscule, Philémon dérive à portée de Seongha. Seongha saisit le corps, pousse un profond soupir et récupère la clef des menottes.

Dès qu'il franchit la porte, il est bombardé de flashs intenses. C'est une image chaotique, comme si des centaines de millions d'écrans lumineux se chevauchaient et se précipitaient les uns sur les autres. Il reste un moment figé sur place, les yeux fermés, sans comprendre ce qui arrive. Enfin il réalise que ce sont les rayons cosmiques qui traversent l'Espace avec plus de virulence que jamais. Que le vaisseau a atteint une vitesse comme il n'en avait jamais connue. Il semble que des millions d'années disparaissent en une seconde. À cette vitesse, même sans rejoindre celle de la lumière, l'univers sera mort de vieillesse en un jour. Seongha regarde autour de lui. Le couloir est inondé de lumière. Un trait doré transperce le vaisseau et une brume aux couleurs de l'arc-en-ciel scintille de mille feux. Il ne sait pas ce qui se passe, mais il n'y a plus lieu de réfléchir.

Seongha s'engouffre dans le couloir où flottent toutes sortes d'objets et d'ordures, et pique vers le poste de commandement. Les Échions sont ravis. Leur joie et leur excitation emplissent la pièce. À cet instant de plaisir intense, ils résistent farouchement pour ne pas entrer dans l'obscurité du compresseur. Mais après avoir lutté une dizaine de minutes, ils se laissent aspirer. La puissance du compresseur n'explique pas tout. Seongha se dit que les Échions, qui d'une certaine façon appartenaient à son ancien vaisseau, reviennent finalement à lui, fut-ce avec une trace de regret.

La porte donnant sur la zone de déchargement ne s'ouvre plus. Seongha reste interdit, puis renonce à sortir et reprend le couloir.

Sa fatigue lui donne l'impression d'avoir des hallucinations. Les flashs continuent de marteler ses yeux et son cerveau. Tout l'univers semble baigner dans la lumière. Une image flottante vole soudain vers son visage, le traverse et poursuit sa course derrière lui. Seongha a un moment de surprise puis, secouant sa tête, il reprend sa progression.

Nyx se balance mollement sur la passerelle d'observation. Bras croisés. Il semble être là depuis plusieurs heures. Il doit avoir entendu Seongha ouvrir la porte et entrer, mais il ne se retourne pas. Seongha ne poursuit pas vers l'autre porte, il s'arrête et regarde Nyx.

Sous l'effet de la parallaxe de la lumière, un immense soleil brille à travers la vitre. Les rayons sont inclinés selon un angle maximal, de sorte que toute la lumière de toutes les étoiles de l'univers, y compris les étoiles qui se trouvent derrière le vaisseau, sont concentrées en un seul point, dans le sens de l'avancée du vaisseau. C'est comme un fabuleux tunnel de feu.

« On dit que les gens voient ce genre de chose au moment de leur mort », murmure Nyx.

Seongha ne répond pas. Nyx reprend :

« Tu aurais dû quitter ce vaisseau quand je t'ai dit de partir. Des milliards d'années ont dû s'écouler depuis lors. Dépêche-toi de sortir avant que l'univers disparaisse. »

Comme Seongha ne réagit toujours pas, Nyx fait lentement demi-tour. Sur le visage de Seongha surgissent, se succèdent et se mêlent la colère, l'empathie, la réprimande, la dissuasion, la compassion et l'abandon.

« Le chaos. La destruction des systèmes, les fous qui n'ont jamais cessé d'accélérer… murmure Seongha, c'était vous. »

Nyx plante son regard dans celui de Seongha.

« Je ne m'en souviens pas. Parce que j'étais déjà fou. C'est peut-être cette maladie. J'étais accro à cette drogue, à la vitesse de la lumière.

– …

– Pourtant, vingt ans ont passé.

– Non, vous avez fui pendant cinq milliards d'années. Jusqu'au bout de l'univers. »

Nyx se retourne vers la vitre.

Seongha sait qu'il est resté trop de temps à bord. Philémon l'attend devant son ancien vaisseau. Seongha s'avance jusqu'à lui, en silence. Philémon ne braque aucune arme, il doit savoir que cela n'a plus aucun sens désormais.

« Où comptes-tu aller ?

– N'importe où.

– Toi aussi tu es malade.

– Oui. »

Philémon rejette sa tête en arrière et rit joyeusement. Un halo de lumière l'entoure. Comme si elle était vivante, la lumière ne cesse de sauter et de danser autour d'eux. Les flashs qui jaillissaient de toutes parts semblent ralentir. Cela signifie que ce n'est plus la lumière qui les entoure, mais *quelque chose* qui se déplace à la vitesse de la lumière. S'ils n'ont pas pu le voir jusqu'à présent, c'est justement en raison de cette vitesse qu'ils approchent désormais. Impossible de dire ce que c'est, mais ce *quelque chose* vole avec eux depuis longtemps, sur la même trajectoire.

« Vite, dépêche-toi.

– Vous allez mourir. »

Philémon, qui tapotait le réacteur, cesse son jeu et regarde à nouveau Seongha. Les yeux comme vides. Puis il s'esclaffe à nouveau. Une lumière bleue passe, suivie d'une rouge, d'une jaune. La vitesse des flashs continue de décroître. Il sera bientôt possible de reconnaître la forme. Bientôt... c'est-à-dire à l'instant où ils atteindront la vitesse de la lumière.

« Il y avait une femme, dit Philémon en souriant. Je l'ai aimée. Tellement. Oui, avec ce corps-là. Cela dit, elle était comme moi. Elle aussi. Elle est morte. »

Le récit de Philémon est haché. Il comprime son cœur chaque fois qu'il dit un mot, pour tenter de maîtriser son trop-plein d'émotions. Seongha entend la douleur terrifiante de ces phrases.

« C'est arrivé pendant que ce type piquait une crise de folie, ce dingue de Nyx, et qu'il massacrait tout le monde dans tous les sens. C'était un accident. Mais, bref, elle est morte. Accident ou non, bouffée délirante ou pas, c'est arrivé par sa faute à lui. Il le sait. Il n'a plus osé s'opposer à moi.

– C'est pour ça que vous avez cherché à mourir ? »

Philémon secoue la tête. Son visage s'illumine.

« Non. Au contraire. J'ai pensé à la retrouver. »

À ce moment précis, Seongha comprend. Ce *quelque chose.*

« Tu as l'air intelligent, mais tu te trompes sur cette lumière. Moi, je sais ce que c'est. »

☯

Les flashs sont de plus en plus espacés. Les rayons cosmiques, qui traversaient à une vitesse vertigineuse l'océan de l'univers, commencent à se stabiliser. Leur intensité lumineuse se densifie. À mesure que la vitesse du vaisseau s'approche de la leur, ces formes apparaissent de plus en plus nettement.

Les yeux de Philémon s'agrandissent. D'un blanc pur, éblouissant, d'innombrables flamboiements les entourent. Des sphères de clarté, un bras blanc qui apparaît fugitivement, un visage. Des rires allègres, des voix qui bavardent joyeusement surgissent et s'en vont.

Comme un banc de poissons blancs qui suivent les courants océaniques, un essaim d'esprits miroitants les entoure. Ceux des humains, ceux des plantes, ceux des êtres inanimés. Des insectes, des vers, des choses que nul n'a jamais connues, ces foules qui vivent dans un monde éternel où le temps s'est arrêté. La bouche de Philémon est un sourire immense.

Heureux, il agite les bras, crie le nom de sa femme. Un composé de lumière ressemblant au corps d'une femme se jette dans les bras de Philémon. Qui quitte son corps. Et les deux êtres de lumière s'enchevêtrent pour n'en faire plus qu'un.

Comme perdu, Nyx observe ce qui l'entoure. Un nuage de lumière, à moitié humain, fusionné avec une autre créature, volette devant lui. Sans aucune trace de ressentiment sur leurs visages, ils regardent d'un air amusé la mine effarée de Nyx. Des souvenirs plus longs et plus anciens semblent les réunir, transformant leurs âmes en quelque chose de différent. Toutes les personnes que Nyx a connu tout au long de sa vie tournent joyeusement autour de lui. Pendant le court laps de temps où il les observe, une éternité s'écoule durant laquelle l'univers pourrait naître et mourir des dizaines de milliers de fois. Au moment de la mort de l'univers, Nyx quitte à son tour son corps et rejoint ces foules scintillantes.

Un profond tunnel blanc, d'une chaleur infinie, d'un éclat éblouissant, s'offre au vaisseau. Comme ce que certains disent avoir aperçu aux limites de la vie et de la mort. Ils flottent vers ce tunnel qui ne s'ouvre qu'à ceux dont la vitesse est celle de la lumière, vers ce monde où le temps n'existe pas.

☯

Seongha ouvre les yeux et regarde autour de lui. Il ne voit plus le vaisseau. Comme ils sont entrés dans la vitesse de la lumière, plus rien n'est visible pour les créatures qui perçoivent les objets grâce à la clarté qu'ils émettent. Le vaisseau a sombré dans l'infini du temps, condamné à errer dans un voyage éternel jusqu'à la mort de l'univers.

Seongha s'assoit et lève les yeux sur l'univers. Un univers sombre et silencieux se déroule devant lui, mais il lui semble que celui-ci est peuplé d'esprits qui se meuvent, invisibles. Il a le sentiment qu'un jour, à la fin de sa vie, après une période pendant laquelle il ne sentira rien de l'écoulement du temps, il les retrouvera, Nyx et Philémon, ainsi que toutes les personnes qu'il a croisées au cours de son existence.

Quatrième histoire

Ou comment se rendre dans la 4e dimension

La conscience erre dans l'espace depuis si longtemps – même s'il est difficile de mesurer ce que recouvre le concept de *longtemps*. Si le mot *espace* est synonyme de vide, aucun autre mot n'est plus approprié pour décrire ce monde.

Quand cet être vivant doté d'un système nerveux ouvre les yeux, il peut voir au loin des petits points scintillants. Ce sont les corps lumineux que l'on appelait il y a longtemps – même s'il est difficile de mesurer ce que recouvre le concept de *longtemps* – des amas stellaires, ou des galaxies, de la matière qui se déplace, qui interagit, selon des orbites complexes obéissant aux mystérieuses lois de la gravitation universelle. Cependant, l'être vivant sait que ces lumières sont aussi des illusions. Que les lumières qui activent son système nerveux par le truchement de ses cellules optiques ont parcouru des millions d'années-lumière et que les systèmes stellaires qui les émettent ont cessé d'exister.

Tout, dans cet univers, est mort. Le temps qui a trop duré a entraîné tous les êtres vivants dans l'abîme. Le cercle des morts et des renaissances a été brisé. La roue de la réincarnation s'est rompue car il n'existe plus dans l'univers aucune créature pour accueillir les âmes réincarnées. Même le paradis et l'enfer sont retournés en poussière. Même le brasier de soufre dans les profondeurs de l'abîme n'aura pas résisté, aura été désintégré en atomes. Seule la lumière qui vit infiniment existe encore, qui transporte d'un côté à l'autre les images du temps où l'univers était vivant. Tant que la lumière continuera son voyage, les images de chaque instant courront à jamais dans l'univers. Toutes les étoiles mortes brillent encore quelque part dans l'Espace. Des milliards d'années se sont écoulées depuis la naissance de ce monde, mais la première lumière née en même temps que l'univers vole toujours dans l'infini. Puisque le temps ne s'écoule pas dans la lumière, elle-même ne ressent pas le temps. La naissance et la fin de l'univers sont un seul et unique moment. La lumière vit dans l'éternité, mais elle meurt au moment de sa naissance. Elle ignore même avoir existé.

L'*être vivant* referme ses yeux. À travers cette lumière, semblable au chas d'une aiguille, venue d'une galaxie morte, il ne peut même pas apercevoir ses paumes. En tâtonnant, il peut à peine sentir qu'il est assis à l'intérieur d'un engin dont la coque est en titane. Il ne sait s'il dort ou s'il est éveillé. Avant, il lui arrivait de rêver du temps où la lumière illuminait le monde ; à présent, même dans ses rêves, il erre dans le vide obscur. Il ne sait plus si ses yeux sont ouverts ou fermés, s'il est conscient ou s'il vient juste de reprendre conscience. Il n'est pas certain de savoir s'il est vivant ou mort.

Ainsi, lorsqu'une *onde* s'est infiltrée en lui, il a cru être dans un rêve. Parce que cette onde, bien qu'improbable, semblait presque *vivante*.

« Qui êtes-vous ? »

L'onde s'adresse à lui. Sa voix stimule directement son cortex, sans passer par les oreilles, le tympan. Comme il n'a pas eu à réagir au moindre stimulus depuis longtemps, son cerveau peine à se réveiller et à agir. Ou plutôt, c'est comme s'il prenait seulement conscience d'avoir un cerveau.

« Qu'entendez-vous au juste par-là ? »

Il s'enquiert avec prudence. Si cet endroit est la planète où il a vécu dans un passé lointain, il serait plus convenable de répondre en déclinant son identité. Mais il n'est pas sur sa planète, ni dans sa galaxie. Si celui qui s'est adressé à lui est une créature issue d'une autre planète, son nom ne serait guère utile, il vaudrait mieux répondre qu'il vient de la Terre. Et si son interlocuteur vient d'une autre galaxie, il faudrait qu'il parle du système solaire et ce genre de choses. Enfin, si l'inconnu n'est pas un être vivant… Il se souvient alors que la combinaison de signes qu'il vient d'utiliser – *Qu'entendez-vous au juste par-là ?* – ne fonctionne que pour son ancien monde. Il se souvient aussi que la méthode de communication qu'il emploie, celle qui consiste à émettre des ondes dans l'air, la parole, ne fonctionne pas dans le vide. L'onde n'utilise pas de mots, mais la pensée. Elle sonde et parcourt son cerveau comme une petite fée. Il laisse donc l'onde inconnue trouver elle-même la réponse à sa question.

« Vous êtes enfermé dans un système nerveux à base de composés carbone. »

L'onde manifeste son étonnement. Puis l'interroge à nouveau :

« Comment dois-je m'adresser à vous ?

– Appelez-moi Seongha. »

L'inconnu ne semble pas comprendre.

« Que signifie "Seongha" ?

– C'est le nom qui identifie l'ensemble de composés carbone dans lequel je suis enfermé. »

Seongha a hésité avant de trouver cette formulation. Son interlocuteur met à son tour un certain temps avant de comprendre.

« Oui, c'est ainsi. Votre conscience est si étroitement liée à votre système nerveux que je ne peux tout simplement pas y pénétrer. Nous sommes distincts l'un de l'autre. Vous aurez donc besoin d'un nom pour me désigner, vous aussi ? Vous pourrez m'appeler *Cluster*, c'est un signe que j'ai vu dans votre conscience. Cela désigne mon état, et ce nom a la même signification que le vôtre, n'est-ce pas ? Bien que les êtres qui portent votre nom, les *étoiles*, n'existent pas dans cet univers. »

Seongha ressent que Cluster est un être féminin. En y réfléchissant, même le concept de « neutre » a quelque chose de féminin. S'il faut rattacher un genre à la *conscience collective*, le féminin convient sans doute mieux. Ou alors c'est une caractéristique propre à cette catégorie d'êtres.

« Pourquoi vous être enfermé là-dedans ? »

Seongha ne sait quoi répondre. Cluster visite chaque cellule nerveuse de Seongha, explore chaque recoin de son corps. Impossible pour Seongha d'estimer la taille de Cluster. Elle est plus petite qu'une molécule et aussi vaste qu'une galaxie. Elle enveloppe intégralement le vaisseau spatial puis l'instant d'après elle se rétrécit pour couler dans ses veines. De même, Cluster semble perplexe devant la taille fixe de Seongha.

« Vous ne pouvez pas survivre sous cette forme. Si le gaz que contient la structure qui vous entoure se dissipe, vous mourrez en quelques secondes. Et pour maintenir votre formule chimique, vous avez besoin d'un processus énergétique. Vous devez constamment vous réalimenter en composés d'une structure proche de la vôtre. La matière de la *coquille* dans laquelle vous êtes enfermé est extrêmement rare dans cet univers… Oh, qu'est-ce là ? »

Il n'est pas difficile de deviner ce qui surprend Cluster soudainement. C'est qu'à cet instant, Seongha a pensé à sa planète. Qu'il avait oubliée. Aux gens, aux arbres et aux plantes qui prospéraient sur Terre. Jusqu'aux paysages du temps où les dinosaures broutaient des feuilles de palmiers géants.

« À l'époque où je vivais, c'était une forme évolutive plutôt raisonnable.

– Non ! C'est absolument stupéfiant… Incroyable… Oh, ça alors… »

Sous l'effet de la surprise, la conscience de Cluster se dilue un court moment et Seongha a l'impression que de très nombreux esprits dansent autour de lui en bourdonnant, avant de se réunir en un être à nouveau.

« Vous êtes un voyageur du temps.

– Oui. »

« Cela fait si longtemps que je n'ai pas rencontré de voyageur du temps, je n'ai pas réalisé tout de suite. D'ailleurs, c'est la première fois que je vois une créature avec vos caractéristiques.

– Comment étaient celles que vous avez connues ?

– Des organismes cristallins semi-organiques. Ils sont arrivés du passé, enfermés dans un habitacle comme celui où vous vous trouvez assis. Quelques fois j'ai aussi vu une matière similaire à cette coquille qui vous contient, mais ce n'étaient pas des êtres vivants. »

Elle doit penser à des cadavres. Mais quels seraient ces organismes cristallins semi-organiques ?

« Vous êtes venu avec eux. »

Les Échions.

« Carburant ? »

Cluster lit dans les profondeurs de la conscience de Seongha.

« Oui, c'est à peu près ce concept. Pourtant le corps de ces *carburants* est plus fonctionnel que le vôtre. Ils peuvent s'endormir en plongeant dans un froid extrême. Mais cet environnement ne reviendra plus. La plupart des atomes que vous et vos amis utilisiez sont décomposés dans cet univers. Ce qui est retourné au chaos ne revient pas à l'ordre. Pour ça, il faudrait de l'énergie. Mais il reste très peu d'énergie dans l'univers. Vous… »

Cluster continue de parcourir Seongha.

« Vous vivez en symbiose avec d'autres créatures. De minuscules organismes vivent dans votre système sanguin et fixent l'azote. C'est grâce à eux que vous avez pu survivre jusqu'à maintenant. Mais ils approchent aussi de leur terme. Ces créatures qui fabriquent votre oxygène ont aussi besoin d'énergie.

– Je sais, répond Seongha par la pensée. Il ne me reste plus beaucoup de temps. »

Cluster garde le silence. Elle cesse de se disperser dans le corps de Seongha. Et elle en sort. Cela fait longtemps que l'écosystème du vaisseau spatial a disparu. Puisqu'il est impossible de fournir des composés carbone qui alimenteraient les Échions, eux-mêmes n'entraînent plus le vaisseau ni ne produisent d'énergie. Sans énergie, impossible de produire de l'eau également. Déjà ce que l'on nommait *hydrogène* a presque disparu de l'univers. Les champignons spatiaux, qui avaient été développés après un long processus de sélection et d'amélioration génétique, ont continué de décomposer le dioxyde de carbone en oxygène, même dans l'obscurité. Mais, faute d'eau, ils ont fini par sécher et mourir. L'air du vaisseau, confiné, est presque saturé de dioxyde de carbone. La limite du respirable n'est plus très loin. C'était prévisible. Il a voyagé tant et tant et vécu tant et plus. On a beau parcourir le temps, on ne peut résister à la mort de l'univers.

« Y a-t-il quelque chose que nous pouvons faire pour vous ? murmure Cluster.

– À l'époque où je vivais, on appelait cela *assister une personne dans ses derniers moments.* »

Cluster prend du temps pour saisir le sens de ces mots.

« Ça ne semble pas difficile. »

Des ondes vibrent dans la conscience de Seongha, la pénètrent comme une brise douce, y glissent comme des vagues. Seongha ressent la présence de personnes qui se rassemblent autour de lui en chuchotant. La pensée de Cluster lui parvient sans phrases. Cluster, dès sa naissance, a fait le deuil de l'être. Lorsque son intellect a tourné ses yeux vers l'intérieur, la première chose qu'elle a su fut que l'univers était en fin de vie. Bien que son espèce ait évolué en une forme de vie promise à une quasi-éternité, Cluster savait qu'elle disparaîtrait avec l'achèvement de l'univers. Et qu'il ne restait pas beaucoup de temps.

« Je n'ai jamais rencontré d'âme plus ancienne que la vôtre, murmure Cluster.

– Hormis le temps transcendé, le temps que j'ai vécu n'aura pas été si long.

– La lumière meurt sans savoir qu'elle a existé. Parce qu'elle vit dans un monde qui n'est pas sensible au temps. C'était pourtant la source d'énergie qui a fait vivre cet univers. Vous n'avez pas ressenti le temps, mais le temps infini s'est fondu en vous. Quel dommage que vous soyez enfermé dans ce système nerveux, sans quoi je vous aurais volontiers accepté en moi.

– Je serai libéré sous peu », dit Seongha en souriant.

Cluster évalue le sens du mot *libéré* puis se disperse à nouveau. Signe de confusion pour elle.

« La mort. C'est ainsi que meurt une créature comme vous. Mais tout de même. Quelle étrange forme de vie. En un certain sens. Si c'est le cas. »

Seongha, curieux, l'interroge, les interroge.

« Vous, comment accueillez-vous la mort ?

– Nous connaissons le concept de mort, mais nous ne savons pas quelle forme elle prendra pour venir à nous. Nous n'avons jamais rencontré ce phénomène, et vous êtes la première créature que nous rencontrons qui nous permette d'appréhender l'un des aspects que peut prendre la mort. Excepté les voyageurs du temps, comme vous, nous sommes les seules manifestations de la vie dans tout l'univers. Lorsque cet espace aura atteint le terme de son énergie, nous mourrons. Mais je ne saurai vous dire comment cela se manifestera. »

Seongha perçoit une sorte de regret chez Cluster. Soudain, il a l'impression d'étouffer. Il prend une profonde inspiration, mais il n'y a plus d'air frais à inhaler. Il ressent la présence dans son corps de ses poumons et de ses cellules nerveuses, qui souffrent. Il comprend que sa mort sera un chemin long et douloureux. Une terreur semblable à la lame acérée d'un couteau s'enfonce dans son âme. Il tente de se ressaisir. Toutes les vies de l'univers ont traversé cette même détresse avant que leur fin ne s'accomplisse. Ils ont disparu après avoir vécu une fraction de seconde, comparativement à Seongha. Lui-même a voyagé à rebours de l'univers. Sans rien donner en échange. Profitant goulûment du temps. Il devrait savoir accepter à présent, mais…

« Vous voudriez poursuivre votre voyage, murmure Cluster. Votre conscience fait un avec celle de vos amis. Je peux sentir ce que vous avez cherché durant toute votre vie. La vie vous a offert le voyage, et même au moment de la quitter, vous désirez partir encore. Toutes ces années ne vous ont donc pas suffi ? Vous êtes allé d'un bout à l'autre de l'univers, et à présent que vous touchez au terme de cet espace, vous êtes toujours assoiffé. »

Seongha se rappelle le désir profond des Échions qui avait pénétré sa conscience au moment où il s'évanouissait.

« J'ai volé jusqu'au bout de l'univers, mais je ne sais toujours rien de celui-ci. »

Cluster écoute, sans rien dire.

« Je voulais connaître, je voulais savoir, mais je suis trop petit et l'univers est trop vaste. À peine ai-je débuté ce voyage que déjà le cosmos s'éteint.

– Que signifie *la route de la 4e dimension* ? »

Cluster a saisi ces mots qui affleuraient à l'esprit de Seongha. C'est la route qu'il a toujours recherchée. Dans l'espace, quel que soit le chemin emprunté, vous revenez nécessairement à votre point de départ. Parce que l'univers est courbe. Mais si la dimension de l'univers n'est pas infinie, il peut y avoir d'autres mondes à l'extérieur de l'univers. Là où les humains, dont le corps vit en trois dimensions, n'ont jamais accédé.

« Une route qui mènerait vers le haut, quelque chose comme ça », pense Seongha à l'attention de Cluster.

Il se roulera bientôt au sol. Haletant, il s'arrache les cheveux dans les ténèbres. Le peu d'oxygène qui reste ne fera que prolonger sa souffrance. La raison le quittera, il pleurera pour que quelqu'un abrège cette torture, mais Cluster, dépourvue de corps, ne pourra pas l'aider. Seongha continue à penser, pour repousser la peur.

« Avec les méthodes de déplacement tridimensionnel, il n'est d'autre monde que ce monde. Et nul moyen de lui échapper. Assujetti à la courbure de l'univers, où que j'aille, je dessine une courbe. Néanmoins, à force de réflexions et de mesures, j'ai construit l'hypothèse que si je calculais la courbure inverse de l'univers et que je prenais l'angle opposé à cette courbure, je devrais pouvoir échapper à l'espace tridimensionnel, à condition de mettre en œuvre une énergie titanesque, tout comme une fusée qui échappe à la courbe de gravité de la Terre et s'élance dans l'Espace. J'ai pensé qu'il fallait donc appréhender l'univers sous un autre angle. »

Cluster s'active pour lire, analyser, comprendre et recalculer les équations complexes qui bruissent dans la tête de Seongha tandis qu'il poursuit :

« La question est celle de l'énergie nécessaire. Qui équivaudrait à celle d'un trou noir. Ce vaisseau spatial est le plus rapide qui ait jamais été construit. Mais il faut un an d'accélération pour atteindre la vitesse de la lumière. Impossible de l'atteindre en une seconde. Et si d'aventure je pouvais obtenir cette accélération, il est douteux que mon corps, tout comme ce vaisseau, résisteraient à cette force hors de toutes mesures. »

Cluster calcule frénétiquement et ses pensées volent vers Seongha. Des symboles mathématiques dont il ignorait l'existence et des centaines de pages de calculs défilent sous ses yeux, comme s'il regardait une vidéo en accéléré. Cluster, absorbée dans le brassage des chiffres et des équations, murmure, dans un état de relative dispersion :

« Vos calculs sont exacts. Mais vous ne savez pas comment se déplacent vos amis alors que vous voyagez ensemble depuis si longtemps. Comment ? Je comprends. Parce que vous êtes enfermé. Si mes calculs sont corrects… »

Les mots de Cluster se chevauchent et pendant un temps Seongha perd le fil, jusqu'à percevoir cette phrase :

« Je pense que nous pouvons vous aider. »

Bouleversé, Seongha n'a pu réagir de suite. Enfin il interroge :

« Mais… comment ? »

C'est une pure question. Sans étonnement, sans doute, sans gratitude, sans espoir. *Comment ?*

« À la manière de vos amis.

– Mais, telle que vous êtes, vous ne disposez pas d'énergie physique. »

Il perçoit des murmures. Cluster semble chercher les termes à utiliser pour se faire comprendre de Seongha.

« Il existe une énergie que nous pourrions appeler : énergie vitale. Vous connaissez je crois les différents modes de conversion d'énergie, mais vous n'avez jamais trouvé le moyen de convertir cette énergie vitale en énergie physique. L'âme possède une masse. Tout comme nous. Or qui dit masse dit énergie. »

Leurs chuchotements bruissent comme l'eau d'un ruisseau, d'une manière telle que Seongha comprend le concept d'énergie vitale. Mais des doutes surgissent.

« Que vous arrivera-t-il si vous utilisez votre énergie vitale ? »

D'autres frissonnements. Des opinions contraires se croisent. Comme si elle hésitait. La voix de Cluster se disperse à nouveau.

« Nous disparaîtrons. Donc, pour m'exprimer avec vos mots, est-ce possible ? Essayons tout de même, nous allons accueillir la mort. »

Seongha prend une profonde inspiration. La douleur remonte jusqu'à son cerveau. Et il doit lutter pour stabiliser sa conscience. Il se doit au moins d'empêcher son interlocutrice de commettre une telle folie.

« Laissez tomber.

– Pourquoi ? » demande Cluster, sur le ton d'une grande surprise.

Seongha se dit furtivement que si elle avait des yeux, à cet instant ils seraient ronds de stupéfaction.

« Vous n'êtes pas obligée.

– Je ne comprends pas. Vous désirez voyager. Nous n'avons jamais rencontré une créature qui désire plus que vous accomplir un voyage. Pourquoi dire le contraire de ce qui gonfle votre cœur ? »

Seongha ne sait pas comment expliquer à la créature qu'ils ne partagent pas la même philosophie de vie.

« Je ne suis qu'une personne. Tandis que vous, vous êtes l'ultime espèce qui peuple cet univers. Je ne peux pas causer votre disparition.

– Une personne. Une personne ? Qu'est-ce que cela ? »

Cluster sonde à nouveau l'âme de Seongha pour éclaircir le sens de ce mot.

« C'est un concept ardu. Je vois que vous vous considérez comme une simple pièce. Une partie, pas un tout. Mis à part cette claustration dans votre système nerveux, vous êtes une créature comme nous. Nous ne pouvons faire la différence.

– Peut-être est-ce ainsi pour vous, mais pas pour moi. »

Les chuintements se taisent. Seongha ajoute :

« Je vous remercie pour votre offre, mais je ne peux l'accepter. »

Cluster glisse dans la conscience de Seongha. Il ressent un véritable lavage de cerveau. Les voix qui bourdonnaient dans son crâne se fondent en une seule. Claire. Les opinions divergentes semblent avoir disparu. Comme si un accord avait été trouvé.

« Veuillez nous pardonner. Nous avons effectué un test.

– Vous dites... ?

– Des opinions en nous différaient. Comme vous êtes distinct de nous, il nous a paru possible que vous trichiez. Selon nos équations, nous n'avons pas besoin de dépenser toute l'énergie que nous possédons. Il nous faudra une période assez longue pour la reconstituer, mais cette perte d'énergie ne nous sera pas fatale. Et nous avons estimé que l'expérience valait la peine d'être tentée. »

Étant *distinct*, Seongha ne peut savoir si le mensonge se situait dans le premier ou le second discours.

« Je n'ai rien à vous offrir en retour.

– Que signifie, offrir en retour ? Ah. Concept amusant. Vous ne pourrez jamais rien nous offrir. Parce que nous n'avons besoin de rien. Contrairement à vous, nous n'avons pas de centre nerveux, vous savez. Rien ne peut nous rendre heureux ni triste.

– ...

– Depuis notre création, nous n'avons jamais effectué de travail. La seule chose que nous faisons, c'est penser. Vivant dans les ténèbres depuis de longues, très longues années, depuis un temps si éloigné que vos cellules ne pourraient en conserver le souvenir, nous avons pensé. Mais sans pouvoir en extraire un sens. Nous existons. C'est tout. Sans pouvoir agir sur d'autres êtres, sans pouvoir rien changer à rien. Parce qu'il n'y a rien au monde en dehors de nous. C'est pourquoi nous en sommes arrivés à cette conclusion, que si nous exauçons votre vœu, nous pourrons avoir une influence sur vous et vivre le reste de notre vie avec cette certitude que notre apparition dans cet univers avait un sens.

– …

– Ce dont vous devez vous inquiéter, c'est de vous-même, pas de nous. Si vous aviez quitté votre planète sans équipement, vous seriez déjà mort, probablement. Que vous puissiez survivre dans votre univers était possible grâce aux connaissances que vous en aviez. Mais si vous basculez dans le monde de la 4e dimension, c'est en toute ignorance de tout. Vous pourriez aussi bien y finir immédiatement votre existence.

– Qu'en est-il de l'accélération ? Mon corps pourra-t-il la supporter ?

– Soyez sans crainte sur ce point. Vous laisserez votre *coquille*. C'est votre corps qui ne peut supporter l'accélération, en revanche, vous, vous pouvez. »

Seongha se tait. Cluster lit ses pensées et précise :

« Je sais, cela signifie mourir, pour vous. Cependant, d'après nos calculs, votre corps sera toujours en vie après le début de la phase d'accélération. Pour le dire en vos termes… vous pourriez considérer cela comme une sortie hors de votre corps. Comme si les deux demeuraient liés par une corde.

– Et l'énergie ? Pouvez-vous vraiment produire une telle énergie ?

– Votre base de calcul était erronée. Vous aviez compté la masse du vaisseau spatial et celle de votre coquille. Mais sans cela, vous êtes léger.

– Je comprends. »

Seongha hoche silencieusement la tête.

« Je vois que vos amis ont déjà décidé. Si votre transportation réussit, ce sera leur tour. Êtes-vous prêt ? »

Seongha répond avec un sourire.

« Depuis longtemps. »

Se déplacer vers la 4e dimension implique un mouvement qui ne se résume pas à aller vers la gauche, la droite, le haut ou le bas. Seongha ne peut même pas imaginer de quelle sorte sera ce mouvement. Il ne peut pas non plus anticiper la manière dont il intégrera le nouveau monde, lui qui est sous forme tridimensionnelle. Pourtant son cœur est animé par la curiosité plus que par la peur. Son cœur danse joyeusement sur des vagues d'excitation, sans trace d'hésitation.

Quelle direction prendra ce voyage ? Où vais-je atterrir ? Serais-je en mesure de maîtriser ma direction ? Tandis qu'il énumère ses questions, Seongha a la sensation d'un retour à l'intérieur de lui-même.

Il ressent une brève angoisse qui se dissipe rapidement. Il est de toute façon voué à une mort prochaine, quoi qu'il advienne, tout sera mieux que d'agoniser sans oxygène. Il observe désormais avec calme les événements.

Son âme s'étend vers l'extérieur en se renversant de l'intérieur, comme quand on retourne un gant, se dit-il. Il ne peut savoir si c'est parce qu'il est mort ou parce qu'il a entrepris ce déplacement. En revanche il ressent quelque chose, comme les coordonnées spatiales de la 4e dimension. Aller de l'intérieur vers l'extérieur. Ou venir de l'extérieur pour se rendre vers l'intérieur. Son âme s'écoule vers l'extérieur, échappe au domaine de son cerveau. Seongha sent qu'il s'approche des âmes de Cluster. De nombreux esprits vivant en Cluster pénètrent sa conscience.

« Est-il mort ? Non. Il est encore vivant. Son cœur bat toujours. Lui seul s'est déplacé. Où est-il allé ? Impossible de savoir. »

Instinctivement, Seongha tente de reculer, mais le mouvement ne s'arrête pas. Tous les souvenirs de Cluster abondent l'âme de Seongha comme des vagues. Le moment de sa naissance, ses pensées, sa vie et les histoires de toutes les âmes s'écoulent à l'intérieur d'elle. Toutes les connaissances que toutes ses âmes possèdent infusent la mémoire de Seongha. Jusqu'à ne plus savoir s'il est lui-même devenu Cluster ou encore une combinaison de ces êtres.

Le déplacement continue. Les Échions, qui l'ont accompagné si longtemps, se sont déjà fondus dans son âme. Seongha, ou désormais Cluster-Échions-Seongha, commence à s'étendre à toute la galaxie, et à tout l'amas stellaire. Seongha croise quelques bribes d'âmes qui errent encore dans l'univers mort, qu'il accueille en lui avec tous leurs souvenirs.

Seongha se répand dans tout l'univers, atteint chaque âme de l'univers. Tout ce qui existe et tous les souvenirs de ce qui a été se fondent en lui. Son âme transcende le temps et l'espace et s'avance vers une petite planète bleue qui existait jadis dans une lointaine galaxie. Son âme s'approche de toutes les âmes humaines qui ont vécu sur cette planète, et ne fait qu'un avec elles. Seongha est devenu un univers, une dimension, un tout, un être qui peut être appelé Âme ou Vie. Il sait tout.

Un peu plus tard, au-delà de la dimension nouvelle, advient la mort du corps qu'on appelait Seongha. Un fait si insignifiant qu'il le sent à peine. Il sait que tous les êtres humains passent par cet état à travers la mort.

Tandis que l'univers qu'il a connu se meurt, de nombreux autres univers naissent et l'Âme élit l'un d'eux, se meut vers lui et s'unit à lui pour ne former qu'une entité. Une nébuleuse gazeuse tourbillonne à l'intérieur de l'Âme. Cent milliards de galaxies naissent dans cent milliards d'univers. Et dans chaque galaxie naissent quatorze milliards de soleils et cent millions de Terres.

L'Âme, qui dans un temps infini contemplait son intériorité, entreprend alors d'inverser son déplacement. L'Âme sait le sens de ce mouvement et ne ressent aucune appréhension. C'est de cette manière qu'elle s'est toujours développée. Les fragments de l'âme qui couvraient l'univers entier se dispersent et se déversent sur cent millions de planètes. Et l'un des fragments tombe dans l'océan d'une planète bleue. Aspiré dans le lourd océan organique au-dessus duquel pleuvent des éclairs, il commence à être, silencieusement. En rêvant de nombreuses créatures qui grandiront pour peupler cette petite planète et aux vies merveilleuses qu'elles déploieront dans l'avenir.

pcacmb
édition pré-presse
livres numériques

44400 Rezé

IMPRIM'VERT®

Achevé d'imprimer
en septembre 2023
par Corlet Imprimeur
14110 Condé-en-Normandie

Dépôt légal : septembre 2023
N° d'imprimeur : 23080171
Imprimé en France